MAXIM WAHL
DAS SAVOY
AUFBRUCH EINER FAMILIE

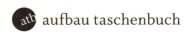
aufbau taschenbuch

MAXIM WAHL

DAS SAVOY

AUFBRUCH EINER FAMILIE

ROMAN

 aufbau taschenbuch

ISBN 978-3-7466-3510-1

Aufbau Taschenbuch ist eine Marke
der Aufbau Verlag GmbH & Co. KG

1. Auflage 2019
© Aufbau Verlag GmbH & Co. KG, Berlin 2019
© Maxim Wahl, 2019
Gesetzt aus der Sabon durch die LVD GmbH, Berlin
Druck und Binden CPI books GmbH, Leck, Germany
Printed in Germany

www.aufbau-verlag.de

Für Steffen K.
Number One In Town

ERSTER TEIL

LONDON 1932

1

Revolution

Die Tür schwang auf. Poliertes Messing und geätztes Glas, dunkle Täfelung aus Mahagoni. Sir Laurence brauchte nicht stehenzubleiben, um die Flecken an den Messinggriffen zu registrieren, das musste heute noch behoben werden. Marmorverkleidete Säulen, halb schwarz, halb Elfenbein, die Goldblatt-Tapete war vor zwei Jahren erst erneuert worden. Über der getäfelten Treppe zog sich ein Fries mit jugendlichen Gottheiten.

Sir Laurence Wilder war der König dieses Palastes und wie so mancher König beschlich er sein Reich mitunter heimlich, ohne erkannt zu werden. Er registrierte, dass es dem Clerk, der die Schwingtür bediente, an Haltung fehlte und dem Butler neben dem Empfang an Aufmerksamkeit. Larrys Chefbutler hätte den Eintretenden längst bemerkt und mit unsichtbarem Wink einen Pagen zu ihm dirigieren müssen, der sich erkundigen würde, ob Zeitungen oder Zigaretten gewünscht seien, vielleicht Theaterkarten. Es gab noch überteuerte Tickets für das Sadler's Wells, wo Gielgud *Was ihr wollt* spielte. Doch Mr Sykes, sein dienstältester Butler, hatte den Herren im Leinenanzug mit der Sonnenbrille nicht bemerkt und unterhielt sich stattdessen mit Lady Edith, der Herzogin von Londonderry. Eine Frau mit kohlrabenschwarzem Haar, hängenden Schultern und traurigen veilchenblauen Augen. Larry hätte Lady Edith gern seine Aufwartung gemacht, zog es aber vor, unerkannt zu bleiben. Sein tief in die Stirn gezogener Strohhut und die schwarz getönte Brille machten ihn sozusagen unsichtbar. Jeder kannte Sir Laurence im dunklen Cutaway mit grauer Weste und elfenbeinfarbener Krawatte. Man bewunderte sein stahlgraues Haar, den täglich gestutzten Schnäuzer und die bernsteinfarbenen Augen, scheinbar stets ein wenig feucht, als ob er den Tränen nahe sei. Das kam von der lästigen Augenentzündung, er trug Tropfen zur Linderung in seiner Tasche. Obwohl diese Augen ihm den Anschein von Güte gaben, entging ihnen kein Detail, er war dafür berüchtigt, dass er aus fünfzig Yards Entfernung feststellen konnte, ob ein Bild schief hing.

Larry schlenderte weiter Richtung Treppe. Der Lüster über ihm war ein goldener Ring aus Licht und konkurrierte mit der glitzernden Sonne, die er bei seinem Spaziergang entlang des *Strand* genossen hatte. Wie albern die englischen Gentlemen mit ihren untergehängten Regenschirmen bei dem herrlichen Wetter ausgesehen hatten. Der Klang der Halle umfing Sir Laurence, kein eindeutiger Akkord, eher ein Anstimmen und Verklingen, das Gläserklirren eines früh bestellten Brandys, das Knautschen der Ledersessel, glänzend von Sattelfett, jenes Geheimmittel, das Larry während seiner Lehrzeit als Page selbst entdeckt hatte. Im Tearoom schwoll das Jazztrio an und ab, je nachdem, ob eilende Kellner die Schwingtür bedienten. Die Geigen aus dem Wintergarten hingen träge in der Luft, er nahm sich vor, das Salonorchester zu ermuntern, endlich das Programm zu wechseln. Niemand ertrug Wiener Kitsch im Frühling. Ein zartes Singen von den Seidenkleidern der Frauen, das Rascheln der Trenchcoats und Schals. Larry erreichte die Treppe.

Spätestens jetzt hätte ihn ein Page oder Hausdiener anhalten und sich höflich erkundigen müssen, was zu Diensten stehe. Niemand durfte einfach so ins Savoy hineinspazieren, der hier nichts zu suchen hatte. Das Savoy war ein Kosmos für sich, der jeden Tag seinen eigenen Sonnenauf- und Untergang erlebte. Hier arbeiteten, bedienten, genossen und vergnügten sich Menschen, die nicht nur aus der ganzen Welt kamen, sondern auch für die ganze Welt standen. Das irische Blumenmädchen, das ein Verhältnis mit dem dalmatinischen Baron hatte, der indische Zigarettenverkäufer und sein Scotch Terrier, die Witwe des amerikanischen Rinderzüchters, die österreichische Gouvernante, der sizilianische Tenor, der jüdische Unterhändler, der einarmige Captain der Royal Airforce, die englische Autorin französischer Liebesromane, der deutsche Diplomat und in Gottes Namen auch die Stenotypistin, die gegen ein Extrahonorar nachts in das Zimmer des Generaldirektors schlüpfte.

Sir Laurence kannte viele von ihnen persönlich, die meisten waren nicht zum ersten Mal hier. Das Savoy war ein Hotel, in das man wiederkam. Für den, der es sich leisten konnte, war es Zuhause. Lloyd George hatte seine Regierung hierher zum Lunch geladen, King

George liebte das Chocolate Chunk Shortbread, das im Tearoom gereicht wurde, und Theatergrößen galten erst als solche, wenn sich die Journalisten im gediegenen Clarence Room um sie scharten.

Während Sir Larry auf den Fahrstuhl wartete, drehte er sich noch einmal nach Lady Edith um. Sie war gewiss die schönste Frau, die dem Savoy derzeit die Ehre gab. Ihre Augen standen ein klein wenig zu weit auseinander, ihre Nase war um eine Winzigkeit zu kurz, ihr Mund hatte etwas knabenhaft Trotziges, aber gerade die Summe dieser Unvollkommenheiten verlieh der Duchess etwas Unwiderstehliches. Wenn Lady Edith im Haus war, durfte man damit rechnen, dass noch am selben Tag der Wagen des Premierministers vorfuhr. Meistens betrat Ramsey MacDonald das Savoy durch den Seiteneingang und ließ sich direkt zur Suite der Herzogin bringen. Mit dem Erkerblick auf die Themse galt die Zimmerflucht als die romantischste im ganzen Haus.

Der Fahrstuhl schwebte in die Lobby, der Liftboy öffnete, ohne Sir Laurence ins Gesicht zu blicken. So wurde es den Eleven antrainiert, der Gast sollte sich vom Personal unbeobachtet fühlen. Dieser Liftboy machte eine Ausnahme.

»Guten Morgen, Sir Laurence.« Sein Finger im weißen Handschuh schwebte über dem Armaturenbrett. »Fünfter, wie immer?«

Da er ohnehin erkannt worden war, nahm Larry die Sonnenbrille ab. Wie hieß der Junge noch mal, Emil oder Erich? Ein Deutscher, so viel wusste er, frech, hübsch, schlank. »Wie lange bist du schon bei uns?«

»Im Juli wird es ein Jahr, Sir.«

»Ein Jahr schon, ähm …?«

»Otto, Sir.«

»Ich weiß.«

Korrekt drehte der Junge ihm den Rücken zu. 1931 war Otto ins Savoy gekommen, ein übles Jahr, alles in allem. Die Weltwirtschaftskrise hatte auch vor dem Hotel nicht Halt gemacht. Die Übernachtungen waren zurückgegangen, für die Zimmer ohne Themseblick hatte Laurence die Preise senken müssen. Obwohl die Staatsausgaben drastisch reduziert worden waren, kriegte die Regierung den Schlamassel nicht in den Griff. Man hatte die Renten und das Arbeitslosengeld gekürzt, gewalttätige Streiks waren die Folge gewesen. Nicht nur die Gewerkschaften, sogar die Royal Navy streikte. Der Premierminister, selbst ein Labour-Mann, hatte den Regierungsauftrag zurückgelegt und einen neuen zur Bildung einer nationalen Regierung unter Einbeziehung der Konservativen erhalten, woraufhin ihn seine eigene Partei hinausgeworfen hatte. Im Juli einunddreißig hatte die Bank of England den Goldstandard aufgeben müssen. Seitdem befand sich das Pfund im freien Fall und war abhängig von Angebot und Nachfrage der Devisenbörsen.

Larry musterte den Flakon mit Eau de Cologne in der Kabinenecke. Während der warmen Jahreszeit stand das erfrischende Parfum auf einer winzigen Konsole bereit, daneben Tücher mit dem Monogramm des Hauses. Gewohnheitsmäßig nahm er ein Tüchlein, bediente den Spender und tupfte sich Kölnischwasser in den Nacken.

»Der Flakon muss ausgetauscht werden«, sagte er zu Otto. »Er ist fast leer.«

»Ich werde Mrs Drake Bescheid sagen.« Der Page öffnete die Glastür und das Scherengitter. »Fünfter, Sir.«

»Wann warst du das letzte Mal zu Hause, Otto?«, fragte Larry beim Aussteigen.

»Das ist ewig her, Sir.«

»Woher stammst du?«

»Aus München.«

»Dort ist jetzt einiges los, mit eurem neuen Mann in München, nicht wahr?«

»Was soll denn los sein, Sir?«

Larry nickte dem Jungen zu, wanderte den Korridor hinunter und schloss die Tür zu seinen Privaträumen auf. Wohnen im Hotel, dachte er jedes Mal, wenn er hier eintrat. Wohnen im Hotel.

»Frühstück, Sir Laurence?« Dorothy Pyke marschierte an ihm vorbei. Wieso konnte diese Frau nicht gehen, wie Frauen gingen? Es klang, als ob die Royal Army die Wohnung besetzt hätte.

»Frühstück?« Er zog die Jacke aus. »Es ist halb eins.«

»Lunch also.« Dorothys Kostüm war tailliert und blau gestreift. Als Zugeständnis an den Frühling trug sie heute eine fliederfarbene Bluse.

»Nichts, danke, nur Tee.« In Hemdsärmeln setzte sich Sir Laurence an den Schreibtisch und öffnete die Unterschriftenmappe. »Sagen Sie Mrs Drake, die Messinggriffe an den Eingangstüren müssen poliert werden. Sie soll das Zinkmittel verwenden lassen, sonst sind die Flecken morgen wieder da.«

»Sie müssen mehr essen«, rief Dorothy von nebenan. »Sie sollten wirklich tun, was der Doktor sagt.«

»Der Doktor sagt auch, dass ich was am Herzen hätte. Beides ist Unsinn.« Lächelnd sang Larry vor sich hin: »*Kein Herz schlägt treuer als das deine.*«

Sein Arbeitszimmer ging nach Westen, der Salon auf den Innenhof. Laurence hatte kein Interesse an dem berühmten London-View des Savoy. Wer den genießen wollte, musste teuer dafür bezahlen.

»Sie dürfen das nicht auf die leichte Schulter nehmen.«

Larry blickte auf, da stand sie, Dorothy Pyke, die jüngste Assistentin, die das Savoy je gesehen hatte und die hübscheste. Hochgewachsen, das lange Haar streng nach hinten gescheitelt, verlor es sich am Hinterkopf in lustigen Locken. Bis auf die Lippen schminkte sie sich nicht. Mit der dampfenden Teetasse marschierte sie auf ihn zu.

»Schon fertig, der Tee?« Larry legte den Kopf schief. »Können Sie zaubern?«

»Mr Sykes hat Sie vorhin hereinkommen sehen und hier oben angerufen.«

»Sieh mal an, mein Chefbutler hat also doch Augen im Rücken.«

Dorothy machte kehrt, um die Post zu holen. Sir Laurence trank den ersten Schluck.

Bevor Violet Mason das BBC Building verließ, küsste sie Max Hammersmith leidenschaftlicher, als ihr lieb war. Er würde jetzt bald mit ihr schlafen wollen, genaugenommen hatte er schon seit der ersten Zärtlichkeit vor zwei Wochen mit ihr schlafen wollen. Für Violet gab es nichts Inspirierenderes, als für Max Hammersmith zu arbeiten. Niemand verstand sie besser als er. Max war bereit, ihre handwerkliche Unfertigkeit zu dulden, weil er Violets revolutionäre Art liebte, Storys zu erfinden. Die ganze BBC war eine Revolution, das Medium Radio war eine Revolution, und Max brauchte junge Köpfe, verrückte Kreative wie Violet, um die Revolution mit Futter zu versorgen. Wie jung das Medium war, erkannte man nicht zuletzt daran, dass der neue Stammsitz der BBC immer noch nicht fertig war. Man hatte das Gebäude auf dem Portland Place bereits eröffnet, obwohl überall noch gebaut wurde. Dieser Umstand gab Max Gelegenheit, Violet zu küssen.

Nach der Aufnahme in Studio B4 hatte sie sich von den Sprechern verabschiedet, Max begleitete sie zum Fahrstuhl. Bevor sie den Lift erreichten, schob er die Baustellenabsperrung beiseite und zog Violet in den Orchester-Saal, wo nackte Pfeiler und kalter Beton die Prognose zuließen, dass hier noch lange kein Orchester spielen würde. Max nahm die Brille ab, zog Violet in seinen Arm und küsste sie auf den Mund. Max war riesig und obwohl er sich tief hinunterbeugte, musste sie sich auf die Zehenspitzen stellen. Violet brannte lichterloh, weil sie für Max schreiben durfte. Kraftvolle, scharfzüngige Texte verlangte er, Tagespolitik, Dokumentationen, Hörspiele – den Sendungen, die Millionen Menschen täglich vor die Geräte lockten, waren keine Grenzen gesetzt. Aber Violet wollte ihren beruflichen Aufstieg nicht auf diese Weise erreichen. Sie wollte es Max nicht als Geliebte zurückzahlen müssen. Wenn sie einander während der Redaktionssitzungen Stichworte zuwarfen, fühlte sie sich ihm am nächsten. Niemand dachte, niemand sprach schneller als er, niemand durchschaute Zusammenhänge so schonungslos wie Max Hammersmith.

»Ich komme zu spät«, flüsterte sie ihm ins Ohr.

Ohne sie loszulassen, sah er auf die Uhr. »Nein, ich komme zu spät.« Seine Hände glitten über ihre Taille. »Sehen wir uns heute Abend?«

»Ich kann nicht.«

»Was machst du denn an jedem verdammten Abend jedes verdammten Tages?«, knurrte er zärtlich.

»Nur eine Woche noch.«

»Du verzettelst dich, Vi.« Er strich über ihr Haar. »Wie sagte meine Tante Rachel, eine kluge Frau: Man kann nicht mit einem Hintern auf zwei Pferden reiten.«

»Aber sie brauchen mich dort.«

»Wozu? Es ist Shakespeare. Wollen sie, dass du Shakespeare umschreibst?« Als sie nicht antwortete, hob Max ihr Gesicht zu sich. »Ich fange an zu glauben, dass du etwas mit einem dieser nichtsnutzigen Schauspieler hast.«

Sie lächelte. Was für eine absurde Vorstellung. Sie hatte nichts mit einem Schauspieler, das war nicht ihr Problem. »Ich muss jetzt wirklich.« Behutsam zog sie sich zurück.

»Ich auch.« Er ließ sie los.

Sie spürte, er sagte es, um nicht wie ein verliebter Idiot dazustehen. »Dann bis morgen.«

»Ja, bis morgen.«

Max brachte sie zum Aufzug, wartete aber nicht, bis sich die Tür öffnete, sondern schlenderte den Korridor hinunter. Er ist enttäuscht, dachte sie, ich bin nicht ehrlich zu ihm. Spätestens nächste Woche muss ich ihm reinen Wein einschenken.

Violet verließ das Broadcasting House durch den Haupteingang. Die Underground am Regent's Park war ihr zu weit zum Laufen, also winkte sie ein Taxi heran. Eine Bequemlichkeit wie diese entsprach nicht ihrer Gehaltsklasse, ersparte ihr aber eine Standpauke von Gielgud. John Gielgud, der leuchtendste Stern auf Londons Bühnen, verabscheute Unpünktlichkeit. Er verabscheute auch das neu gebaute *Sadler's Wells Theatre*, weil er fand, der Zuschauerraum sehe aus wie eine abgefressene Hochzeitstorte, und die Akustik sei erbärmlich. Trotzdem spielte Gielgud dort Shakespeare.

»Zum Theater am Arlington Way«, rief Violet dem Fahrer zu.

»Am Arlington Way gibt es kein Theater«, antwortete der Mann, ohne sich in Bewegung zu setzen.

»Glauben Sie mir, da steht ein brandneues.«

Alles neu, dachte sie, während der schwarze FX3 stockend anfuhr. Überall ist alles neu, und ich bin die Frau der ersten Stunde. Ich bin genau wie London, konservativ und fortschrittlich zugleich. Konservativ erzogen, mit konventionellen Werten vollgepumpt, die ich gerade über Bord werfe. Das ist gefährlich – vor allem aber ist es herrlich.

»Umfahren Sie Kingscross«, rief sie dem Fahrer zu. »Dort kommt man um diese Zeit schlecht durch. Nehmen Sie die Argyle Street, danach zweimal nach rechts, dann sehen Sie es schon.«

Murrend bog der Mann an der nächsten Kreuzung ab. Trotz der Abkürzung kam Violet zu spät. Sie würde Gielguds Zorn nicht entgehen.

Er trug das traditionelle Kostüm des Malvolio. Wenn John Gielgud Shakespeare spielte, war das nicht traditionell. Gielgud war Avantgarde. Nie hatte man Shakespeares Worte so frisch, so rein, so eindringlich gehört. Während er Violet die Leviten las, musste sie innerlich lachen. Da stand der größte Schauspieler Englands, trug Kniehosen und kreuzweise geschnürte Strumpfbänder und hielt ihr eine Strafpredigt. Andererseits war Gielgud ein Perfektionist, er würde sich nicht länger als zwei Minuten damit aufhalten, eine unbedeutende Dramaturgin zurechtzuweisen. Der Mann funktionierte wie ein Uhrwerk. Er begann die Proben pünktlich auf die Minute und beendete sie noch pünktlicher. Um ein Uhr mittags überkam ihn eine bleierne Müdigkeit, weshalb er sich in seiner Garderobe schlafen legte, selbst wenn das Stück dafür mitten in einer Szene unterbrochen werden musste.

»Bitte entschuldigen Sie, Sir. Es kommt nicht wieder

vor«, antwortete Violet so zerknirscht, wie Gielgud es erwarten durfte.

Er nickte huldvoll, die zwei Minuten waren vorbei, Malvolio schritt zum Auftritt. Violet huschte an ihren Platz. Ihr Job war es, das Soufflierbuch stets auf den aktuellen Stand zu bringen. Die Aufführung war zu lang. Das durfte nicht so bleiben, sonst würde das Publikum die Busse um zehn Uhr nachts nicht mehr erreichen. Selbst Shakespeare würde einsehen, dass man das den Leuten nicht zumuten konnte. Gielgud hatte ganze Passagen gestrichen, heute probten die Schauspieler die neuen Übergänge.

Der Inspizient winkte Violet schon zum zweiten Mal. Über ihr Buch gebeugt, hatte sie es nicht bemerkt. Er machte der Souffleuse ein Zeichen, die stieß Violet an. Als sie aufblickte, machte der Inspizient die Telefon-Geste und zog sich rasch zurück, Gielgud hatte die Unruhe bemerkt.

»*Dank sei meinen Sternen!*«, rief der Schauspieler mit ausgebreiteten Armen und warf dem Inspizienten gleichzeitig einen strafenden Blick zu. »*Ich will gelbe Strümpfe tragen und sie unter den Knien binden, noch diesen Augenblick. Jupiter sei gepriesen!*«

Den Rest des Monologs hörte Violet nur noch entfernt. Lautlos war sie durch die Seitentür des Zuschauerraumes geschlüpft und hielt den Telefonhörer ans Ohr.

»Was ist mit Großvater?«, flüsterte sie.

Sir Laurence war kein Mann, wie man sich einen Großvater vorstellte. Violet kannte ihn als Menschen, dem das Vorwärtsstürmen zum Prinzip geworden war. Selbst im Alter eines Patriarchen wirkte Larry jünger als die jungen Männer, die ihn in seinem Reich umgaben. Dieses Reich lag über eine Meile von dort entfernt, wo Violet jetzt überstürzt aufbrach. Mochte Gielgud toben, mochte sie auch ihren Job verlieren, nichts konnte sie daran hindern, zu ihrem Großvater zu eilen.

2

Der Himmel

»Wer war als Erstes bei ihm?«

Violet nahm zwei Stufen auf einmal, während Mr Sykes neben ihr ins Keuchen geriet.

»Mrs Drake hat ihn gefunden. Sie kam, um sich wegen der Messingpolitur zu erkundigen.« Mit fliegenden Frackschößen lief der Chefbutler neben Violet die Treppe hoch.

»Und wo ist Dorothy die ganze Zeit gewesen?« Auf dem Treppenabsatz kam ihnen eine Gruppe arabischer Gäste entgegen. Violet wich nicht aus, sondern bahnte sich ihren Weg mittendurch.

Mr Sykes machte eine kurze Verbeugung vor den Männern in den bodenlangen Gewändern. »Seit dem Unglück ist Miss Pyke nicht mehr gesehen worden«, rief er Violet nach.

Sie ließ den Butler hinter sich. Im fünften Stock war die Tür zu Larrys Privaträumen angelehnt, Violet stürmte hinein. Henry und Judy warteten mit bangen Gesichtern im Vorzimmer.

»Der Doktor ist noch bei ihm.« Henry, der Kronprinz, war Violet ans Herz gewachsen. Der fast Fünfzigjährige hatte etwas Knabenhaftes an sich. Er war der einzige legitime Sohn Larrys und damit dessen Nachfolger. Violet bedauerte ihn für diese Bürde. Sie wusste, Henry wartete nicht etwa ungeduldig darauf, dass er an die Reihe kam, sondern in der ängstlichen Gewissheit seiner Unzulänglichkeit. Sein altes Jungengesicht sah blass und eingefallen aus, der strohblonde Haarschopf stand zu Berge.

Violet begrüßte ihn mit einem verwandtschaftlichen Kuss. »Was sagt Dr. Hochsinger zu Larrys Zustand?«

»Wir haben ihn noch nicht gesprochen. Ich dachte nur, da er Papa nicht ins Krankenhaus bringen ließ, ist zu hoffen …«

Er wandte sich zu seiner Frau.

»Wir dachten, dass der Anfall möglicherweise nicht so schwer ist«, vollendete sie seinen Satz.

Judy war eine Frau, die wenig für ihr Äußeres tat und gerade deshalb frisch und natürlich aussah. Um einiges jünger als Henry hätte man sie eher für seine kleine Schwester gehalten.

»Wo war Dorothy, während es passiert ist?«

»Sie wird noch gesucht.« Judy trug ihr Haar zum Dutt geschlungen und versuchte nicht, das beginnende Grau zu übertünchen.

»Wollen wir hineingehen?« Ungeduldig drängte Violet zur nächsten Tür.

»Hochsinger sagt, dass Papa absolute Ruhe braucht.« Henry kam hinter ihr her.

»Larry hat mich anrufen lassen. Er will mich sehen.«

»Weil du sein Liebling bist.« Henry lächelte mit jener Traurigkeit, die sein Leben ausmachte. »Du und Laurence, ihr wart immer wie Kumpane. Du bist ihm ähnlicher, als ich es je sein werde.« Er legte Violet die Hand auf die Schulter.

»Geh hinein«, bekräftigte auch Judy. »Sprich mit Larry und sag uns nachher, was wir für ihn tun können.«

Violet wusste nicht, was sie erwidern sollte. Es

stimmte, sie und ihr Großvater waren aus demselben Holz geschnitzt. Sie betrat den Salon. Durch eine Schiebetür getrennt, verlängerte sich der Raum ins Schlafzimmer. Das Bett stand am gegenüberliegenden Ende, Violet hatte einen langen Weg zurückzulegen.

Sir Laurence war ein Mann mit Traditionsbewusstsein, dennoch hatte er alles Altmodische, Überladene und Überzuckerte, alles Viktorianische aus dem Haus verbannt. Nirgends gab es verstaubte Troddeln und gefältelte Samtvorhänge, keine verkitschten Gemälde oder tüddelige Beistelltische. Er liebte die moderne Linie dieses Jahrzehnts. Auch der schwarzweiß getäfelte Deckenbogen, der die Glaskuppel stützte, war ein Sinnbild für Larrys Geschmack. Über ihm gab es nur den Himmel, durch die Kuppel über seinem Bett konnte er die Sterne sehen. Ein mitternachtsblauer Sessel, ein Spiegel im Silberrahmen, eine Nachttischlampe in Form eines Kelches stellten die ganze Einrichtung dar. Das Ananas-Motiv auf rotem Grund, das den Teppichrand schmückte, war das einzig verspielte Detail im Zimmer.

»Wie geht es dir?« Entlang der Ananas lief Violet auf den Großvater zu.

In dem riesigen Bett wirkte er wie ein Kind.

»War es schwer, dich loszueisen?« An der Art, wie er die Hand hob, erkannte sie seine Schwäche.

»Kein Problem.« Sie sank auf den Bettrand. »Was ist passiert?«

»Lächerlich. Mir ist schwarz vor Augen geworden.« Wie um zu beweisen, dass es sich um eine Bagatelle handelte, zog Laurence die Enkelin in seine Arme.

Professor Hochsinger kam aus dem Bad und krempelte die Hemdsärmel herunter. »Absolute Ruhe, Sir Laurence, nicht so viel sprechen.« Er nahm den Rezeptblock aus der Tasche.

»Das ist meine Enkelin.« Larry drückte Violet an seine Brust.

Nachdenklich musterte Dr. Hochsinger den kranken Mann und die junge Frau. »Ich komme heute Abend noch einmal.«

»Wozu? Mir geht es blendend.«

Hochsinger zog den Gehrock an. »Sie haben ein zweiundsiebzigjähriges Herz in Ihrer Brust, Sir Laurence, und es schlägt nicht, wie es sollte. Es geht Ihnen nicht blendend.«

»Violet ist wie Medizin für mich«, lächelte Larry.

»Ich habe Ihnen zur Sicherheit noch eine andere Medizin aufgeschrieben. Man soll sie Ihnen holen. Die Dosierung steht auf dem Rezept.«

»Lassen Sie mich das machen.« Violet nahm den blassblauen Zettel entgegen. Hochsinger war eine Koryphäe. Von ihm wurde behauptet, er hätte mehr Babys adeliger Damen auf die Welt gebracht als jeder andere. »Können Sie mir sagen, was es ist, Professor?«

»Das Herz«, antwortete Hochsinger. »Aber die Ursache liegt woanders. Ich habe Ihrem Großvater Blut abgenommen. Näheres weiß ich heute Abend.« Er schloss seine Tasche, machte eine knappe Verbeugung vor Sir Laurence und verließ das Zimmer. Als er die Vordertür öffnete, traten ihm Henry und Judy entgegen.

»Willst du Henry nicht hereinlassen?«, flüsterte Violet. »Er und Judy machen sich große Sorgen.«

»Ich bin gleich bei euch, meine Lieben. Mir geht es gut, der Professor wird es euch bestätigen.« Larry winkte den beiden zu. »Ich brauche noch einen Moment mit Violet.«

»Lass dir Zeit, Papa«, erwiderte Young Henry.

Sobald sich die Tür geschlossen hatte, verwandelte sich Larrys Ausdruck, alle Heiterkeit fiel von ihm ab, seine Wangen waren fahl, Violet entdeckte dunkle

Ringe unter den Augen. »Vi, hör zu. Die tun mir etwas in den Tee.«

»Was meinst du damit?«

»Ich werde vergiftet.«

Violet sank neben dem Bett auf die Knie und umfasste seine Hand. »Wie kannst du das wissen?«

»Es war Dorothy.« Er erwiderte den Druck. »Es muss Dorothy gewesen sein. Sie hat mir den Tee gebracht.«

»Hast du Hochsinger deine Vermutung mitgeteilt?«

»Wo denkst du hin? Ich bin doch nicht verrückt. Niemand darf davon wissen, keine Menschenseele.«

»Wo ist Dorothy jetzt?«

»Keiner weiß es. Sie ist wie vom Erdboden verschluckt.«

»Bereitet sie immer deinen Tee zu?«

»Meistens.« Er bemerkte Violets zweifelnden Blick. »Ich gehe schließlich nicht jedes Mal in die Küche und kontrolliere, von wem mein Tee aufgegossen wird.«

Violet zeigte zu den hofseitigen Zimmern. »Neben der Küche liegt der Lastenaufzug. Dorothy könnte den Tee auch unten bestellt haben. Was macht dich so sicher, dass sie es war? Was macht dich so sicher, dass überhaupt irgendjemand so etwas tun könnte? Immerhin hattest du schon einmal …«

»Einen Herzinfarkt?« Er verengte die Augen. »Der liegt zehn Jahre zurück, und das hat sich anders angefühlt.« Larry deutete nach oben, wo sich der wolkenlose Himmel über der Kuppel spannte. »Heute Morgen war ich spazieren, der Tag war herrlich, es ging mir blendend. Ich kam zurück und sagte Dorothy, ich wolle Tee. Dann passierte das Merkwürdige. Der Tee war schon fertig. Woher konnte sie das wissen? Manchmal will ich statt Tee nämlich lieber …«

»Brandy.«

Laurence strich über Violets Haar, das an den Schläfen feucht war von der Eile. »Als ich Dorothy fragte, wie sie den Tee so schnell herbeigezaubert hätte, sagte sie, Mr Sykes hätte ihr mein Kommen angekündigt.«

»Das klingt plausibel.«

»Bloß hat mich Sykes in der Halle gar nicht bemerkt. Oppenheim hat sich bei ihm erkundigt.«

»Du hast den Hoteldetektiv darauf angesetzt?«

»Wer wäre besser dafür geeignet?«

»Die Polizei.«

Larry öffnete den obersten Knopf des Schlafanzugs. »Das fehlte noch, dass uniformierte Kriminalisten durch mein Hotel geistern. Oppenheim ist ideal dafür.

Es fällt nicht auf, wenn der Hoteldetektiv zu mir hoch-kommt. Von nun an wird er nicht nur Jagd auf Taschen-diebe und Heiratsschwindler machen, sondern auch auf einen Giftmörder.«

»Die Angelegenheit scheint dir Spaß zu machen«, ent-gegnete Violet besorgt. »Als ob das Ganze nur ein Spiel wäre.«

»Spiel im Savoy«, lächelte Larry. »Entweder ich bin am Ende tot, dann habe ich verloren, oder Oppenheim macht den Täter unschädlich; in dem Fall hätte ich ge-wonnen.«

»Und wenn du dich täuschst?« Sie stand auf. »Wenn dir einfach schlecht geworden ist, ohne dass irgend-jemand seine Hand im Spiel hatte? Ich kann mir bei Miss Pyke nicht vorstellen …«

»Sir Laurence!«

Mr Sykes stand in der Tür. »Miss Pyke ist da. Darf ich sie hereinlassen?«

»Zuerst musst du Henry zu dir bitten.« Violet beugte sich zu ihrem Großvater. »Du darfst deinen Sohn vor den Angestellten nicht demütigen.«

»Du bist ein kluges Mädchen.« Laurence zwinkerte ihr zu. »Henry, Judy, entschuldigt, dass ich euch so lange habe warten lassen«, rief er nach drüben. »Bitte kommt doch herein.« Er winkte dem Butler. »Miss Pyke soll warten. Schicken Sie sie ins Büro.«

»Wie Sie wünschen, Sir Laurence.«

»Setzt euch, setzt euch doch.« Larry streckte den beiden die Arme entgegen. »Wie ihr seht, geht es mir gut. Wollt ihr Tee? Ach, wie dumm, jetzt habe ich Sykes weggeschickt.«

»Ich mache das.« Violet überließ den beiden das Feld und betätigte den Klingelknopf im Salon. In wenigen Augenblicken würde ein Page erscheinen.

3

Oppenheim

Otto war angehalten, Herrschaften von Rang mit ihrem ordnungsgemäßen Titel anzusprechen – Mylady, Commander, Your Excellency. Andererseits sollte er bekannten Persönlichkeiten im Fahrstuhl weitgehende Anonymität gönnen. Am liebsten hätte Otto den Gentleman, der sich hinter ihm im Spiegel betrachtete, ohne Worte in den dritten Stock gebracht, aber der Mann hatte ihm eine Frage gestellt, schon der Zweite an diesem Tag, der sich nach seiner Heimat erkundigte.

»Was hören Sie aus München?« Der Mann trug sein Haar in ergrauten Locken, besaß einen edlen Kopf, nüchterne Augen und einen Walrossbart, er schien mit seinem Anblick zufrieden zu sein.

»Ich war lange nicht mehr zu Hause, ähm … Sir.« Wenn man Mitgliedern des Hochadels begegnete, war die korrekte Anrede beim ersten Mal *Your Grace*, beim zweiten Mal genügte *Sir* oder *Mylady*. Aber galt das auch für einen Premierminister? Otto sah sich in der Zwickmühle.

»Bei euch in München brodelt es ganz ordentlich. Man darf gespannt sein.«

Was hatten sie denn heute alle mit München, dachte Otto. Er stammte aus Maxglan, sein Vater war im Krieg gefallen. Otto wusste von ihm hauptsächlich, dass er Queen Victoria verehrt hatte, und dass es für den belesenen Buchhändler eine Zumutung gewesen war, gegen die kultivierten Briten in die Schlacht zu ziehen. Vielleicht hatte er seine Meinung geändert, nachdem die Engländer die deutschen Schützengräben an der Somme nach siebentägigem Trommelfeuer mit anderthalb Millionen Granaten in eine Mondlandschaft verwandelt hatten. Ottos Vater starb durch keine Granate, er wurde von einer gigantischen Mine zerfetzt, die britische Pioniere in langen Rohren unter der deutschen Frontlinie durchgeschoben und zur Detonation gebracht hatten.

Der Knall war angeblich bis nach London zu hören gewesen. In der Schule hatte man Otto beigebracht, dass der Franzose der Erbfeind der Deutschen sei, doch wegen seiner Hinterlist müsse man dem Briten noch mehr misstrauen.

Otto hatte seiner Mutter nicht auf der Tasche liegen wollen und war mit dreizehn als Tellerwäscher im *Vier Jahreszeiten* an der Maximilianstraße in den Hoteldienst getreten. Ein wohlhabender Gentleman aus Sussex hatte einen Leibdiener gesucht und Otto das Angebot gemacht, ihn nach Großbritannien zu begleiten. Nach einjähriger Dienstzeit hatte Otto sein Heil in London gesucht und war im Savoy zunächst als Schuhputzer untergekommen. Sir Laurence war rasch auf ihn aufmerksam geworden und fand, so ein frisches Gesicht dürfe nicht in der Schuhputzkammer verkümmern. Er hatte Otto eine Livrée und weiße Handschuhe verpasst und ihm den Aufzug Nummer drei zugewiesen.

Durch einen konkaven Spiegel über der Armatur konnte Otto seine Fahrgäste unbemerkt beobachten. Seit er seine Tage in dieser auf und ab schwebenden Gondel verbrachte, hatte er gelernt, die Blicke der Menschen einzuordnen, die lächelnden Blicke der Damen, neugierige Blicke von greisen Würdenträgern, Otto konnte inzwischen bei jedem Einzelnen Gefallen, Begehren und Neid unterscheiden. Im Blick des Mannes hinter sich fand er nichts davon. Dieser Mann sah nur sich selbst. Otto lächelte.

»Was ist daran so komisch?« Der andere hatte Ottos Entgleisung bemerkt. Ein Fehler, ein Riesenfehler, denn ein Liftpage war sozusagen Luft und hatte sich keinerlei Emotionen anzumaßen.

»Bitte verzeihen Sie, Sir, aber Sie sind heute schon der Zweite, der mich nach München befragt. Ich weiß leider wenig, da meine Mutter kaum Zeit findet, mir zu schreiben.«

»Aber die Zeitungen werden Sie doch lesen.« Der Premier fuhr sich mit beiden Zeigefingern über den Schnäuzer.

»Wir Angestellten haben keinen Zugang zu den Journalen.«

»Wir leben in Zeiten, in denen jeder informiert sein sollte.«

»Danke, dass Sie mich darauf hingewiesen haben, Sir.« Der Fahrstuhl hielt. »Dritter Stock, Sir.«

Im Hinaustreten warf der Premierminister Otto einen prüfenden Blick zu. »Typisch für Sir Laurence, dass er einen deutschen Liftpagen beschäftigt.«

Otto machte eine sinnlose Verbeugung. Es stimmte schon, seine Mutter schrieb ihm so gut wie nie, dafür schickte Ottos Cousine Gabriele ihm häufig Briefe. Gabriele war zwei Jahre älter als er. In der Nacht, bevor er aus Deutschland abgereist war, hatten er und Gabriele einander geküsst. Nur ein einziger Kuss in Schwabing, aber Otto hatte seither oft an sie denken müssen. Gabriele berichtete über die verrückten Veränderungen, die in München vor sich gingen und von den Auftritten jenes Mannes, der selbst in London im Gespräch war. »*Es ist alles wahr, was er sagt*«, hatte Gabriele geschrieben. »*Ich frage mich, wieso vor ihm niemand diese einfachen, klaren Wahrheiten über Volk und Rasse und unser Vaterland gesagt hat. Nächsten Freitag gehe ich wieder zu seiner Veranstaltung. Mir ist, als ob dieser Mann nichts als die reine Wahrheit sprechen kann.*« Otto verwahrte Gabrieles Briefe liebevoll, weniger wegen ihres Inhalts, sondern weil die schöne Cousine es ihm angetan hatte.

Während Otto das Scherengitter des Fahrstuhls schloss, nickte der Premierminister den Polizeioffizieren zu, die das Treppenhaus inspiziert und gesichert hatten und ihn auf dem Korridor erwarteten. »Melden Sie mich bei der Herzogin.«

Der ranghöhere Polizist ging voraus und klopfte an die Tür der Erkersuite. Zugleich kam Mrs Drake den Korridor entlang. Die Hausdame erkannte den besonderen Gast und versank ordnungsgemäß in einem Hofknicks, während der Premier die Suite von Lady Edith betrat.

So mancher im Hotel hätte darauf gewettet, dass Mrs Drake ein Mann war. Als dienstälteste Hausdame kleidete sie sich in der Uniform ihres Ranges, war aber größer als die meisten männlichen Angestellten. Ihre Haut hatte die Grobporigkeit eines Elefanten, das Blond ihrer Dauerwelle konnte man nur als aggressiv bezeichnen. Niemand hatte jemals einen Mister Drake im Hotel gesehen.

»Warte!«, rief Mrs Drake, bevor Otto den Fahrstuhl in Bewegung setzte. Sie bestieg ihn, nahm den Flakon mit dem Eau de Cologne und blinzelte durch das geschliffene Glas. »Der ist ja noch gar nicht leer.«

»Sir Laurence wünscht trotzdem, dass er ausgetauscht wird.« Sie nahm die Flasche an sich. »Fahr mich runter, Junge.«

»Wie Mylady befehlen.« Er zwinkerte und schloss das Scherengitter.

Alt fühlte sich Sir Laurence, alt und leer, obwohl es ihm spürbar besser ging. Schwerfällig sank er in den Schreibtischsessel, ein Stück aus dem frühen 19. Jahrhundert, der sich nicht nur drehen, sondern mittels einer Federkonstruktion auch kippen ließ. Zum Schlafanzug trug er den schwarzen Morgenmantel mit Monogramm. Sir Laurence gab Oppenheim ein Zeichen, zu beginnen.

Dorothy Pyke war aufgefordert worden, gegenüber Platz zu nehmen. Der Hoteldetektiv hatte ihren Stuhl dort platziert, wo das harte Licht der Nachmittagssonne ihr Gesicht traf. Die Sonne war Oppenheims Verhörlampe.

»Das ist eine interne Untersuchung«, begann er. »Es ist entscheidend, dass ich meine Nachforschungen anstellen kann, ohne dass jemand davon erfährt. Sollten Sie etwas von der Untersuchung verlauten lassen, muss ich Anzeige gegen Sie erstatten. Verstehen Sie das, Miss Pyke?« Oppenheim stützte sich auf die Schreibtischplatte.

Larry fiel auf, dass die Oberarme seines Detektivs die Nähte der Anzugjacke zu sprengen drohten. »Gut, Clarence, das haben wir verstanden.« Er faltete die Hände. »Dorothy, hören Sie zu. Ich lasse Sie deshalb als Erste befragen, damit sich Ihre Unschuld rasch erweist. Vorher können wir nämlich nicht zu unserer Arbeit zurückkehren.«

»Das ist mir klar, Sir Laurence.«

Er schätzte an Miss Pyke, dass sie trotz ihrer Jugend eine natürliche Autorität besaß. Im Augenblick war allerdings wenig davon zu spüren. Schweißperlen glänzten auf ihrer Stirn, der Lippenstift wirkte in dem ungeschminkten Gesicht grell und übertrieben.

»Bitte Clarence, fahren Sie fort.«

»Wieso haben Sie die Tasse und das Kännchen von Sir Laurences Teegeschirr sofort ausgewaschen?«

»Weil es normal ist, benütztes Teegeschirr sauber zu machen«, antwortete sie.

»Waschen Sie das Teegeschirr jedes Mal selbst ab?«

»Wenn es meine Zeit erlaubt.« Miss Pyke musterte Oppenheim, als ob sie eine derart dumme Frage von ihm nicht erwartet hätte.

»Der Zimmerservice erzählt mir etwas anderes«, erwiderte er. »Normalerweise stellen Sie das gebrauchte Geschirr in den Lastenaufzug und schicken es in die Küche.«

»Heute war im Büro nicht viel zu tun. Da habe ich es selbst gemacht.« Dorothy strich die Taille ihres Kostüms glatt.

»Ich habe die Tasse, das Kännchen und die Tee-
büchse ins Labor geschickt.« Oppenheim umrundete
den Schreibtisch. »Wenn darin auch nur die kleinste
Spur von Gift zurückgeblieben ist, wird man sie finden.«

Oppenheims Ton klang weniger drohend, eher war-
nend, fand Larry, als ob er Miss Pyke eine geheime
Botschaft übermitteln wollte. Sir Laurence betrachtete
seinen Detektiv. Es war erwiesen, dass durchtrainierte
Männer einen Anzug ruinieren konnten, Männer dagegen, die ein wenig schmächtig gebaut waren und in
nacktem Zustand schwach und hilflos aussahen, wirk-
ten in einem gut geschnittenen Anzug wendig, elegant
und sportlich. Oppenheim gehörte zur ersten Gruppe,
er ähnelte einer Skulptur aus Gusseisen. Entweder er
bewegte sich, oder er erstarrte. Es gab kein Mittelding,
nichts Langsames, Geschmeidiges, ungewöhnlich für
einen Hoteldetektiv, von dem man erwarten würde,
dass er unauffällig durch die Räume strich, mehr floss
als lief, mehr schwebte als stand. Eines war sicher, das
teure Tuch von Oppenheims Anzug war an diesem
Muskelberg verschwendet.

Miss Pyke hatte einen Augenblick in die Sonne ge-
starrt, jetzt wandte sie sich an Larry. »Ich bin schockiert

und tief getroffen, dass Sie mich für fähig halten, Sie zu vergiften, Sir Laurence.«

»Sie sprechen nur mit mir, Miss Pyke«, ging Oppenheim dazwischen, fast als wäre er ein eifersüchtiger Liebhaber. »Sir Laurence hat gebeten, dem Verhör als Zuhörer beizuwohnen. Sie haben ihm gegenüber behauptet, Mr Sykes hätte Sir Laurence ins Hotel kommen sehen und Sie darauf benachrichtigt. Ich habe mit dem Chefbutler gesprochen. Er wusste nichts von diesem Gespräch und hat Sir Laurence auch nicht kommen sehen.«

Larry wippte in seinem Sessel. »Wieso haben Sie mich angeschwindelt, Dorothy?«

»Weil Sie nicht wollen, wenn ich auf das Dach steige«, antwortete sie beherrscht.

»Auf die Kuppel?« Ein kleines Lächeln stahl sich in Larrys Gesicht.

»So ist es. Ich war dort oben.«

»Während Ihrer Arbeitszeit?«, fragte Oppenheim.

»Sir Laurence war noch nicht im Haus, da habe ich den Ausstieg benützt.«

»Was haben Sie dort gemacht?«

»Da kommen Sie von selbst drauf, Clarence«, sagte Larry schmunzelnd.

»Sie sind auf die Kuppel gestiegen«, wiederholte Oppenheim und musterte Miss Pyke von Kopf bis Fuß, ihre strenge Frisur, die verführerische Linie ihres Nackens, die ungewöhnlich breiten Schultern und ihre langen Beine. »Auf die Kuppel gestiegen, um die Mittagszeit.« Der Ärger, weil er das Rätsel nicht lösen konnte, ließ Oppenheims Backenmuskeln hervortreten.

»Miss Pyke ist auf mein Dach geklettert, um bei dem schönen Wetter eine zu rauchen. Und dabei, nicht wahr …?« Er machte eine ermunternde Geste.

»Dabei habe ich Sie gesehen, Sir Laurence«, vollendete sie. »Ich sah Sie den Strand entlangspazieren, Sie haben sich dem Hotel genähert.«

Eine bessere Assistentin als Dorothy würde Larry so schnell nicht finden. Deshalb hoffte er, sie möge ihre Finger in der Sache nicht im Spiel haben.

Oppenheim war anderer Meinung. »Auf diese Entfernung hätten Sie Sir Laurence unmöglich erkennen können. Außerdem trug er einen Hut.«

»Unter tausend Menschen würde ich Ihren Gang erkennen, Sir Larry.«

»Was ist mit meinem Gang?« Er hielt im Wippen inne.

»Er ist einmalig. Es sieht so aus, als ob Sie gleich tanzen würden.«

»Tanzen, wirklich, ach wirklich?« Er konnte nicht anders, als in sich hineinzulachen.

Oppenheim ließ seine geballte Faust in die Handfläche klatschen, der vertraute Ton zwischen seinem Chef und der Verdächtigen störte ihn. »Dass Sie Sir Laurence auf der Straße entdeckt haben, war noch kein Grund, ihn zu belügen.«

»In diesem Fall doch«, widersprach Dorothy. »Sir Laurence hat mir ausrücklich verboten, auf das Dach zu steigen.«

»Das habe ich tatsächlich«, nickte er. »Falls etwas passiert.«

»Ich werde prüfen, ob man von dieser Seite des Daches den Strand überhaupt sehen kann«, konterte Oppenheim. »Nun zum zeitlichen Ablauf. Nachdem Sie das Geschirr abgeräumt hatten, erlitt Sir Laurence eine Herzattacke.«

»Einen vorübergehenden Schwächeanfall«, korrigierte Larry.

»Sie hätten den Zustand Ihres Chefs doch bemerken müssen, Miss Pyke. Aber Sie waren nicht da. Mrs Drake hat Sir Laurence erst eine halbe Stunde später gefunden.

Währenddessen hätte das Schlimmste passieren können. Wo waren Sie, Miss Pyke?«

Mal den Teufel nicht an die Wand, dachte Larry.
Was wäre denn das Schlimmste, der Tod? Sonderbarerweise empfand er den Tod nicht als bedrohlich. Unverzeihlich war jedoch, dass er seine Angelegenheiten
noch nicht geordnet hatte. Laurence besaß keine
Reichtümer, aber sein Vermächtnis wollte er weiterge-
ben. Als Enkel deutscher Einwanderer hatte er das
Hotelgewerbe von der Pike auf gelernt, sich rasch em-
porgearbeitet und das Savoy schließlich vor fast vierzig
Jahren übernommen. Er hatte das Hotel zu einer der
ersten Adressen Londons gemacht und war vom König
mit dem Ritterschlag geehrt worden. Diese Errungen-
schaften galt es zu bewahren. Zugleich fürchtete Larry
die Regelung seiner Nachfolge. Henry war das beste
Beispiel eines Sohnes, der mit dem silbernen Löffel im
Mund geboren worden war. Jedes Mal, wenn in Henrys Leben etwas schiefgelaufen war, hatte Sir Laurence
seinen Einfluss geltend machen müssen. Dieser Sohn,
der nun selbst bald fünfzig war, konnte Larrys Werk
unmöglich fortsetzen. Einerlei, ob man ihn vergiften
wollte oder ob ihn sein Herz im Stich gelassen hatte,
heute war er durch eine Tür getreten. Was er dahinter

gesehen hatte, bekräftigte ihn, zu handeln. Schwerfällig stand er auf.

»Entschuldigt mich bitte.«

Dorothy hatte den Impuls, ihren Chef zu stützen, doch sie blieb sitzen.

»Heute keine Geschäfte mehr«, sagte er, als ob sich an ihrem Verhältnis nichts geändert hätte. »Machen Sie weiter, Clarence.«

Larry verließ das Büro, durchquerte den Salon und kehrte zu seinem Bett zurück. Die Stimmen von drüben wurden schwächer. Larry schloss die Tür, griff zum Telefon und ließ sich mit Mr Connaghy von *Connaghy, Snowdon & Katz* verbinden.

4

Späte Zeit

Es wurde Nacht im Savoy, zugleich war es die Zeit
höchster Betriebsamkeit. Der Tanzsaal im ersten Stock
füllte sich, Damen führten ihre neuesten Roben aus,
Herren erprobten ihren Charme bei den Damen. Ver-
drossene Ehemänner bestellten Champagner, um ihre
Verdrossenheit hinunterzuspülen. In den Bars erwach-
ten die Gläser und Flaschen, die Tumbler und Shaker
in den Händen der Mixer. Im Nightingale-Room glitt
der Klang des Klaviers dezent an den Wänden entlang
und störte keines der Gespräche, während im Tanzsaal
der temperamentvolle Arturo Benedetti und sein Or-

chester jedes Wort, das nicht geschrien wurde, unhörbar machten. Benedetti leitete die vierzig Mann, darunter auch drei Damen, mit einer Vehemenz, als ob er Wagner oder Meyerbeer dirigieren würde. Er motivierte die Holzbläser, drosselte das Blech, sprang im Takt des Cakewalks auf und ab und wiegte sich bei jeder Rumba in den Hüften.

In den Schreib- und Lesezimmern ging es gewohnt leise zu, einsame Handelsreisende schrieben Briefe nach Übersee, eine Geliebte schlug die Zeit, bis ihr Gönner sich zeigen würde, mit einem gefühlvollen Roman tot, ein Spekulant verfasste eilige Telegramme. Auf den Korridoren huschten Plaudereien an den Spiegeln entlang, man verabredete und stritt sich, hatte eine Meinung zur Regierungskrise und munkelte, dass der Premierminister im Haus gewesen sei, obwohl er in Downing Street dringender gebraucht werde. Der butterige Duft von Roastbeef und Zwiebelgemüse verflüchtigte sich allmählich, die Dinnerzeit war vorbei.

Violet betrat das Haus zum zweiten Mal an diesem Tag und wurde zum zweiten Mal von Mr Sykes begrüßt.

»Zu Sir Laurence?«, erkundigte sich der Chefbutler und erhielt eine ausweichende Antwort.

In ihrem schlichten Trenchcoat, der nicht zu den extravaganten Garderoben des Savoy passte, huschte Violet an den Fahrstühlen vorbei, nickte Otto zu, der einer Matrone in den Aufzug half, die sich mithilfe zweier Stöcke vorwärts schleppte. Violets Gedanken waren bei der abendlichen Shakespeare-Probe. Gielgud hatte alle zur Kritik zusammengetrommelt, die Diktion der Darsteller bekrittelt, die unpräzise Bühnentechnik und den Mann, der das Donnerblech bediente. Die Aufführung hatte immer noch Längen, Violet sollte die neuesten Striche bis morgen in den Text einarbeiten. Sie dachte an den kranken Mann unter der Glaskuppel. Sir Laurence war das Herz des Hotels, und seit heute schlug es unregelmäßiger. Larry war der stärkste Mensch, den Violet kannte, aber auch er musste die Grenzen seines Körpers akzeptieren. Sie zweifelte daran, dass es eine Vergiftung gewesen sei und war froh, dass Larry nichts davon nach außen dringen ließ. Im Hotel würde man trotzdem tuscheln, die Gerüchte würden sich durch die Teeküchen und Dienstzimmer fortpflanzen. Keiner der Angestellten konnte sich ein Hotel Savoy ohne Sir Laurence vorstellen. Die meisten waren unter seiner Führung in den Dienst getreten, manches Baby war in diesem Haus geboren worden und arbeitete heute als

Zimmermädchen. Er stand schon so lange an der Spitze, dass kaum jemand noch im Savoy lebte und arbeitete, der sich an eine Zeit vor Sir Laurence erinnern konnte. Man behandelte ihn wie einen Olympischen. Aber das war er nicht, dachte Violet, während sie durch den Korridor des dritten Stockes eilte.

Vom anderen Ende kam ihr Miss Rachel, die Stenotypistin entgegen. Sie war die Schnellste in der Kurzschrift und an der Schreibmaschine, verständlich also, dass Geschäftsleute ihren Schriftverkehr am liebsten durch Miss Rachel erledigen ließen. Es gab Gerüchte über sie, Eindeutiges war aber nie zu hören gewesen. Diese Gerüchte verstummten vor den Zimmertüren der Gäste, niemand hatte sich je über Miss Rachels nächtliche Tätigkeit beschwert. Violet und die Stenotypistin nickten einander zu. Klein und zierlich, mit großen Kinderaugen, trug sie ein dezent geschnittenes Kostüm und eine Wasserwelle. Violet sah Miss Rachel an die Tür von Zimmer 307 klopfen.

Sie verließ die dritte, durcheilte die vierte Etage, machte aber auch dort nicht Halt. Für den Zimmerservice hatten die Etagenkellner hier oben in einer Kammer ein Sortiment an Alkohol angelegt, um nicht für jede Bestellung in den Weinkeller hinunterlaufen zu müssen.

Bier, Wein, Sekt und Brandy waren zur Hand. Violet klopfte, erhielt keine Antwort, trat ein, zog einen Vorhang beiseite, griff sich eine Flasche Schampus, drei Flaschen Bier und schrieb dem Etagenkellner eine Notiz. So ausgerüstet erklomm sie die Treppe ins letzte Geschoss.

Man sagte Sir Laurence nach, dass er jedes noch so kleine Zimmer im Savoy vermietete.

Sein Konzept ging auf, denn vielen Leuten war es nicht so wichtig, ob ihr Zimmer luxuriös war, solange sie nur im Savoy logierten. Johns Behausung war allerdings kein Zimmer, sondern ein Teil des Gebäudespeichers, notdürftig mit Wänden und einem Fußboden ausgestattet, im Sommer brütend heiß, im Winter unbewohnbar, sofern man nicht Johns Konstitution besaß. Glücklicherweise herrschte gerade weder Sommer noch Winter, es war die angenehme Zeit, die beste Zeit in London, wenn sich der regnerische Frühling in den gediegenen Sommer verwandelte, wenn es Tage gab, an denen die Themse weder Nebel noch Pestilenz verströmte, sondern Heiterkeit, die an ein mediterranes Gewässer erinnerte.

John war der Hausmechaniker des Savoy. Egal ob Wasser, Gas oder Elektrizität, tagsüber sah man ihn in einer Ecke knien und ein Rohr reparieren oder an einem Schaltkasten fummeln, er verwandelte knisternde, verschmorte Drähte wieder in funktionierende Leitungen. John hieß Mankievicz mit Nachnamen und niemand hätte seinem Namen gerechter werden können als Violets Liebster, der beste, verrückteste und herzlichste Mensch, der Mann, den sie nicht verlassen konnte, aber eigentlich verlassen musste, sofern sie ihrem Verstand folgte.

Für Violet war der Verstand die wichtigste Waffe einer Frau. Großbritannien, das verstaubte Königreich, war eine verschworene Männerwelt. Wollten Frauen auch nur die geringste Chance ergreifen, die Welt der Männer auszuhebeln, würden sie es einzig ihrem Verstand zu verdanken haben. Nüchternheit, Witz und Originalität waren die Eigenschaften, die für Violet wichtiger waren, als alles andere, und an sechs von sieben Tagen folgte sie diesem Dreigestirn. Dann kam der siebente Tag und das bedeutete, dem Tier zu begegnen.

John war sich seiner Tierhaftigkeit nicht bewusst, überhaupt war Bewusstsein nicht seine starke Seite. John erspürte die Welt, und er spürte sich selbst in dieser Welt. Er schenkte Liebe und teilte Hiebe aus, er trank Bier und trug einen Bauch vor sich her. Er besaß viele Muskeln und einen Hals, den kein Hemdkragen umschließen konnte. Er hatte helle Augen, die ihm manchmal so etwas wie Schläue verliehen, aber Violet ließ sich nicht täuschen, John war nicht schlau. John war gut, ein guter Mensch, Himmel Herrgott, wo wurden heutzutage noch gute Menschen hergestellt? John Mankievicz konnte nicht lügen, nicht einmal schwindeln, in seiner Welt war die Lüge noch nicht erfunden worden.

Johns größte Sehnsucht war es, Maler zu sein, Bilder faszinierten ihn. Er liebte Gemälde und stellte eine ganze Menge davon her. Es waren schlechte Bilder, aber er liebte sie wie seine Kinder, weshalb Violet es nicht übers Herz brachte, ihm ihre wahre Meinung darüber zu sagen. Sie nannte Johns Bilder politisch und ehrlich und intensiv. Er hatte noch kein einziges davon verkauft. John arbeitete als Mechaniker, um sich seine wahre Arbeit, die Malerei, leisten zu können.

Der Mann, der eindeutig besser zu Violet gepasst hätte, war Max Hammersmith, der Intellektuelle, der Humorist, der Organisator und Zyniker. So ein Mann hielt Violets Geist auf Trab, er legte die berufliche Latte für sie hoch, forderte und überforderte sie. Sich von Max küssen zu lassen, war kein Ausdruck von Violets

Liebeshunger, sondern Ausdruck ihrer Vernunft. Max war der Mann der Zukunft, Violets Zukunft, John dagegen war Violets Liebe, was sollte sie dagegen nur machen? Sie liebte diesen schweren Brocken, der wie ein Gebirge neben ihr lag, wenn sie miteinander geschlafen hatten. Sie liebte den reinen Tor, diesen Parsifal, der nichts wusste und alles fühlte, der niemandem je etwas zuleide getan hatte. John, dem das geschliffene Wort fremd war und der trotzdem intuitiv verstand, wenn Sprache etwas Besonderes ausdrückte, der bei Shakespeare weinen konnte, weil er die Wahrheit der Kunst gleichsam durch seine Poren aufnahm. John hatte die Fähigkeit, ein billiges Kunstwerk zu durchschauen, sofern es nur glitzernder Schein war, falscher Zauber. Dann wurden seine Augen trübe, er wandte sich ab wie ein Gorilla im Zoo, wenn Kinder ihn nachmachten.

»Ich habe mich noch nicht gewaschen«, sagte er zur Begrüßung, schloss Violet in seine Arme, spreizte dabei aber die Hände ab.

»Hast du viel zu tun?«

»Seit sie nachts immer die großen Scheinwerfer auf der Straße einschalten, um das Haus zu beleuchten, ist an der Lichtanlage dauernd etwas kaputt. Das Netz ist überlastet.«

»Tut mir leid«, antwortete sie, stieg auf die Zehenspitzen und küsste ihn auf den Mund. Gleich darauf
fühlte sie sich von ihm hochgehoben und auf der Matratze behutsam abgesetzt.

Violet war nicht ganz nackt, so viel Zeit hatten sie
sich nicht genommen.

Auch John trug noch sein Unterhemd. Seine Hand glitt
über ihre Hüfte. »Ich habe ein neues Bild fertig.« Ohne
sich darum zu kümmern, ob sie schon aufstehen wollte,
kam er von der Matratze hoch. »Willst du es sehen?«

Sie hätte es lieber später gesehen, doch wenn es um
seine Bilder ging, war John empfindlich. »Natürlich«,
antwortete sie, weil ihn nichts so sehr verletzte, als
wenn er eine Ahnung davon bekam, dass Violet in der
Welt des realen Kunstbetriebs lebte, er aber bloß ein
Dilettant war, der unter dem Dach des Savoy Bilder
pinselte. Müde ließ sich Violet von ihm hochhelfen.

Es hatte auch Vorteile, dass Johns Behausung auf dem
Speicher lag. Durch einen Durchgang gelangte man
rasch auf den eigentlichen Dachboden. Dort befand sich
Johns Atelier, seine Werke standen gegen die Dach-
schräge gelehnt. Halbnackt ging er voraus, sie folgte
ihm im Hemdchen.

»Sei vorsichtig, aus manchen Balken stehen Nägel heraus.«

Sie schlüpften in den weiten Raum, der das Innenleben der Fassadenkonstruktion des Savoy trug. Es roch nach uraltem Holz und Ziegelstaub.

John präsentierte Violet sein Bild. Er hatte einen Himmel eingefangen, wie es ihn in Wirklichkeit nicht gab. Es war ihm gelungen, den Himmel über London neu zu erfinden. Dieses Bild war das Beste, was Violet je von ihm gesehen hatte. Er hatte keinen Pinsel benützt, sondern die Grautöne mit der Spachtel aufgetragen, in fetten Schichten, in dicken Klecksen.

»Das ist gut, John«, sagte sie. Es klang schlichter als die Worte, die sie sonst benutzte, wenn ihr etwas nicht gefiel.

»Das hast du noch nie gesagt.«

»Wirklich?«

»Du hast *gut* gesagt. Mehr als gut gibt es nicht.« Er umarmte sie von hinten. »Du machst mich froh, Violet.«

Nur er nannte sie so. Bei der BBC und im Hotel verwendeten alle die unsinnige Abkürzung ihres Vornamens. Sie war unglücklich. Wie konnte sie sich auf ihre Aufgabe konzentrieren, ihre Zukunft gestalten, wie

konnte sie diesen Mann verlassen, wenn er ihr so gut
tat, wenn sie voller Frieden war, kaum dass er einen
Raum betrat, wenn sie ihren John so liebte?

»Du machst mich auch froh, John.« Sie streichelte
seine Arme mit den Sommersprossen. »Jetzt sollten wir
das Bettzeug abziehen und in die Wäscherei bringen.«

»Wollen wir es nicht einfach an der Sonne trocknen
lassen?«

Sie standen umarmt auf dem warmen Speicher, Violet
betrachtete den Himmel über London, so wie ihr Ge-
liebter ihn gemalt hatte.

5

Der Klang von Champagner

»*Try to make it true, say you need me too*«, sang
Violet leise. Melancholisch klang dieser Ohrwurm
und war zugleich Noël Cowards unumstrittener Tri-
umph des Jahres. Wie oft mochte der Pianist den Song
auf Wunsch der Gäste schon gespielt haben? Violet
ließ ihre Augen durch den Nightingale Room wandern, ob jemand an der einsam trällernden Barbesu-
cherin Anstoß nahm. Um diese Uhrzeit nahm niemand
an irgendetwas Anstoß. Kurz vor dem Morgengrauen
gab es keine Forderungen mehr, keinen Ehrgeiz und
keine Reue über verpasste Gelegenheiten. Um drei

Uhr früh herrschte hier eine behagliche Gleichgültigkeit.

Violet hatte die Gelegenheit vertan, John reinen Wein einzuschenken und damit die Chance, aufrichtig zu Max zu sein. Unterm Strich blieb sie dabei, ihr Sowohl-als-auch-Leben weiterzuführen. Einerseits war sie ein Kind dieses Hotels, hier geboren und nach dem unrühmlichen Verschwinden ihres leiblichen Vaters auch hier groß geworden. Großvater Laurence hatte sie in die Familie aufgenommen. Zugleich war sie ein Kind des neuen, schnellen London, ihr Geist gehörte der jungen BBC, ihr Körper würde möglicherweise bald Max Hammersmith gehören. Ihr Herz aber gehörte John, dem Hausmechaniker, dem Idealisten unter dem Dach.

Beim Abschied hatte sie gesagt, sie müsse nach Hause, um an einer Buchrezension zu arbeiten. Neben dem BBC-Auftrag, der bereits morgen gesendet werden sollte, kam noch die Überarbeitung des Shakespeare-Textes dazu. Trotzdem hatte sich Violet von den Klängen aus dem Nightingale Room verführen lassen, einen letzten Drink zu nehmen. Eine kleine Weile wollte sie sich der Gleichgültigkeit zwischen Nacht und Tag hingeben. Danach würde sie durchmachen müssen, um ihre Arbeit zu schaffen. Und wenn schon, in diesem vor Müdigkeit wachen Zustand gelangen ihr oft die besten Texte.

»Ich bin auf Hochzeitsreise«, hörte Violet an einem Tisch hinter sich jemanden sagen.

»Ich hoffe, Sie genießen es«, erwiderte eine sanfte Frauenstimme.

»Ich erwarte meine Frau erst«, antwortete der Mann, in dessen Aussprache ein Akzent zu hören war. »Sie ist noch nicht angekommen.«

Ein Deutscher, nein, östlicher, dachte Violet, ein Pole?

»Und was machen Sie hier?«, fragte er.

»Ich höre dem Klavierspieler zu«, antwortete die sanfte Stimme.

»Wussten Sie, dass er Konzertpianist ist?«, sagte der Mann. »Er stammt aus Brasilien, wo er buchstäblich am Verhungern war. Er kam nach London und wäre wieder fast verhungert, bis man ihm diese Stelle gab.«

»Sie kennen ihn?« Violet hörte das Anzünden einer Zigarette.

»Wir plaudern gelegentlich.«

Man vernahm das charmante Geräusch, wenn Champagner in ein Glas floss. »Wo haben Sie Ihre Braut kennengelernt?«, fragte die Frau.

»In Danzig.«

Die sonderbare Plauderei veranlasste Violet, sich umzudrehen. Der männliche Gast war ihr unbekannt, doch wer hätte diese Dame nicht sofort, selbst bei Kerzenlicht erkannt? Lady Edith trug ein Kleid, das man bei anderer Gelegenheit für ihr Nachthemd hätte halten können, weiße Seide, gerade geschnitten, hauchdünne Träger, doch die dreireihige Perlenkette und die armlangen Handschuhe verliehen ihr unzweifelhafte Eleganz. Violet war zu Ohren gekommen, dass der Premierminister der Herzogin heute seine Aufwartung gemacht, sie nach der schicklichen Frist von einer Stunde jedoch wieder verlassen hatte.

»Sind Sie öfter in Danzig?«, fragte Lady Edith.

»Ich bin dort geboren.«

Kein Deutscher, dachte Violet, sondern das Kind einer Stadt, in der viele Deutsche wohnten. Abgetrennt von Preußen war Danzig seit dem Krieg ein unabhängiger Stadtstaat geworden, polnische und britische Truppen gewährten der Stadt unter Aufsicht des Völkerbundes diesen Status. Der Mann hatte eine Hakennase, sein dunkles Haar lichtete sich. Im Smoking, mit Rose im Knopfloch wirkte er nicht wie jemand, der noch rasch einen Whisky trank, sondern als ob dem zufälligen Gespräch mit Lady Edith eine Verabredung vorausgegangen wäre.

In diesem Moment betrat Otto die Bar, ein Silbertablett balancierend. »Mr Brandeis?«, fragte er dezent.

Der Mann drehte sich um. »Ja?« Otto händigte ihm einen Brief in offenem Umschlag aus. »Verzeihen Sie bitte«, sagte der Mann zu Lady Edith.

Während er die Nachricht las, überlegte Violet, weshalb Otto noch im Dienst war, seine Schicht hatte um Mitternacht geendet. Außerdem durften die Jungs in den Fahrstühlen ihren Platz nicht verlassen. Für Botengänge waren die Hausdiener zuständig.

»Es ist gut.« Der Mann aus Danzig drückte Otto eine Münze in die Hand.

»Etwas Unangenehmes?«, fragte die Herzogin.

»Durchaus nicht, trotzdem muss ich mich nun entschuldigen.« Er stand auf. »Darf ich Sie zum Fahrstuhl begleiten?«

»Sehr freundlich, nicht nötig.«

Mr Brandeis machte eine knappe Verbeugung, nahm seinen Hotelschlüssel vom Tisch und verließ den Nightingale Room. Während er vorüberging, versuchte Violet vergebens, einen Blick auf die Nummer des Schlüsselanhängers zu werfen. Sie ließ sich zurücksinken. Ein

Mann aus Danzig, auf Hochzeitsreise, plauderte um drei Uhr morgens mit der Herzogin von Londonderry. Wäre Violet nicht so müde gewesen, sie hätte sich darüber Gedanken gemacht.

Der Pianist stimmte *Dancing in the Dark* an. Violet gab sich der Illusion hin, er spielte es nur für sie. Seine Finger entglitten ihm über die Tastatur, er präludierte mit geschlossenen Augen. Von Zeit zu Zeit warf er den Fingern einen Blick zu, dann formierten sie sich neu und kehrten zur eigentlichen Melodie zurück.

»Stellen wir uns vor, wir leben in einer einzigen großen Weltgemeinschaft, unter einer globalen Regierung. Die Nationalstaaten haben sich aufgelöst, auch das britische Weltreich gibt es nicht mehr. Wir stehen am Beginn einer neuen, globalen Zivilisation, in der nichts dem Zufall überlassen wird, nicht einmal die Zeugung des Menschen. Der neue Mensch wird nicht geboren, sondern in staatlichen Aufzuchtzentren produziert. Diese moderne Gesellschaft braucht Alpha-Menschen, deren Aufgabe die Führung und Gestaltung des Staates ist, ihr Privileg ist absolutes, nie enden wollendes Vergnügen.

Die Epsilon-Menschen stellen dagegen die niedrigste Gesellschaftsschicht dar. Schon im Zustand des Embryos entzieht man ihnen den Sauerstoff, damit sie geistig zurückgebliebene Wesen werden. Wie viele Epsilons produziert werden, definiert sich an der jeweiligen wirtschaftlichen Notwendigkeit.«

Der Sprecher legte ein Textblatt beiseite. »Huxleys Roman lebt nicht vom billigen Optimismus herkömmlicher Zukunftsromane, die eine Welt in rosigem Licht erträumen, er will uns kein unerreichbares Wunschbild vorzaubern, er predigt nicht, er will uns nicht bessern.«

»*Eine Welt in rosigem Licht?*« Max Hammersmith drehte den Ton leise. »Wärst du heute nicht so verdammt spät ins Haus gekommen, hätte ich dir diesen mageren Sermon nicht durchgehen lassen.«

Sie befanden sich in der Schleuse, jener schalldichten Kammer zwischen dem geschäftigen Betrieb des BBC-Gebäudes und der nüchternen Stille, die im Studio herrschte. Hier drin gab es nichts, bis auf das länglich verglaste Fenster, durch das man in den Aufnahmeraum hinuntersehen konnte. Dort hing das Mikrofon an einem beweglichen Galgen, das rote Licht brannte, konzentriert las der Sprecher Violets Text ab.

Sie musste Max recht geben. Um vier Uhr morgens hatte sie nichts Vernünftiges mehr zustande gebracht und war über der Schreibmaschine eingeschlafen. Ihre Rezension war gestaltlos. Um nicht gleich klein beizugeben, tippte sie auf die bewusste Stelle. »Was hast du gegen *Welt in rosigem Licht*?«

»Du sollst nicht beschreiben, was der Roman nicht ist, sondern was er in seinem Kern darstellt«, antwortete Hammersmith. »Dieser Roman, glaube mir, wird nicht nur die Literatur verändern, er wird alles verändern.«

»Er ist schrecklich düster, absolut schwarz.«

»Genau deshalb ist er so gut«, nickte Hammersmith. »Huxley denkt den globalen Fortschritt, dem heute alle blindlings folgen, unerbittlich zu Ende.«

»*Grotesk*«, flüsterte Violet. »Er denkt den Fortschritt grotesk zu Ende.«

Max richtete sich auf. »Das ist es. Das hättest du schreiben sollen. Wieso fällt es dir erst jetzt ein?« Bevor sie etwas erwidern konnte, drückte er die Sprechtaste. »Entschuldige die Unterbrechung, Dennis«, ertönte es über den Lautsprecher. »Wir wollen hier noch etwas ändern.«

Eine Etage tiefer hob Dennis, bekannt für seinen sonoren Sprechstil, den Kopf und ließ das Blatt sinken. »Wie du meinst, Max. Wird es lange dauern?«

»Nur ein paar Minuten.«

»Habe ich Zeit, um eine zu rauchen?«

Hammersmith zeigte durch die Scheibe den erhobenen Daumen. »Also los«, sagte er zu Violet. »Schreib das, was du gestern schon hättest schreiben sollen.« Wie ein Kind nahm er sie an der Hand und führte sie aus der Schleuse. Die Büros lagen am anderen Ende des Ganges. »Wo warst du übrigens letzte Nacht?«

»Ich hatte Probe.«

»Bis zwei Uhr morgens?«

Neben dem Mann mit seinen langen Schritten musste Violet fast rennen. »Hast du mich etwa angerufen?«

»Schlimmer. Ich bin zu deiner Wohnung gefahren.« Er lächelte, aber es sah nicht glücklich aus.

»Um zwei Uhr früh?« Das Textblatt flatterte zwischen Violets Fingern.

»Ich habe geklingelt, du warst nicht da.«

»Die Kollegen und ich sind nach der Probe noch etwas trinken gegangen.«

Da war sie geboren, die Lüge. Da schlich sie daher, nicht etwa ängstlich und reuevoll, sondern im hellen Licht der Deckenstrahler. Max öffnete die Tür zu Vio-

lets winzigem Büro und spannte eigenhändig ein Blatt
Papier in die Maschine.

»Mit Brave New World wird der Fortschritt der
Menschheit grotesk zu Ende gedacht«, ermunterte er
sie. »Schreib das. Damit triffst du den Punkt. Fortschritt
und Groteske, das ist die Linie.«

Violet begann zu tippen. Sie spürte, ihm lag noch
etwas auf der Seele.

»Wie sieht es eigentlich mit unserem Fortschritt
aus?«, fragte er in verändertem Ton. »Es kümmert mich
nicht, wenn du mit den Theaterleuten ausgehst, aber
wie wäre es zur Abwechslung mal mit Dinner, heute,
nur wir beide, Vi?«

Sie hatte abends keine Probe, weil Gielgud im Old
Vic auftrat. Aber Violet war übernächtigt und hatte sich
auf einen Abend zu Hause gefreut. Wenn sie mit Max
essen gehen sollte, würde sich andererseits die Gelegenheit ergeben, ihm die Karten auf den Tisch zu legen. Sie
wollte mit diesen Lügen aufhören, das hatte er nicht
verdient.

Die alte Schreibmaschine streikte mal wieder. »Gute
Idee«, antwortete sie, während sie das F zwischen den
verhedderten Buchstaben befreite.

»Du sagst Ja?« Ein fröhlicher Blick gab ihm die Ant-

70

wort. Max drückte ihr einen Schmatz auf die Stirn.
»Beeil dich, die brauchen das Studio in einer Viertel-
stunde.« Beschwingt verließ er Violets Schreibkammer
und ließ sie mit einem bangen Gefühl zurück.

6

Tauben

Ende des neunzehnten Jahrhunderts hatte der Londoner Stadtteil Pimlico als angemessene Wohnadresse für gut situierte Geschäftsleute gegolten, deren Wohlstand nicht ausreichte, sich im luxuriösen Belgravia anzusiedeln. Die Bewohner von Pimlico waren lebendiger als die Leute aus Kensington und eleganter als die Einwohner von Chelsea. Seit der Jahrhundertwende hatte Pimlico allerdings einen unübersehbaren Abstieg erlebt. Die hübschen dreistöckigen Häuser entlang der Wohnstraßen waren oft preiswerten Bunkern gewichen, in denen an die zwanzig Familien lebten. Andererseits brachte die Nähe zu den Parlamentsgebäuden es mit sich, dass die Labour Party und die Gewerkschaften ihre Büros am Eccleston Square unterhielten, von wo aus 1926 der Generalstreik organisiert worden war. Violet mochte die Nachbarschaft zur Labour Party, entscheidender war für sie aber, dass sie von der Victoria Station in nur sechzehn Minuten ihren Arbeitsplatz erreichte. Praktisch die gleiche Zeit brauchte sie mit der Underground zur Station Embankment, von wo es nur ein paar Schritte bis zum Savoy waren. Violets Leben spielte sich im Dreieck dieser drei Bezirke ab, Pimlico – Covent Garden – Marylebone, und es vergingen manchmal Monate, in denen sie diesen Kosmos nicht verließ.

Ihr Apartment lag im zweiten Stock, der Vermieter war Witwer, seine Kinder sprachen nicht mit ihm, er beklagte sich manchmal über seine Einsamkeit, ohne Violet dabei zu nahe zu treten. Wenn die jährliche Brennholzlieferung kam, half sie ihm beim Stapeln. Sie selbst heizte mit Gas. Die Anlage war vergangenes Jahr modernisiert worden, jetzt brauchte sie keine Münzen mehr einzuwerfen, wenn sie es warm haben wollte.

Auf dem Bett sitzend machte sich Violet zurecht, der Schminktisch diente zugleich als Arbeitstisch. Ihre nagelneue Imperial Schreibmaschine verdeckte den kippbaren Spiegel zur Hälfte. Es waren gewisse Verrenkungen nötig, um sich unter diesen Umständen zu schminken. Während sie arbeitete, verhängte sie ihn mit einem Schal, weil sie dabei nicht in den Spiegel schauen wollte.

Es gab keine einfache Lösung, dachte sie, während sie ihre Wimpern tuschte, aber eine Lösung musste her. John hatte seine Richtung im Leben gefunden. Er besaß einen guten Job im Savoy und konnte sogar seine Leidenschaft, das Malen ausleben. Violet dagegen war erst dabei, ihren persönlichen Lebensweg einzuschlagen, und der führte zum Portland Place und zu Max Hammersmith. Das Savoy war ihr Nährboden gewesen, Larry stellte praktisch ihre ganze Familie dar. Trotzdem musste sie das Hotel verlassen. Violet war Autorin. Um eine gute zu werden, brauchte sie Max, mit dem sie heute essen gehen, der sie mit dem Auto nach Hause bringen und wahrscheinlich küssen würde. Diesmal würde er nicht fragen, ob er mit hinaufkommen dürfe, das hatte er schon zwei Mal getan und jedes Mal eine Abfuhr erhalten. Wenn, dann war es heute an ihr, zu fragen, ob er noch einen Kaffee bei ihr trinken wolle. Er würde sich seine Freude nicht anmerken lassen und erwidern, ob sie vielleicht etwas Stärkeres da hätte.

Violet hatte eine Flasche Scotch gekauft und sogar ihre beiden Gläser gespült. Sie hatte das Bett frisch bezogen und die Unordnung im Bad aufgeräumt. Sie hauchte in die vorgehaltene Hand und packte zur Sicherheit ein paar scharfe Drops in die Tasche. Wenn sie sich dazu bringen würde, nicht an John zu denken und an das Glück, das sie mit ihm erlebte, an seine Wärme, Aufrichtigkeit und an die Liebe, die sie für ihn empfand, dann könnte das ein Abend werden, wie Max ihn sich wünschte. Nach ihren eigenen Wünschen fragte Violet nicht. Die Antwort wäre zu verwirrend gewesen. War sie berechnend? Spielte sie einen Mann gegen den anderen aus? Wenn sie neben John lag und an Max dachte, war sie dann gleich eine schlechte Person? Wenn sie Max Hoffnungen machte, beging sie damit Verrat an John? Natürlich tat sie das. Verrat, Lüge, das ewige Lavieren, Strategie und Taktik statt Offenheit und eine klare Entscheidung. Aber es half nichts, in Gewissensbissen zu baden, sie war verabredet und sie musste los. Gewappnet mit Kälte und Entschlossenheit lief Violet zur Tür.

Das Telefon läutete. Sie hatte den Impuls, rasch hinauszuschlüpfen, sie könnte es ja nicht mehr gehört haben. Was aber, wenn Max anrief, dem etwas dazwischengekommen war? Violet huschte zurück und nahm ab.

»Ja?«, fragte sie vorsichtig, in der Sorge, es könnte jemand vom Theater sein. Diese Leute riefen mit den unmöglichsten Sorgen zur unmöglichsten Zeit an.

»Violet, hilf mir«, hörte sie.

Obwohl John von Beruf Mechaniker war, benutzte er den Fernsprechapparat so gut wie nie. Er selbst wurde nur dann angerufen, wenn eine Badewanne überfloss, eine Glühbirne flackerte oder eine Tür klemmte. Niemals ließ John sich am Telefon zu gefühlvollen Äußerungen hinreißen, niemals hatte Violet bei ihm diese sonderbare Stimme gehört.

»Dir helfen, John?« Sie sah auf die Uhr. Ihre traurige Erfahrung war, dass sie zu Verabredungen immer zu spät aufbrach. Sie selbst sah sich nicht als unpünktlich an, die anderen taten das. Wenn sie jetzt sofort losrannte, würde sie Victoria Station gerade noch rechtzeitig erreichen. »Ich bin leider im Moment ...«

Sie unterbrach sich. War sie nicht gerade im Begriff, John zu betrügen? Da konnte sie sich wenigstens die Minute Zeit nehmen, um sich seine Sorge anzuhören. »Wie kann ich dir helfen?«

»Es ist etwas passiert.«

»Im Hotel?«

»Ja, im Hotel.«

»Ist etwas mit Großvater?« Eine sinnlose Frage, da kaum der Hausmechaniker Violet anrufen würde, wenn es Larry schlechter ging. »Komm schon, John, ich bin in Eile. Was ist passiert?«

»Du musst herkommen.«

»Das geht nicht. Ich habe ...« Nur keine Lüge, wenn es sich vermeiden ließ. »Ich habe zu tun.«

»Du musst kommen.«

»Bitte, John ...« Ungeduldig trat sie aufs andere Bein.

»Hier ist ein Mann. Es kann sein, dass er tot ist.« Violet hielt mitten in der Bewegung inne. »Tot?«

»Er bewegt sich nicht.«

»Ein Toter, wo?«

Die Neuigkeit war schrecklich, zumindest unerfreulich, aber nicht einmalig. In einem Hotel dieser Größe mit seinen zahllosen Zimmern kam immer mal wieder ein Todesfall vor. In diesem Fall gab es ein präzises Prozedere, wie vorzugehen sei. Der Hotelarzt musste zunächst den Tod feststellen, worauf der Chefbutler die Polizei anrief. Auch Sir Laurence würde benachrichtigt. Die Polizeibeamten erschienen in Zivil, um keine Aufregung unter den Gästen zu verursachen. Die voraussichtliche Todesursache wurde geklärt, in den meisten Fällen handelte es sich um einen natürlichen Tod. Der Leichnam wurde in einen der großen Körbe gelegt, mit denen man sonst die Wäsche abtransportierte und zum nächsten Dienstbotenfahrstuhl gebracht. Im Keller wurde die Leiche in einen Blechsarg umgebettet und über einen Hinterausgang aus dem Savoy geschafft.

»Du musst seinen Puls fühlen«, sagte Violet.

»Das kann ich nicht.«

»Warum?«

»Weil er nicht in seinem Zimmer ist.«

»Im Restaurant, in der Bar, wo denn, John?«

»Der Mann ist aus dem Fenster gefallen.«

Einander widersprechende Gedanken schossen Violet durch den Kopf. Wenn jemand aus dem Fenster des Savoy stürzte, hätte das längst Aufsehen verursacht, sofern er auf die Straße gefallen war. Von gewissen Zimmern aus würde er auf dem Vordach landen. Weshalb Violet Johns Hilferuf immer noch nicht verstand, war, was das Ereignis eigentlich mit ihr zu tun hatte. Hunderte Angestellte kümmerten sich darum, dass der Betrieb reibungslos und für die Gäste möglichst unsichtbar ablief. Weshalb sollte sie sich darum kümmern? Doch gewiss nicht, weil sie die Enkelin des Hotelbesitzers war.

»Du solltest Mr Sykes rufen, John. Er weiß, was in einem solchen Fall ...«

»Violet, ich habe diesen Mann aus dem Fenster gestoßen.« Während er es sagte, hörte Violet im Hintergrund leises Weinen.

»Wer ist das?«

»Rachel.«

»Die Stenotypistin? Wo bist du, John?«

»Auf drei null sieben.«

»Zimmer dreihundertsieben?« Die Nummer erinnerte Violet an etwas, es fiel ihr nicht gleich ein. »Und wo liegt der Mann?«

»Im Lichthof.«

»Hat ihn schon jemand entdeckt?«

»Es ist schwierig, ihn dort zu entdecken«, antwortete John mit trostloser Stimme. »Er liegt im Taubenhof.«

Wie überall in London waren die Tauben auch im Savoy ein Problem. Dort, wo der Mensch sie nicht verjagte, verrichteten sie ihr zerstörerisches Werk. Der Taubenkot griff die Fassade des Hotels an.

»Wieso ist Miss Rachel auf drei null sieben?«, fragte Violet, während sie ihr Adressbuch hervorholte und die Telefonnummer von Max aufschlug.

»Sie war bei dem Mann auf dem Zimmer. Sie war … Violet, du musst herkommen. Nur du weißt, was ich machen soll.«

»Gut, John.« Sie ließ den Atem ausströmen. »Ich brauche allerdings ein paar Minuten. Verschließ die Tür und warte auf mich. Rachel soll auch dort bleiben.«

»Danke«, sagte John und legte auf.

Mit fliegenden Fingern wählte Violet die Nebenstelle der BBC. Mittendrin wurde sie langsamer, schließlich fehlte nur noch eine Ziffer. War das jetzt purer Zufall oder ein Wink des Schicksals? Konnte es möglich sein, dass irgendjemand da droben Violet etwas mitteilen wollte? Sollte sie das Rendezvous mit Max Hammersmith noch einmal überdenken? Die Wählscheibe drehte sich zurück, das erste Klingelzeichen ertönte.

***

»Sir Laurence? – Sir Laurence, sind Sie wach?«

Trotz der sperrigen Ledersohlen und seines mannhaften Gewichts näherte sich der Hoteldetektiv dem

Schreibtisch fast unhörbar. Er hielt eine schmale Akte in Händen.

»Sir Laurence«, versuchte er es eine Spur lauter und berührte den alten Mann an der Schulter. »Sir Laurence, was ist mit Ihnen?« Oppenheim schüttelte die schmale Gestalt.

Mit einem glucksenden Lächeln schlug Larry die Augen auf. »Hallo.« Er räusperte sich. »Was gibt es denn, Clarence?«

»Sind Sie in Ordnung, Sir?«

»Natürlich. Wieso fragen Sie?«

»Weil Sie …« Oppenheim zog seine Hand zurück.

»Ich bin eingenickt.« Larry lachte. »Das kommt daher, dass Miss Pyke seit gestern nicht mehr wie ein ganzes Dragonerregiment durch mein Büro trampelt. Es ist so ungewohnt still hier oben.« Er entdeckte die Akte in Oppenheims Hand. »Was haben Sie da?«

»Neuigkeiten, Sir.«

»Unangenehme Neuigkeiten, nehme ich an.«

»Eigentlich sind sie erfreulich.«

Larry schlug die Mappe auf, las die erste Seite, dann die zweite und klappte die Mappe wieder zu. »Also kein Gift?«, fragte er stoisch.

»Zumindest ist keine Spur eines Giftes zu entdecken

gewesen«, nickte Oppenheim. »Weder im Tee noch an Ihrem Geschirr.«

Larry ließ sich zurücksinken. »Das sind wirklich gute Neuigkeiten, vor allem für Miss Pyke.«

»Kann man das schon endgültig sagen, Sir? Die Sache mit den fehlenden Stunden, in der sie nirgends zu finden war, ist noch ungeklärt. Ich dachte, ich beobachte Miss Pyke noch eine Weile.«

»Das werden Sie hübsch bleiben lassen, Clarence. Ich bin froh, dass Dorothy mit dem Vorfall nichts zu tun hat.«

Er stützte sich an den Armlehnen ab und stand auf. »Wir sollten ihr die gute Nachricht sofort überbringen. Ich werde das selbst tun.«

»Wäre es nicht besser, wenn ich mit Miss Pyke spreche?«

»Sie haben exzellente Arbeit geleistet, Clarence. Lassen Sie mich nur machen.« Larry ging zur Hausbar und goss sich einen Brandy ein.

»Das sollten Sie aber nicht, Sir.«

»Natürlich nicht, aber es gibt etwas zu feiern.« Er betrachtete die bernsteinfarbene Flüssigkeit im Glas. »Ich stoße darauf an, dass mein Herz ganz von selbst schlappgemacht und dass niemand versucht hat, dem

Umstand nachzuhelfen.« Er prostete Oppenheim zu. »Wollen Sie auch einen?«

»Danke, nein, Sir.«

Larry leerte das Glas in einem Zug. »Wie spät ist es?«

»Kurz nach acht.«

»So früh? Da könnte ich eigentlich noch mal runtergehen und eine Hotelrunde drehen.«

»Wurde Ihnen nicht Ruhe verordnet?«

»Sie sehen ja, wenn ich mir zu viel Ruhe gönne, nicke ich am Schreibtisch ein.« Larry stellte das Glas zurück. »Ich will mich umziehen.«

»Soll ich Ihnen dabei helfen?« Der prächtige Oppenheim trat tatsächlich einen Schritt näher.

Larry musterte den Gusseisenmann. »Meine Angestellten haben in letzter Zeit die Angewohnheit, mich wie einen Greis zu behandeln. Danke«, setzte er freundlich hinzu. »In den Frack schaffe ich es gerade noch allein.«

»Falls Sie Miss Pyke anrufen wollen, Sir, ich habe sie vorhin in der Verwaltung gesehen.«

»Ich will es Dorothy lieber persönlich sagen. Und dann werden wir auf ihre Unschuld anstoßen.« Larry ging ins Schlafzimmer und schloss die Schiebetür.

Der Lichthof war so eng, dass er seinen Zweck, ein wenig Tageslicht zu schaffen, kaum erfüllte. Violet beugte sich weit hinaus. Nur jedes zweite Stockwerk hatte ein Fenster zum Hof. Ganz unten entdeckte sie eine Tür, dicht daneben lag ein Mann mit unschön verdrehten Gliedmaßen. Er lag auf dem Bauch, doch den Kopf hatte er nach hinten gedreht, als ob er nach oben starren würde.

»Wer ist das?« Sie lehnte sich ins Zimmer zurück. »Wer wohnt in dreihundertsieben?«

»Mr Brandeis«, flüsterte Rachel. An die Wand gelehnt hockte sie auf dem Boden, ihr Makeup war zerlaufen.

»Brandeis?« Violet brauchte einen Moment, um sich zu erinnern. Schläfrige Musik, Kerzenlicht, sie selbst im Zustand erschöpfter Entschlusslosigkeit, drei Uhr morgens im Nightingale Room, die Herzogin – und Mr Brandeis. Dort unten lag ein Mann, der auf seiner Hochzeitsreise im Savoy abgestiegen war. »Sie kannten ihn?«

»Ich habe für ihn ein Diktat aufgenommen.«

Währenddessen war John die ganze Zeit bewegungslos in der Zimmerecke geblieben.

»Komm, setz dich, John.« Violet klopfte auf die Bettdecke.

»Ich kann nicht.«

»Weshalb?«

»Ich halte die Tür fest. Sie würde sonst aus den Scharnieren fallen.«

Es war unangebracht, trotzdem musste Violet lachen. »Hast du die Tür kaputtgemacht?«

»Ich habe sie eingetreten.«

Violet schob einen schweren Sessel vor das Türblatt und arretierte es. »Setz dich. Ganz von Anfang, John.«

Er sank auf das Bett und erzählte. Auf Zimmer 324 hatte es einen Kurzschluss gegeben, John hatte den Schaltkasten am Ende des Flures geprüft und die Sicherung ausgetauscht. Unterwegs zum Fahrstuhl war er an 307 vorbeigekommen und hatte Schreie gehört. Er war stehengeblieben. »Ich habe geklopft«, sagte John. »Darauf haben die Schreie sich in etwas Ersticktes verwandelt. Ich habe noch einmal geklopft. Alles in Ordnung, hat jemand gesagt. Ist etwas passiert, fragte ich. Sie hat zu viel getrunken, sagte ein Mann. Ich wollte wissen, ob ich helfen kann. Nicht nötig, kam es von drinnen. Ich bin weitergegangen. Als ich ein Stück entfernt war, fingen die Schreie wieder an, diesmal habe ich *Hilfe* verstanden, klar und deutlich *Hilfe*.«

»Das waren Sie?« Violet trat auf Rachel zu. »Was hat Mr Brandeis getan?«

»Nichts Besonderes«, antwortete die Stenotypistin mit niedergeschlagenen Augen.

»Kommen Sie, Rachel, da unten liegt ein Mann und ist tot. Sie haben um Hilfe geschrien. Es ist nicht üblich, dass man während eines Diktats um Hilfe schreit. Was hat Mr Brandeis Ihnen angetan?«

Statt einer Antwort umfasste die Stenotypistin ihre Knie.

Violet versuchte es anders. »Ihr Job geht mich nichts an, Miss Rachel. Ich weiß, dass Sie eine exzellente Sekretärin sind. Ich möchte auch nicht Ihretwegen wissen, was passiert ist, sondern John zuliebe. Mr Brandeis dürfte bald gefunden werden, und dann haben wir die Polizei hier im Hotel.« Violet ging vor Rachel in die Knie. »Haben Sie wirklich nur ein Diktat aufgenommen?«

Die großen Augen blickten auf.

»Hatten Sie Sex mit Mr Brandeis?«

»Heute nicht.«

Rachels Offenheit machte Violet für einen Moment sprachlos. »Sie kannten ihn schon länger?« Rachel nickte. »Er war also nicht zum ersten Mal im Savoy?

Und bei seinen früheren Besuchen hatten Sie Sex mit ihm?«

»Nein, das war gestern.«

Plötzlich fiel es Violet wieder ein, der dritte Stock, der lange Korridor – gestern Abend war ihr Miss Rachel entgegengekommen, eine Schreibmappe unter dem Arm. Sie hatte an die Tür Nummer 307 geklopft.

»Aber gestern scheint nichts Besonderes vorgefallen zu sein, nichts, weswegen Sie schreien mussten?«

»Nein. Mr Brandeis war höflich. Er hat gut gerochen.«

»Und er wollte Sie heute schon wieder sehen?« Rachel nickte. »Was war heute anders?«

»Die Stimmung. Er selbst. Alles ist anders gewesen. Mr Brandeis war gereizt, schlecht gelaunt, er hatte Cognac getrunken. Ich habe ihn gefragt, ob ich wieder gehen soll. Er sagte, ich solle mich ausziehen.«

Violet sah sich im Zimmer um. »Ich dachte, Mr Brandeis war auf Hochzeitsreise.«

»Woher willst du das wissen?«, fragte John.

Ohne seine Frage zu beantworten, stand Violet auf und öffnete den Schrank. Nur ein kleiner brauner Koffer war hier verstaut, augenscheinlich nicht das Gepäck eines Brautpaares. »Hat Mr Brandeis seine Hochzeitsreise denn nicht erwähnt?«

»Ganz bestimmt nicht«, antwortete die Sekretärin.

»Und was wollte er heute von Ihnen?«

»Ich sollte nicht mit ihm schlafen. Er wollte, dass ich es ... nur so mache.«

Violet betrachtete die schmale Frau auf dem Boden. »Mit dem Mund?«

»Ja, mit dem Mund.«

»Und dann?«

»Ich schäme mich«, flüsterte sie. »Vor ihm.« Sie nickte in Johns Richtung.

»Er wird es verkraften«, entgegnete Violet. »Hat Mr Brandeis Sie gewürgt?«

»Nein. – Ja. Er hat mir seinen ...«

»Seinen Penis?«

»Ja, er hat ihn mir ...« Rachel deutete es an.

»So lange, bis Sie keine Luft mehr bekamen?«

»Ja.«

»Und dann?«

»Er schien mich dabei völlig vergessen zu haben. Er hat gestöhnt und geschwitzt und nicht aufgehört. Ich bin beinahe ...«

Eine einzelne Träne rann über Rachels Wange. Sehr wirkungsvoll, dachte Violet, genau im rechten Moment. Sie besann sich. War sie denn von ihrem Job im Theater schon derart abgestumpft, dass sie menschliche Regungen nur noch in Bezug auf Dramatik und Wirkung beurteilte?

»Es tut mir leid, Rachel, das muss schlimm für Sie gewesen sein. Und dann haben Sie geschrien?«

»Ich habe es versucht.«

»Und du hast es gehört?« John nickte. »Und dann?«

Er rückte an die Bettkante vor. »Diesmal habe ich nicht angeklopft.« »Sondern?«

Er zeigte wortlos zur Tür.

»Das ist eine ziemlich massive Tür. Wie hast du sie aufgebrochen?«

»Das Schloss ist kräftig, die Schwachstelle sind die Scharniere. Ich habe sie eingetreten«, antwortete er fachmännisch. »Ich habe gleich gesehen, was los war.«

»Und dann hast du Mr Brandeis einfach aus dem Fenster geworfen?«, fragte sie ungläubig.

»Ich habe ihn zuerst von Miss Rachel weggezerrt. Zu Beginn hat er sich nicht gewehrt, nur versucht, seine Hose zu schließen. Dann ist er auf mich losgesprungen.« John trat zu dem kleinen Blumentisch vor dem Fenster. »Ich habe ihn mit einem Schlag abgewehrt, siehst du, so. Er ist zurückgetaumelt und über den Tisch gestolpert. Er hat das Gleichgewicht verloren. Es ging sehr schnell.«

»So schnell, dass du ihn nicht mehr festhalten konntest?«, fragte sie skeptisch. »Bist du sicher, dass du ihn nicht doch gestoßen hast?«

»Nein, so war es nicht«, ging Rachel dazwischen. »Es war genau, wie John gesagt hat. Der Mann ist gestolpert und gefallen. Ich kann es bezeugen.«

»Sollten wir nicht Sir Laurence verständigen?«, fragte John.

Violet betrachtete John und Rachel, betrachtete den Zustand des Zimmers. »Larry ist krank. Wir wollen ihn zunächst nicht stören.«

Das Telefon klingelte. Die drei sahen einander an. Es klingelte zum zweiten Mal.

»Hat Mr Brandeis Sie über die Hauszentrale gebucht?«, fragte Violet.

»Ja, gestern. Aber heute nicht.«

»Wieso nicht?«

»Weil wir uns gestern schon für heute verabredet haben.«

Es klingelte zum dritten Mal.

»Die Zentrale kann es also nicht sein. Wer weiß noch, dass Sie hier sind?«

»Keiner außer Ihnen beiden.«

»Hat Sie niemand hier reingehen sehen?«

»Nein. Da bin ich sicher.«

Violet nahm das Telefon ab. Sie legte den Finger auf den Mund, John und die Sekretärin schwiegen. Violet horchte. Sie erwartete eine Frauenstimme.

»Hallo? Hallo, Brandeis?«, sagte ein Mann. »Sind Sie das?«

Eine Sekunde verstrich, dann war die Leitung unterbrochen. Der Mann am anderen Ende hatte aufgelegt.

7

Butter und Zwiebelduft

Miss Pyke überreichte Sir Laurence ihr Kündigungs-
schreiben. Nachdem er ihr die frohe Botschaft überbracht hatte, dass sich die Verdachtsmomente gegen sie
verflüchtigt hätten und sie einlud, mit ihm einen Ver-
söhnungsdrink zu nehmen, sagte sie, dass sie nicht länger im Savoy arbeiten könne. Larry war so überrumpelt, dass er das Papier anstarrte, als ob es in Keilschrift
verfasst worden wäre.

»Wieso wollen Sie mir kündigen, Dorothy? Jetzt
macht das doch gar keinen Sinn mehr.«

»Ich komme damit nur Ihrem nächsten Schritt zuvor«,

antwortete sie. »Als Folge der Ereignisse können Sie mich eigentlich nur hinauswerfen.«

Perfekt wie immer sah sie aus, dunkelblaues Kostüm, strenge weiße Bluse, die Frisur war von einer Akkuratesse, als ob sie jedes einzelne Haar in Position gebracht hätte.

»Haben Sie mir denn nicht zugehört? Unser Verdacht war unbegründet.«

»Trotzdem ist unser Vertrauen zerbrochen.«

»Im Gegenteil, durch dieses Ergebnis hat sich unser Vertrauen verfestigt. Ich habe mich in den Frack geschmissen, um mit Ihnen Frieden zu schließen.«

»Ich kann aber keinen Frieden mit Ihnen schließen.«

Miss Pyke und Larry standen einander in der Lobby gegenüber. Beide senkten die Stimmen, beide gaben ihren Mienen einen heiteren Ausdruck. Den Gästen sollte der Konflikt verborgen bleiben.

Ihr Gesicht wurde traurig. »Sie waren wie Familie für mich, Sir Laurence, wissen Sie das nicht? Ich hätte mich für Sie vor den Zug geworfen. Tatsächlich hätte ich alles für Sie und das Hotel getan.«

»Das weiß ich, weiß ich ja, Dorothy.« Er legte die Hand auf ihren Unterarm. »Verstehen Sie nicht, dass auch mich die Angelegenheit mitgenommen hat?«

»Wie konnten Sie auch nur einen Moment lang glauben, ich wäre fähig, Ihnen so etwas anzutun? Wieso haben Sie Ihren Gorilla auf mich losgelassen?« Sie entzog sich seiner Berührung.

»Oppenheim?«, erwiderte er überrascht. »Ich finde, Oppenheim hat sich in der Angelegenheit äußerst korrekt verhalten.«

»Oppenheim ist ein dummer Haudrauf«, gab sie zurück. »Ein Preisboxer im Anzug, er ist ein Niemand. Und ich lasse mich von einem Niemand nicht so behandeln.«

»Was wollen Sie denn noch von mir, Dorothy? Soll ich vor Ihnen auf die Knie fallen?«

»Nein, Sir Laurence, Sie sollen mich gehen lassen.«

Die gekränkte Seite Larrys war drauf und dran, Miss Pykes Wunsch zu erfüllen. Die andere Seite, in der Lebenserfahrung und Herzenswärme mitschwangen, riet ihm, Dorothy im Beisein seiner Mitarbeiter in aller Form um Entschuldigung zu bitten. Es schien der einzige Weg, um ihr Vertrauen wiederzugewinnen. Unglücklicherweise musste Larry in diesem Augenblick die Hände zweier Parlamentsabgeordneten schütteln, die ihn begrüßten.

Noch etwas anderes nahm seine Aufmerksamkeit gefangen. Gerade trat Lady Edith, gefolgt von ihrer Gesellschaftsdame, aus dem Fahrstuhl. Das Gepäck, das man aus dem Lift daneben lud, gehörte ihr. Der kleine Tross der Herzogin samt zwei Dienern und dem Chefbutler strebte dem Ausgang zu.

»Sie reisen schon wieder ab, Mylady?« Larry verbeugte sich. »Wollten Sie nicht zwei Tage länger bleiben?«

»Es hat sich etwas ergeben.« Sie schenkte ihm den seltsamen Blick ihrer leicht herabhängenden Augen.

»Ich darf doch nicht annehmen, es hätte an irgendeiner Annehmlichkeit gefehlt?«

»Oh nein, das Savoy war wie immer untadelig, Sir Laurence.« Mit einem Abschiedslächeln ging sie weiter.

Als Larry sich umdrehte, war Dorothy verschwunden. Er meinte, sie in Richtung Personalbüro laufen zu sehen, doch eine Gruppe ankommender Gäste versperrte ihm den Blick. Jemand wie Sir Laurence konnte es sich nicht leisten, seiner Sekretärin durch die Lobby nachzurennen. Warum eigentlich nicht? Weshalb pfiff er nicht auf die Etikette? Sie war die Beste, die perfekte Assistentin und der richtige Mensch, um sich täglich in seiner Nähe aufzuhalten. Er liebte ihren harten Schritt, ihre stramme Frisur, ihren Tee, der immer etwas zu schwach war, weil sie um sein Herz besorgt war. Wie war er nur darauf gekommen, sie zu beschuldigen? Warum hatte er sie gehen lassen, weshalb zum Teufel hatte er sie nicht aufgehalten?

»Sir?«

Wenn Larry einen bestimmten Menschen jetzt nicht sehen wollte, dann war es der Hausdetektiv. Mit ausladenden Schritten eilte Oppenheim auf ihn zu. »Was gibt es schon wieder, Clarence?«

»Das müssen Sie sich ansehen, Sir.« Der Detektiv hielt dicht vor ihm, zu dicht, der Mann hatte kein Gespür für Abstand.

»Ich will mir jetzt aber nichts ansehen müssen«, gab Larry zurück. »Wozu habe ich denn Sie?«

»Es ist unbedingt erforderlich, dass Sie mich in die Küche begleiten, Sir.« Oppenheim trat noch einen Schritt näher und überragte seinen Chef um Haupteslänge.

»Was soll ich in der Küche?«

»Ihre Enkelin erwartet Sie.«

»Vi ist im Haus? Was will sie denn in der Küche?« Noch während er sprach, setzte sich Larry in Bewegung.

Sie saß auf einem Blechstuhl, umringt von einem Groß-
teil der Küchenbelegschaft. Rund um Violet dampfte
und brodelte es, Gasflammen blitzten zwischen blan-
kem Chrom und weißen Fliesen. Der Geruch von Butter
und Zwiebeln umschwebte sie, von Eischaum und
Kräutern, Fleischbrühe und Mehlschwitze. Nirgends
hatte Violet je so eine verwirrende Mischung aus Düften
und Gerüchen erlebt wie in der Küche eines großen
Hotels. Maître Dryden, der das Hotelrestaurant vom
Makel eigenwilliger britischer Kochkunst befreit und
internationalisiert hatte, brachte ihr persönlich einen
Kräuterschnaps.

»Den habe ich selbst angesetzt.« Der Yorkshireman
mit dem Aussehen eines Sizilianers hielt das Gläschen
gegen das Licht. »Der Geist von Wacholder und Hei-
delbeere schwebt noch darin.«

Sie nahm den Schnaps mit zitternden Fingern, das
hatte sie einer Schauspielerin abgeguckt, die im Shakespeare mitspielte. Die Hand musste leicht zittern, nicht
zu sehr, aber stark genug, dass man die zweite Hand als
Stütze dazunehmen konnte.

»Vorsicht.« Dryden half ihr. »Danach wird es dir
gleich besser gehen.«

»Danke, Toby.«

Kaum jemand in der Küche durfte den Maître beim Vornamen nennen, Violet und er hatten eine gemeinsame Vergangenheit. Als Großvater Larry noch nicht gewusst hatte, was er mit dem kleinen Mädchen anfangen sollte, das in sein Leben geweht war, hatte er sie einmal in die Küche mitgenommen. Für Violet war es keine Küche gewesen, sondern ein magisches Reich voller Kreativität, eine hektische, erfinderische Welt, deren Quintessenz der Hotelgast auf seinem Teller serviert bekam. Violet hatte ihren Großvater gebeten, öfter in der Küche sein zu dürfen. Neben der Schule hatte sie daher seit ihrem zehnten Lebensjahr unter Maître Drydens Aufsicht mitgeholfen, manchmal beim Gemüseschneiden oder bei der Vorbereitung des Geflügels. In jener Zeit hatte sie sich mit Daisy Hackett angefreundet, einem gleichaltrigen Mädchen, das seither ihren Aufstieg gemacht und es bis zur Poissonnière gebracht hatte. Was immer auf den Menüs des Savoy mit Fisch zu tun hatte, unterstand Daisy Hackett.

Violet hatte ihrer Jugendfreundin vorhin einen Besuch abgestattet. Während Daisy eine Pause nahm, waren die beiden zum Rauchen ins Freie gegangen. Der schnellste Weg, um zwischendurch eine zu qualmen, führte in den Lichthof hinter der Vorratskammer. Die grausige Entdeckung, die sie dort gemacht hatten, war der Grund, weswegen Violet einen Schnaps brauchte.

»Guten Abend, Sir«, hörte sie plötzlich von allen Seiten. »Sir Laurence – Wie geht es Ihnen, Sir Laurence?«

Es geschah nicht jeden Tag, dass der Hoteldirektor die Küche besuchte. Violet beobachtete, wie ihr Großvater zuerst Maître Dryden, dann den Souschef, die Patissière und den Beilagenkoch begrüßte. Sie war froh, dass Larry gekommen war, zugleich ängstlich, weil er immer schon einen Riecher dafür gehabt hatte, wenn ihm etwas vorgemacht wurde. Dryden und die Küchenmannschaft hatten Violet ihre Story abgenommen, schließlich hatte sie Daisy als Zeugin. Nun würde ihr Großvater die entscheidende Hürde darstellen.

»Was ist mit dir? Du bist kreidebleich.« Im Frack trat Sir Laurence vor sie, immer noch ein Mann mit *bella figura*.

»Ihre Enkelin hat ihn entdeckt«, erklärte Dryden.

»Ich verstehe nicht. Kann man mich bitte aufklären?«

Ein Wink des Maître, für Larry wurde ein Stuhl hingestellt. »Es ist schrecklich«, sagte die Patissière. »Ich möchte so etwas nie erleben.«

Sir Laurence setzte diesen Blick auf, der sagte, dass er Objektivität walten lassen würde, doch Violet kannte ihn besser. Ihr Großvater hatte die Fähigkeit, in der Seele seiner Enkelin umherzuwandern. Sie musste auf der Hut sein.

»Wieso bist du überhaupt im Haus, Vi?«

»Ich wollte dich besuchen.«

»Ich halte mich normalerweise nicht in der Küche auf.«

»Wie geht es dir denn?«

»Mein Befinden steht nicht zur Disposition. Du bist es, die in meiner Küche Kräuterlikör trinkt.«

Violet stellte das Glas ab und erzählte unter der gebannten Aufmerksamkeit der Küchencrew, wie Daisy vorhin zum Lichthof vorausgegangen sei, dass sich die Tür dort aber nicht habe öffnen lassen. Gemeinsam hätten sie sich dagegengestemmt und wären schreiend zurückgeprallt. Dort lag jemand. Der Mann, scheinbar ein Gast, sei tot gewesen. Weder Daisy noch Violet hätten je zuvor eine Leiche gesehen. Daisy hatte einen Schock erlitten und war auf ihr Zimmer gebracht worden.

Alle Blicke richteten sich auf Larry. Er schwieg mehrere Sekunden lang. »Wie lange ist das jetzt her?«

»Keine fünfzehn Minuten, Sir«, antwortete der Maître.

»Wurde Doktor Garrisson schon verständigt?«

Oppenheim bestätigte das.

»Wieso ist er noch nicht hier?«

»Er kümmert sich um eine Verdauungsstörung im vierten Stock.«

»Er soll ein Abführmittel verabreichen und sofort kommen.«

Oppenheim ging ans Telefon.

»Weiß man, um wen es sich bei dem Toten handelt?«, fragte Larry. »Wer liegt da draußen?«

Die Anwesenden versicherten, dass sie keine Ahnung hätten. »Wir haben ihn nur einen Moment lang gesehen«, erklärte Violet. »Er hat die Augen offen und starrt nach oben.«

Plötzlich hob Larry den Kopf. »Riecht hier nicht irgendetwas sonderbar? Irgendwas riecht hier so …« Er schnupperte.

»Auf eure Plätze!«, rief der Maître. »Weitermachen.« Alle eilten an die lange Batterie aus Herden und Öfen zurück. Dryden inspizierte jeden einzelnen. »Ethel, du übernimmst für Daisy. – Das muss umgerührt werden. – Das Fleisch war zu lange drin. Wir brauchen frisches Roastbeef. – Der Teig ist so weit. Mehr Rosinen.« Der Küchenbetrieb kam erst langsam wieder auf Touren.

Oppenheim bahnte sich einen Weg zwischen den weiß gekleideten Köchen und kehrte zu Sir Larry zurück. »Garrisson ist unterwegs. Die Polizei dürfte auch in ein paar Minuten hier sein.«

»Gut.« Larry musterte Violet mit seitlich gelegtem Kopf. »Irgendwie sonderbar.«

»Was denn, Großvater?«

»Du kommst ins Hotel, weil du nach mir sehen willst. Stattdessen verläufst du dich in die Küche und triffst deine Freundin. Ihr wollt im Taubenhof eine rauchen, und ausgerechnet heute liegt da draußen eine Leiche. Sollte das reiner Zufall sein?«

»Was denn sonst?«, fragte sie mit bangem Herzen. »Glaubst du mir etwa nicht?«

»Doch, ich glaube dir. Alles andere wäre einfach zu abwegig.« Nachdenklich stand Larry auf. »Zeigen Sie mir jetzt den Toten, Clarence.«

»Sie wollen ihn sehen, persönlich?« Der Detektiv trat seinem Chef in den Weg.

»Wer immer da draußen liegt, war mein Gast«, antwortete Larry. »Vielleicht kannte ich ihn. Ich muss ihn sehen.«

»Hier entlang, Sir.«

»Ich komme mit.« Violet stand ebenfalls auf.

»Ich glaube, dass der Anblick nichts für Sie ist, Miss«, versuchte Oppenheim es erneut.

»Lassen Sie nur, Clarence.« Larry wartete, bis seine Enkelin ihn erreichte. »Du hast diesen Mann also nicht gekannt, Vi?«

»Natürlich nicht.«

Die Lüge, wieder einmal die Lüge. Diesmal log Violet John zuliebe, er durfte in die Sache nicht verwickelt werden. Ohne Larry anzusehen, folgte sie Oppenheim durch den Vorratsraum.

Die Tür zum Hof stand offen, ein ungewohntes Geräusch war zu hören. Larry und Violet traten in den Türausschnitt. Eine Taube hatte sich auf die Schulter des toten Mannes gesetzt und gurrte voll Inbrunst. Alles in allem hatte der Anblick etwas Friedliches.

⁓

»Ich kannte Mr Brandeis.«

»Woher?« Violet saß im mitternachtsblauen Sessel.

»Der Mann trat als Tabakhändler auf, in Wirklichkeit war er so etwas wie ein Makler«, sagte Larry hinter dem Paravent.

»Was bedeutet das?«

»Er verschaffte Leuten, die seine Dienste in Anspruch nahmen, das, was sie haben wollten«, antwortete er von der anderen Seite der Seidenstickerei. Das Motiv des Paravents stellte eine japanische Raupe dar, die an einem Schilfhalm emporkroch.

»Zum Beispiel?«

»Informationen.« Larry tauchte dahinter auf. In seinem cremefarbenen Schlafanzug wirkte er wie ein gealterter Pierrot.

Violet wollte Larry ins Bett helfen, er machte eine abwehrende Geste. »Welche Art von Informationen hat er beschafft?«

»Die Art, für die andere Leute bezahlen.« Larry schlug die Decke zurück und hob seine Beine langsam ins Bett.

Violet fiel auf, wie gebrechlich und zart ihr Großvater geworden war. »Woher weißt du das alles über ihn?«

»Von Oppenheim natürlich.« Er schmunzelte. »Solche Sachen kriegt Clarence im Handumdrehen heraus.« Larry schob ein zweites Kissen unter den Nacken. »Ich weiß gar nicht, warum ich auf einmal so müde bin.« Mit einem Seufzer beschirmte er die Augen.

»Na hör mal, man darf doch müde sein. Du bist eben erschöpft.« Violet löschte das große Licht. Ob sie Max später noch anrufen sollte? Er war am Telefon so enttäuscht gewesen. Es tat ihr leid, ihn versetzt zu haben. Vorher musste sie aber noch John einen Besuch abstatten und ihn beruhigen, dass die Polizei bisher an dem unglücklichen Fenstersturz von Mr Brandeis keinen Zweifel zu haben schien. Niemand war auf die Idee gekommen, die Scharniere der Zimmertür zu überprüfen. Während der allgemeinen Aufregung in der Küche hatte John die Tür repariert. Miss Rachel war längst an ihre Arbeit zurückgekehrt.

»War Mr Brandeis verheiratet?« Violets Hand lag noch auf dem Lichtschalter. »Ich meine, sollte man seine Familie verständigen?«

Im Halbdunkel hob Larry den Kopf. »Dieser Mann hatte keine Frau, auch keine Familie. Dieser Mann brauchte seine Freiheit, um das zu tun, was er getan hat.«

»Verstehe.« Violet verstand es immer noch nicht. Weshalb behauptete ein Tabakhändler, er sei auf Hochzeitsreise, wenn das nicht stimmte? Warum reiste er praktisch ohne Gepäck? Wieso hatte Brandeis eine Gelegenheitsprostituierte auf sein Zimmer bestellt, obwohl er seine Braut erwartete? Weshalb hatte er die arme Miss Rachel misshandelt? Und warum hatte sich dieser Mann spätnachts in einer Bar mit der Herzogin von

Londonderry getroffen? Ein Zufall, das wäre möglich, aber die Art, wie die beiden sich unterhalten hatten, war zu auffällig gewesen.

»Vielleicht hast du recht«, murmelte Larry, schon im Halbschlaf. »Ich werde Dorothy bitten, ein Beileidstelegramm an die Familie von Mr Brandeis zu schicken.« Er seufzte. »Ach verdammt, Dorothy hat mir ja …«

»Was hat Dorothy?« Violet näherte sich Larrys Bett und erkannte, dass er eingeschlafen war. Zärtlich strich sie über seine Wange und verließ das Schlafzimmer ihres Großvaters entlang des Ananasmusters.

8

Die Befürchtung

Otto hatte nichts Böses getan, aber *getan* hatte er immerhin etwas. Er wollte nicht die Schuld für eine harmlose Sache in die Schuhe geschoben bekommen, die durch den Tod von Mr Brandeis ihre Harmlosigkeit eingebüßt hatte. Letzte Nacht hatte Otto nachgedacht, was er unternehmen könnte, heute saß er in einem getäfelten Vorzimmer und rauchte. Er betrachtete die Roth-Händle-Packung in seiner Hand. Mr Brandeis hatte sie ihm geschenkt.

Gleich bei ihrer ersten Begegnung war Mr Brandeis Ottos Blick auf die deutsche Marke aufgefallen. »Vorsicht, die sind stark, mein Junge«, hatte Brandeis gesagt und ihm die fast volle Packung zugeworfen. Otto hatte sich eine angesteckt und zu verbergen versucht, dass ihm von dem Kraut rasch übel wurde. Während Ottos Pause waren sie zusammen am Fenster gestanden. Brandeis hatte erzählt, dass Deutschland der größte Tabakimporteur der Welt sei, was Otto kaum glauben konnte. »Hunderttausend Tonnen führen wir jährlich ein«, hatte Brandeis behauptet. »Vor allem aus der Türkei.« Nachdem die Zigaretten heruntergeraucht waren, hatte er etwas Sonderbares gefragt. »Du fährst doch euren Hoteldirektor täglich auf und ab, nicht wahr?« Stolz hatte Otto geantwortet, dass Sir Laurence tatsächlich meistens seinen Fahrstuhl benützte.

»Was ist er so für ein Mensch, dieser Laurence Wilder?«

Ottos Pause war eigentlich zu Ende gewesen, doch es gefiel ihm, über den König des Savoy Auskunft zu geben. Er berichtete, was er wusste und auch einiges, was man sich so erzählte. Dass der Direktor einen präzisen Tagesablauf hätte und dass Miss Pyke über die Einhaltung dieses Planes wachen würde. Sir Laurence kannte die meisten der prominenten Gäste des Hauses persönlich, selbst den Premierminister, und niemand

konnte sich vorstellen, wie es mit dem Savoy einmal
ohne Sir Larry weitergehen sollte. Darauf hatte Mr
Brandeis Otto ein üppiges Trinkgeld gegeben und war
seitdem mit ihm im Aufzug gefahren.

»Otto Stichler?« Die Vorzimmerdame riss Otto aus
seinen Gedanken.

Rasch machte er die Zigarette aus. »Ja, hier.«

»Kommen Sie mit. Mr Wilder hat allerdings nur kurz
Zeit für Sie.«

»Danke, es wird bestimmt nicht lange dauern.« Er
strich seine Uniformjacke glatt.

Seit die Nachricht von Sir Laurences Erkrankung
durchgesickert war, hieß es im Hotel, er dürfe nicht gestört werden. Otto war nicht sicher, wieviel Sinn es hatte,
den zweiten Mann des Hauses aufzusuchen. Andererseits
hatte er keine Lust, sein Bekenntnis Mr Sykes zu offen-
baren. Der strenge Chefbutler war imstande, ihm wegen
dieser lächerlichen Indiskretion den Laufpass zu geben.

Young Henry hatte sein Büro am Ende des Verwal-
tungstraktes. Insgeheim lachte die Belegschaft darüber,
dass er Hoteldirektor spielte. Täglich musste ihm die
Gästeliste vorgelegt werden, er bestellte Mrs Drake zu
sich und erteilte ihr Aufträge, er mischte sich in Fragen
der Personalabteilung ein und wohnte Vorstellungsge-

sprächen bei. Da diese Schattendirektion mit Billigung von Sir Laurence geschah, akzeptierten die Angestellten Henrys Aktivitäten. »Wohin gehst du?«, lautete ein Witz im Savoy. »Zu Young Henry.«

»Und was machst du dort?«

»Ich vertrödle meine Zeit.«

Otto wollte sein Gewissen erleichtern. Indem er Young Henry gewisse Bedenken mitteilte, würde er sie quasi an offizieller Stelle deponieren. Niemand konnte ihm hinterher Vorwürfe machen. Otto nahm sein Käppchen ab und trat ins Büro. Henry Wilder erwartete ihn. Der blasse Kronprinz des Savoy wirkte hinter seinem großen Schreibtisch recht verloren.

Violet saß im Bett von Max. Sie hatte nicht mit ihm geschlafen, zumindest war sie so gut wie sicher.

Max hatte ihre Entschuldigung am Telefon nicht akzeptieren wollen und darauf bestanden, dass sie einander noch sehen sollten. Direkt von John war Violet zu Max gefahren, eine Reise zwischen zwei Welten. Noch während die Polizei im Haus war, hatte John ihr angekündigt, er wolle sich stellen und alles gestehen. Lügen sei nicht seine Art, außerdem werde die Polizei den Schaden an der Tür von 307 bestimmt entdecken. Kurz vor Mitternacht hatte Violet ihn immerhin so weit gehabt, wenigstens abzuwarten, bis Oppenheim die Ermittlungsergebnisse vorliegen würden. John hatte gefragt, ob Violet bei ihm schlafen wolle, wieder hatte sie ihm eine Lüge aufgetischt.

Trotz ihrer Gewissensbisse war sie vor dem Hotel ins Taxi gesprungen und zu Max gefahren. Max Hammersmith wohnte am Regent's Park, was nobel und zugleich praktisch war, denn die BBC befand sich nur wenige Straßenzüge entfernt. Violet hatte sich von ihm den Trenchcoat abnehmen, einen Drink eingießen, zur Couch führen und küssen lassen. Sie sagte, dass es ihr leidtue wegen seines verpatzten Abends. Max hörte nur mit halbem Ohr zu. Er war dabei, ihren Hals mit Küssen zu erkunden.

»Warte, Max. Ich muss dir etwas sagen. Ich war heute Abend bei meinem Freund.«

Er hob den Kopf, rutschte auf der Couch zurück und erwartete Violets Erklärung. Ihre Erklärung war, dass sie die schäbigen Halbwahrheiten satt hatte. Als Autorin war sie gewissermaßen professionell zur Lüge gezwungen, doch privat musste damit Schluss sein.

»Liebst du ihn?«, fragte Max, nachdem sie von John erzählt hatte und wie stark sie sich zu ihm hingezogen fühlte, auch von ihrem Wissen um die Aussichtslosigkeit dieser Beziehung und der Faszination, die Max auf sie ausübe. Zugleich sei sie gehemmt durch ihre Unsicherheit, ob sie ihn als Chef bewundern und gleichzeitig als Mann attraktiv finden könne. Nach den Lügen der letzten Zeit empfand Violet die Wahrheit als reinigenden Neubeginn und konnte Max daher nur eine Antwort geben. »Ja, ich liebe John.«

»Tja, in dem Fall ...« Er stand auf und goss sich einen Scotch ein. »In dem Fall kann man natürlich nichts machen.«

»Aber ich will ja etwas machen, Max«, rief sie. »Du weißt, dass du ein besonderer, ein wunderbarer Mensch für mich bist.«

»Oouuh.« Er verzog das Gesicht, als ob er in eine Zitrone gebissen hätte. »Das ist so ziemlich das Schlimmste, was man einem verliebten Mann sagen kann. Ich will kein wunderbarer Mensch sein, Vi, und bin es im Übrigen auch nicht. Ich bin kein Pygmalion, der eine begabte Autorin zu einer brillanten Autorin macht, mit dem Nebeneffekt, dass sie sich einbildet, sie sei verliebt in ihn.«

»So habe ich es nicht gemeint.«

»Ich fürchte, genau so hast du es gemeint. Denn dein Herz hast du bei deinem Klempner in der Dachkammer gelassen.«

»John ist Mechaniker«, widersprach sie hilflos, rutschte neben Max und sank ohne Worte an seine Schulter.

In dieser sonderbaren Lage tat Max eine Zeitlang gar nichts. Schließlich begann er gedankenverloren, ihren Nacken zu streicheln. »Hast du Hunger?«

»Ich bin nur hundemüde. Jede Nacht wird das jetzt so spät, und dann wunderst du dich, dass meine Texte nichts taugen.«

»Aber ich habe Hunger.« Er half der schläfrigen Violet auf die Beine und führte sie in die Küche. Als ihr der Geruch von Speck und Ei in die Nase stieg, merkte sie erst, wie hungrig sie in Wirklichkeit war und verdrückte ihre Portion im Handumdrehen.

»Wenn ich dir jetzt vorschlage, hier zu schlafen, fändest du das unanständig?« Er wischte Eidotter mit Brot auf.

»Natürlich wäre das unanständig.«

»Es ist aber gerade so gemütlich.«

»Max, es ist doch klar, was dann passieren würde.«

»Du kennst mich nicht. Wenn ich dir verspreche, bis hierhin und nicht weiter, dann meine ich das auch so.«

»Nein, Max, nein.«

»Wozu willst du jetzt noch heimfahren?« Er nahm ihre Hand. »Denk mal nach, Vi. Du kannst mir doch nicht erst einen Korb fürs Dinner geben, mir dann gestehen, dass du einen anderen Mann liebst und mir schließlich nicht einmal gestatten, dich in den Schlaf zu wiegen, und das alles an einem einzigen Abend.«

Violet saß im Bett von Max Hammersmith. Freundlich schien der neue Tag herein. Max hatte Wort gehalten. Sie waren einander in den Armen gelegen, hatten gelacht und geredet und als die Kerze erlosch, hatten sie im Dunkeln weitergeflüstert. Später hatte Max ihr aus dem Kleid geholfen. Mit seinen warmen Armen über ihrer Brust war sie eingeschlafen.

Seine Arme waren verschwunden, Max war in die Redaktion aufgebrochen. Violet starrte ihr Kleid auf der Stuhllehne an. So konnte sie unmöglich bei der Arbeit erscheinen. Sie wollte erst nach Hause und sich umziehen. In einer Stunde begann die Probe im Sadler's Wells Theatre.

9

Kamarowski

Es lag eine Verwechslung vor. Mr Lilienthal und Mr
Kamarowski waren mit dem gleichen Schlafwagenzug
von Paris, Gare du Nord abgereist, hatten den Ärmel-
kanal per Fähre schlafend überquert und Dover im
Morgengrauen erreicht. Die Schlafwagen, ausschließlich erste Klasse, waren kleiner als die sonst von der
französischen Gesellschaft verwendeten, weil sie dem
schmaleren britischen Gleisprofil angepasst werden
mussten. Der Zug führte einen Gepäck- und einen
Speisewagen mit und erreichte London Victoria Station
um die Mittagszeit. Viktor Kamarowski und Emil Li-

lienthal nahmen unterschiedliche Taxen und trafen wenige Minuten nacheinander im Savoy ein, ohne einander auf der ganzen Reise begegnet zu sein.

Wie sich herausstellte, besaßen beide Herren eine Reservierung für die gleiche Suite, ein unangenehmer, aber leider nicht zu korrigierender Fehler, da das Hotel ausgebucht war. Mr Sykes formulierte seine Entschuldigung blumig und wahrheitsgemäß und bot einem von beiden an, ihn auf Kosten des Savoy in einem anderen, nahegelegenen Hotel unterzubringen. Lilienthal und Kamarowski lehnten gleichermaßen ab.

»Meine Herren, wie stellen Sie sich das vor?« Mr Sykes blätterte in dem großen Registerbuch vor und zurück.

»Ich habe noch nie erlebt, dass ein Hotel tatsächlich völlig ausgebucht ist. Irgendwo findet sich immer ein Platzerl.« Emil Lilienthal hatte das fröhliche Äußere einer Spitzmaus, die sich in einem erfolgreichen Leben einen Wohlstandsleib zugelegt hatte. Trotz des schönen Wetters trug er einen beigen Wollmantel, auf dem Kopf eine Melone und zwinkerte dem Chefbutler vertrauensvoll zu. »Sie sollten sich für einen alten Stammgast schon ein bissl anstrengen.«

»Es tut mit schrecklich leid, aber es wäre nicht einmal

ein Einzelzimmer für Sie frei, Mr Lilienthal.« Sykes ließ in dem Satz all sein Bedauern mitschwingen.

Mit gönnerhaftem Gleichmut wandte sich Lilienthal an Kamarowski. »Mir wurde die Meridian Suite halt zugesagt.«

»Ich würde sie Ihnen mit Freuden überlassen«, antwortete sein Gegenüber, »wäre mir die Meridian Suite nicht telegrafisch zugesichert worden.« Viktor Kamarowskis Gesicht war gezeichnet von Genuss. Zu viel rotes Fleisch, zu viel weißes Brot, zu viele Begierden und ihre Erfüllung. Sein Bart umrahmte Mund und Kinn, er schien seit Längerem nicht gestutzt worden zu sein. Das Grau darin war ein Hinweis auf Kamarowskis Jahre, dagegen war sein Haupthaar dicht und schwarz geblieben, er hatte es achtlos nach hinten gekämmt. Kamarowski trug einen schwarzen Anzug mit Weste, die Manschettenknöpfe zierten winzige Diamanten.

»Wie wollen wir denn nun vorgehen?«, fragte Lilienthal, da er sich von Mr Sykes keine Lösung des Problems erwartete.

»Ich bestehe auf meiner Reservierung«, antwortete Kamarowski, nicht feindselig, nicht großspurig, sondern wie jemand, der am Ende jedes Mal gewann.

Wenn Lilienthal lächelte, überzog sich das Gesicht der Spitzmaus mit Weisheit. »Finden Sie das klug?«

»Selbstverständlich.« Kamarowskis Augen blieben eisern. »Es macht Ihnen hoffentlich nichts aus, zurückzutreten.«

»Ich vermag auf meine Suite leider nicht zu verzichten«, schmunzelte Lilienthal. »Ich bin müde von der Reise, und es ist jetzt …« Er zog seine Taschenuhr. »Es ist auf die Minute genau Zeit für meinen Mittagsschlaf.«

Zu Sykes gewandt sagte Kamarowski: »Lassen Sie bitte mein Gepäck hinaufbringen.«

»Meine Herren, aber meine Herren.« Mr Sykes griff sich den Schlüssel der Meridian Suite und kam zu den beiden auf die andere Seite der Rezeption. »Wollen Sie mir vielleicht in den Kensington Room folgen? Dort besprechen wir alles in Ruhe.« Er wies auf einige Gäste, die der Auseinandersetzung bereits neugierig folgten.

»Danke, aber ich fahre lieber in meine Suite«, lächelte Lilienthal. »Sie können den andern Herren gern in den Kensington Room begleiten.« Er machte sich auf den Weg zum Fahrstuhl.

Unter Zurücklassung seines Gepäcks gelang es Kamarowski, Lilienthal zu überholen, beide eilten auf den

Aufzug Nummer drei zu. Alarmiert folgte ihnen Mr Sykes. Zu dritt schlüpften sie in Ottos Kabine.

»In den zweiten, Boy«, sagte Lilienthal.

»Für mich auch der zweite.« Kamarowski nahm breitbeinig die Mitte ein.

»Willkommen im Hotel Savoy, Gentlemen. Zweite Etage«, antwortete Otto vorschriftsmäßig und schloss das Scherengitter.

»Aus dem Allgäu?« Lilienthal nahm die Melone ab.

»Wie bitte, Sir?« Otto warf einen Blick in seinen Spiegel.

»Du kommst aus dem Allgäu, Junge, oder – nein, warte, aus Bayern?«

»Stimmt, Sir«, erwiderte Otto freundlich, aber nicht familiär. »Von wo da?«

»München, Sir.«

»München? Da war ich schon länger nicht mehr. Ich bin aus Wien, musst du wissen.« Lilienthal zwinkerte in Ottos Spiegel.

»Angenehmen Aufenthalt in London. Sir.«

»Das wird sich noch zeigen.« Er lächelte Mr Sykes zu.

Otto wunderte sich, weshalb der Chefbutler mitgefahren war. Es gehörte nicht zu den Aufgaben von Mr

Sykes, gewöhnliche Gäste auf ihre Zimmer zu begleiten.

»Zweite Etage, Gentlemen.« Das Scherengitter öffnete sich. Es kam Otto vor, als ob die Männer eine Art Wettlauf den Korridor hinunter veranstalten würden.

Bevor Sykes ihnen folgte, zischte er Otto zu: »Benachrichtige Oppenheim. Es könnte Schwierigkeiten geben.«

»Nicht besser Sir Laurence?«

»Tu, was ich dir sage.«

»Sofort, Mr Sykes.«

In diesem Moment trat das Zimmermädchen Louise aus der Meridian Suite. Sie hatte frische Blumen in die Vasen gestellt. Lilienthal, der Sportlichere von beiden, erreichte die Suite als Erster und nahm sie in Beschlag. Um seinen Besitzanspruch zu demonstrieren, ließ er sich auf das mit Brokat bezogene Sofa fallen und breitete die Arme aus.

»Genau wie ich es in Erinnerung habe«, seufzte er ein wenig außer Atem.

Louise knickste. »Haben Sie noch einen besonderen Wunsch?«

»Alles ist in bester Ordnung.« Lilienthal griff in seine Westentasche und gab ihr eine Münze.

»Vielen Dank, Sir.«

In ihrem Rücken spürte sie das Eintreten eines zweiten Gastes und stand verblüfft Kamarowski gegenüber.

»Bewohnen die Herren die Suite zusammen?«, fragte Louise. »Da hätte ich das zweite Bett beziehen müssen.« Als nun auch noch Mr Sykes eintrat, war Louise vollends verwirrt. »Verzeihen Sie, Mr Sykes, ich wusste nicht, dass wir eine Doppelbelegung haben.«

»Wir haben keine Doppelbelegung.« Kamarowski zog die Jacke aus und warf sie über den Stuhl.

»Gehen Sie, Louise.« Hastig winkte Sykes sie hinaus.

»Was soll ich denn jetzt veranlassen, Sir?«

»Gehen Sie, gehen Sie schon.«

Louise huschte hinaus und schloss die Tür.

»Meine Herren, bitte«, setzte Mr Sykes zu einem weiteren Vermittlungsgespräch an.

Lilienthal stand auf, warf einen Blick ins Schlafzimmer und einen weiteren auf die Chaiselongue im vorderen Raum. »Ein zweites Bett, sieh mal an.« Er legte seine Melone auf denselben Stuhl, über dem Kamarowskis Jacke hing, und trat auf den Mann in der schwarzen Weste zu. Schweißperlen standen auf Kamarowskis Stirn.

»Ich habe mich noch nicht vorgestellt. Mein Name ist Emil Lilienthal. Ich habe ein Modegeschäft in Wien, vorwiegend Herrenkonfektion, aber meine Frau liegt mir in den Ohren, dass wir uns auf Damenmode vergrößern sollten. Kennen Sie Wien?«

Kamarowski war nicht willens, auf den versöhnlichen Ton des Juden einzugehen, doch die Hand konnte er ihm immerhin geben. »Kamarowski.«

»Sind Sie verwandt mit Boris und Perdita Kamarowski aus Breslau?«

»Ich kenne Boris und Perdita nicht«, antwortete Kamarowski überrumpelt.

»Das sind ganz reizende Menschen, also ich muss sagen, wirklich ganz reizend. Warum setzen wir uns nicht?« Lilienthal winkte dem Chefbutler. »Mein Lieber, bringen Sie uns was zu trinken, einen guten Tropfen. Einverstanden?«, fragte er Kamarowski.

»Warum nicht? Ich bin wirklich durstig.«

»Diese Reise!«, lamentierte Lilienthal. »Diese Reise kostet mich immer mindestens zwei Tage, bis ich wirklich angekommen bin.« Während Sykes unhörbar die Suite verließ, beugte Lilienthal sich vor. »Meine Verdauung, die lässt mich auf Reisen immer im Stich.«

»Ich kenne Wien ganz gut.« Kamarowski öffnete den untersten Westenknopf.

10

Der Stich

Peggy Ashcroft in der Rolle der Viola, Merle Oberon als Olivia und Mortimer Pryor als Junker Bleichenwang, die Besetzung von Shakespeares *Twelfth Night* war absolut handverlesen. Doch im Grunde waren sie alle, alle nur gekommen, um Gielgud zu sehen. John Gielgud war bemerkenswert, brillant durch Präzision, die Bandbreite seiner Lautmalerei suchte ihresgleichen, und doch fand Violet seine Art, Theater zu spielen, durchschaubar. Stets hatte er sich und das Ensemble im Griff, stets war er Herr der Lage und König der Rampe. Sollte die Definition großer Schauspielkunst jedoch nicht sein, dass sich der Darsteller in seiner Rolle verlor, zu einem anderen wurde, den der Zuschauer nicht mehr wiedererkannte? Bei Gielgud gewann man den Eindruck, seine Kunst sei federleicht, als ob er in einem Moment zwar Malvolio sei, im selben Moment aber dem Publikum auch hätte zuzwinkern können: Ihr wisst ja, dass ich nur so tue, als ob. Das Phänomen Gielgud erklärte sich nur durch Gielgud selbst. Er hatte die Aura eines Stars, und die Leute waren gekommen, den Star zu feiern.

Eigentlich hatte Violet die Premiere vom Stehplatz aus verfolgen und sich ein Bild machen wollen, wie das Publikum reagierte. Über Nacht war leider die Souffleuse erkrankt, Violet musste einspringen. Um sechs Uhr abends hatte man sie erreicht, um halb sieben war sie abgehetzt im Theater eingetroffen und hatte sich mit dem Soufflierbuch vertraut gemacht. Als der Vorhang hochging, weihte sie ihr Stoßgebet der Textsicherheit der Darsteller und ging im Blindflug in die Premiere.

Während des gewaltigen Sturmes, der das Stück eröffnete, fiel die Blitzmaschine aus, der Mann am Donnerblech ließ es darum doppelt kräftig donnern, weshalb man von den Dialogen so gut wie nichts verstand. Gielgud verhaspelte sich bei seinem Eröffnungsauftritt mehrmals im Text. Nervöser als sonst spielte er mit dem riesigen Taschentuch in seinen Händen. Das Requisit hatte für Malvolio keinerlei Bedeutung, es war der liebenswerte Ausdruck von Gielguds Eitelkeit. Das Besondere an seiner Erscheinung war die ungewöhnliche Feinheit und körperliche Eleganz. Im krassen Gegensatz dazu standen Gielguds Hände, er hatte die Pranken eines Metzgers, die sich bei der kleinsten Emotion röteten. Der versierte Umgang mit dem Taschentuch sollte es kaschieren.

Nach dem, was Violet in ihrem Verlies auf der Unterbühne mitbekam, durfte man mit einem Erfolg rechnen. Die Leute schmachteten mit der schönen Viola, die, als Junge verkleidet, dem Herzog ihre Liebe nicht gestehen durfte. Sie lachten über die betrunkenen Zoten von Sir Toby und hingen an den Lippen von John Gielgud. Er spielte den bedauernswerten Bösewicht des Stückes, der sich von den Komikern hinters Licht führen ließ und zum Gespött der angebeteten Olivia wurde.

Für Violet vergingen die zweieinhalb Stunden in höchster Konzentration. Mehrmals musste sie helfend eingreifen und machte ihre Sache so zufriedenstellend, dass Gielgud ihr wohlwollend zunickte. Violet stellte fest, dass eine Souffleuse durch ihren besonderen Blickwinkel vor allem mit dem Schuhwerk, den Waden und manchmal mit dem Geruch der Schauspielerfüße konfrontiert wurde. Dadurch verlor Shakespeare zwangsläufig an Grandezza, das Stück hätte genauso gut eine trampelnde Bauernkomödie sein können. Während der Schlussapplaus hochbrandete, verließ Violet ihr Kabäuschen und stellte fest, dass sie von Kopf bis Fuß durchgeschwitzt war. Wie sollte sie so schnell ein passendes Kleid für die Premierenfeier auftreiben?

Am frühen Abend hatte sich Sir Laurence nicht besonders wohl gefühlt, aber um nichts in der Welt hätte er die Premiere seiner Enkelin verpasst. Er hatte sich in den Abendanzug helfen lassen und war ins Sadler's Wells gefahren. Während der Vorstellung hatte er sein schlechtes Befinden nach und nach vergessen, gegen Ende herzlich mitgelacht und sich dem Beifallssturm für John Gielgud angeschlossen. Er wollte noch so lange im Theater bleiben, bis Violet ins Foyer kommen würde, ihr gratulieren und dann zu Bett gehen. Während er wartete, trat ein Mann auf ihn zu, der sich als Gast seines Hauses vorstellte.

»Ich habe einen Untermieter in meiner Suite«, sagte Viktor Kamarowski und hielt seine Zigarre senkrecht nach oben, da er nirgends einen Aschenbecher entdecken konnte.

»Um welche Suite handelt es sich?«, fragte Larry höflich.

»Die Meridian Suite. Es hat offenbar eine Doppelbuchung gegeben.«

»Sehr bedauerlich.« Larry sah sich um, ob er Violet irgendwo erspähen konnte.

»Nur zum Teil«, schmunzelte Kamarowski. »Mr Lilienthal entpuppt sich als amüsanter Zeitgenosse. Er war sogar bereit, auf dem Notbett zu schlafen, darum habe ich mich vorübergehend mit dieser Lösung einverstanden erklärt.«

Kamarowskis Vorsicht war vergebens, die Zigarrenasche landete auf dem Teppich.

»Ich entschuldige mich für Ihre Unannehmlichkeiten«, antwortete Larry, »bin aber sicher, unser tüchtiger Mr Sykes wird die Situation rasch bereinigen. Sind Sie geschäftlich in London, oder kommen Sie nur, um Shakespeare zu sehen?«

»Ich mag Shakespeare nicht besonders. Ich will hier jemanden treffen, dabei geht es durchaus um Geschäfte.«

Kamarowskis Antwort ging bereits im Jubel der Premierengäste unter, die das Erscheinen Gielguds akklamierten. Larry nahm das zum Anlass, mit einem kurzen Nicken in die Säulenhalle hinüberzuwechseln, wo das Buffet aufgebaut war. Er wunderte sich, dass der Hauptdarsteller des Abends bereits abgeschminkt und umgezogen war, während die Aushilfsdramaturgin immer noch auf sich warten ließ.

»Entschuldigen Sie«, sagte eine ungewöhnliche Frau neben Larry, ungewöhnlich durch ihr ebenmäßiges, fast weißes Gesicht, in dem die schwarz umrandeten Augen hervorleuchteten. Sie hatte platinblondes Haar und trug ein bodenlanges rotes Kleid.

Larry wollte gerade fragen, wofür sie sich entschuldigte, als er merkte, dass die Frau nicht ganz sicher auf den Beinen stand, sie hatte offenbar zu viel getrunken. Sie taumelte gegen Larrys Schulter, verlor ihre Handtasche und bückte sich danach. Im Augenblick, als er ihr helfen wollte, fühlte er einen unangenehmen Stich dicht über seinem Fuß. Er nahm an, dass dies der spitze Absatz der Frau gewesen war. Der Schmerz ließ sofort wieder nach, behutsam fasste Larry ihren Ellbogen und half ihr, sich aufzurichten. Fasziniert vom Anblick ihrer Augen deutete er auf einen Fauteuil. »Wollen Sie sich setzen?«

»Danke, es geht schon. Ich habe nur den ganzen Abend noch nichts gegessen. Vor der Premiere bin ich nicht dazu gekommen, und während der Vorstellung musste ich mich dauernd schämen, weil mein Magen so geknurrt hat.«

»Das Buffet dürfte in Kürze eröffnet werden«, antwortete Larry. »Vorausgesetzt die Dankesrede von John Gielgud dauert nicht zu lange.« Trotz seiner Müdigkeit bemühte er sich um eine aufrechte Körperhaltung. Die Präsenz dieser Frau animierte ihn. »Ich bin Laurence Wilder«, stellte er sich vor.

»Guten Abend«, erwiderte sie mit einem Ausdruck, der ihm verriet, dass sein Name ihr etwas sagte. Sie gab ihm die Hand. »Gemma Galloway.«

Selbst durch den Handschuh hindurch fühlte Larry, dass sie ungewöhnlich kalte Hände hatte. »G. G. also«, schmunzelte er. »Sind Sie mit Ihrem Mann gekommen, Miss G. G.?«

»Nein, mit dem Taxi.«

Beide lachten und Larry fand es erstaunlich, dass die Säulenhalle plötzlich in blaues Licht getaucht war. Nicht nur das Foyer, auch die Straße dahinter, auch das Gesicht von Miss Galloway verwandelten sich in eine samtige, wellige, freundliche Landschaft aus schmeichlerischen Blautönen. Er hatte keine Erklärung dafür, wieso das Gefühl von Abwesenheit, das ihn bis in die Zehenspitzen durchpulste, sich in der Farbe Blau ausdrückte. Normalerweise stand Blau doch für Klarheit, Weitsicht, für Nüchternheit. Larry empfand es angenehm, diese blaue Welt zu erleben, blauer Spaziergang, dachte er, blaue Berührung, blaue Aussicht, eine tiefblaue Erleichterung. Während erneuter Applaus die Dankesworte John Gielguds untermalte, brach Sir Laurence, von den meisten unbemerkt, neben der Frau im azurblauen Kleid zusammen.

Als Violet auf der Premierenfeier eintraf und an dem Hosenanzug zupfte, den ihr eine Ankleiderin zur Verfügung gestellt hatte, wurde Sir Laurence gerade auf die Bahre gehoben. Man arrangierte seinen Abtransport an einem Seitenausgang, um die Party nicht zu stören. Die Mehrzahl der Theaterbesucher hatte von dem Vorfall gar nichts mitbekommen. Die Männer vom Rettungsdienst trugen den Leblosen zum Krankenwagen. Zwischen den vielen gutgelaunt plaudernden Menschen sah Violet die Bahre erst im letzten Moment. Sie erkannte, wer dort lag, wer vor ihren Augen abtransportiert werden sollte. Jede Höflichkeit außer Acht lassend, bahnte sie sich ihren Weg zwischen den Damen im Abendkleid,

den Herren in den Cutaways hindurch und wurde von
den Sanitätern zurückgehalten. Erst als sie sich als Enkelin von Sir Laurence zu erkennen gab, erlaubte man
ihr, einzusteigen. Die Abfahrt fand unter den Augen
einiger weniger Theaterbesucher statt, darunter eine
Frau, deren rotes Kleid mit ihrem hellblonden Haar
kontrastierte. Sie steckte sich eine Zigarette an und
kehrte in die Säulenhalle zurück, wo gerade die beiden
Hauptdarstellerinnen Arm in Arm eintraten und mit
neuerlichem Applaus begrüßt wurden. John Gielgud,
dem daran gelegen war, dass die allgemeine Aufmerksamkeit vorwiegend ihm gehörte, trat zwischen seine
Protagonistinnen, wartete das Blitzlicht eines Fotogra-
fen ab und gab bekannt, das Buffet sei nun eröffnet.

11

Nachfolger

Young Henry ließ seine Hände über das Rosenholz gleiten, das die Lederbespannung des Schreibtisches umrahmte. Er kannte diesen Tisch schon, seit er denken konnte. Henry erinnerte sich daran, wie sein Papa das massive Möbelstück in den obersten Stock hatte bringen lassen. Es war zu groß, um es durch die Tür zu schaffen, also hatte Laurence, damals noch ohne Ritterschlag, die kräftigen Jungs, die sonst schwere Lieferungen ins Hotel schleppten, gebeten, den Schreibtisch mittels eines Flaschenzugs vor die Fensterfront zu hieven, wo man ihn ins Innere geschwenkt hatte. Seit vierzig Jahren stand der Tisch nun hier, vierzig Jahre lang war Sir Laurence der Herrscher des Savoy gewesen. Seit vierzig Jahren wusste Young Henry, dass der heutige Tag einmal kommen würde. Was er dabei fühlte, hatte er stets für sich behalten. Sein Vater lag im St. Bartholomew's Hospital und schwebte zwischen Leben und Tod. Die Ärzte vermochten nicht zu sagen, was der Auslöser dieses Zusammenbruchs gewesen war, doch schien der zweite Anfall bei Larrys allgemein schlechtem Zustand die Folge des ersten gewesen zu sein.

Young Henry trug Schwarz, Judy hatte ihm allerdings zu einer grauen Krawatte geraten. Seine Aufmachung sollte Gram und Sorge ausdrücken und nicht bereits die Trauer um einen Verstorbenen. Er zog sein Schnupftuch aus dem Ärmel und musterte die lange Reihe von Menschen, die ab heute sein Gefolge darstellten, die Säulen, auf denen das Hotel ruhte. Henry war auf diese Leute angewiesen. Das Hotel war ein vielgesichtiges Wesen, belebt durch seine Gäste, angetrieben durch den Fleiß und die Meisterschaft seines Personals. Henry war nicht Sir Laurence, und das würde er auch nie werden. Die Leitung des Savoy würde von nun an etwas von ihrem Glanz verlieren, doch Henry hatte vor, den Leuten ein solider Führer zu sein.

Sein Blick glitt über die vertrauten Gesichter. Mr Sykes, der Chefbutler, stand seinem Rang gemäß in der Mitte, ihm unterstand gewissermaßen das Ganze, bis auf die Küche. Daneben hatte sich Maître Dryden aufgebaut, er repräsentierte die leiblichen Genüsse des Savoy. Die zwei Männer verstanden sich nicht besonders, waren aber bemüht, einander nicht auf die Füße zu treten. Mrs Drake, größer als die beiden, stellte die Dritte im Bunde dar. Als Hausdame hatte sie ihre Mädchen fest im Griff, bei ihr gab es keine zerschlissenen Laken, keine langen Zigarettenpausen, weder Frechheiten noch Freiheiten den Gästen gegenüber. Was Mr Sykes durch seniore Bedachtsamkeit erreichte und Maître Dryden durch tägliche Inspiration, gelang Mrs Drake durch Strenge, die auch vor Züchtigung nicht zurückschreckte. So manches freche Zimmermädchen war schon mit dem Abdruck von Mrs Drakes fünf Fingern weinend an ihre Arbeit zurückgekehrt. Als Nächster hatte sich Oppenheim eingereiht. Der Hoteldetektiv kannte jeden im Haus, er kannte auch das Geheimnis jedes Einzelnen, zum Beispiel, dass Mr Sykes an seinen freien Abenden zu den verbotenen Hundekämpfen aufbrach, bei denen ausgehungerte Kampfhunde auf Ratten losgelassen wurden. Sieger war derjenige, der richtig vorausgesagt hatte, wie viele Ratten ein Hund in drei Minuten zu Tode beißen würde. Der Chefrezeptionist war ebenfalls anwesend, die beiden Prokuristen, die Leiterin der Personalabteilung, der Hausgärtner, Rachel, die Stenotypistin, der Bar-Manager, sogar Arturo Benedetti, der musikalische Genius des Savoy-Orchesters stand Spalier. Young Henry schneuzte sich und steckte das Tuch wieder weg. »Danke«, sagte er mit dieser eigentümlich unentschlossenen Stimme, die an eine Trompete erinnerte, auf die man einen Dämpfer gesetzt hatte. »Danke, dass Sie alle so kurzfristig gekommen sind. Die Aufgabe, die vor uns liegt, erfordert unsere gemeinsame Anstrengung.«

Während Judy wie stets unauffällig im Hintergrund blieb, setzte sich Young Henry hinter den Schreibtisch seines Vaters.

»Schon gelesen?« Lilienthal faltete die *Frankfurter Zeitung* auf ein handliches Format zusammen. In Hemdsärmeln hatte er es sich auf dem roten Sofa bequem gemacht und pickte von Zeit zu Zeit mit den Fingern Reste seines Frühstücks.

»Gelesen?« Kamarowski trabte an ihm vorbei.

»Sehen Sie.« Lilienthal hielt ihm den Leitartikel hin.

»Das ist Deutsch. Ich kann deutsche Zeitungen nicht lesen.« Kamarowski wollte ins Schlafzimmer.

»Wirklich?« Schmunzelnd zwirbelte Lilienthal seinen Haaransatz. »Ich hatte den Eindruck, dass Sie die Radiosendung, die ich mir gestern angehört habe, durchaus verfolgen konnten.«

Kamarowski nahm dem Juden die Zeitung aus der Hand. Seine Augen flogen darüber. »Was steht da?«

»Ernst Thälmann wird zitiert.«

»Ist das nicht dieser linke Krakeeler?«

»Als ob Sie das nicht wüssten.« Lilienthal musterte den Mann, mit dem er sich die Suite teilte. »Ich werde aus Ihnen nicht schlau, mein lieber Kamarowski. Ihr Name ist russisch, aber Sie sprechen Englisch ohne jeglichen Akzent. Sie tragen deutsche Maßanzüge, handgenähte Schuhe eines Wiener Ateliers und, so weit ich gesehen habe, ungarische Unterwäsche. Verzeihen Sie, das ist keine Neugier von mir, sondern der professionelle Blick eines Herrenausstatters.«

Kamarowski schien schon den ganzen Vormittag über nervös zu sein. Unstet lief er im Salon auf und ab, ließ sich aber sonderbarerweise auf das Rätselspiel mit Lilienthal ein. »Meine Familie stammt ursprünglich aus

Minsk, eine Familie von Apothekern. Mein Vater hat sich später in Budapest niedergelassen und eine Drogerie betrieben.«

»Budapest?«, lachte Lilienthal. »Gäbe es unsere alte Monarchie noch, dann wären wir demnach Landsleute?«

»In gewissem Sinne. Ich habe den Osten allerdings schon vor Jahren verlassen und mich am Comer See angesiedelt.«

»Auf der Schweizer Seite?«

»In Chiasso.«

Lilienthal nahm eine Erdbeere und biss sie mittendurch. »Sie sind also ein Mann mit weißrussischen Wurzeln und ungarischem Blut, der es sich in der italienischen Schweiz gutgehen lässt.«

»So könnte man es umschreiben.« Kamarowski setzte sich in den Fauteuil gegenüber. »Was wird denn über Thälmann geschrieben? Der Mann hat die Wahl zum Reichspräsidenten doch krachend verloren.«

»Dann wissen Sie also doch Bescheid?«

»Auch ich lese Zeitungen, mein Lieber.« Kamarowski wies zum Esstisch, der von den riesigen Blättern der Times verdeckt wurde.

»Sie zitieren Thälmann wortwörtlich.« Lilienthal

griff sich die Zeitung noch einmal. »Einen Finger kann man brechen, aber fünf Finger sind eine Faust«, las er vor.

»Du lieber Gott, ich kann die roten Parolen nicht mehr hören.« Kamarowski zog die Taschenuhr.

Lilienthal ließ seinen Blick durch den Raum schweifen. »Was für ein sonderbares Jahr, alles in allem. Erst geben sie Hitler die deutsche Staatsbürgerschaft, damit er sich zur Wahl stellen kann, aber gegen Hindenburg musste er natürlich eine krachende Niederlage hinnehmen.« Er lachte. »Ein Herr Hitler wollte der Nachfolger Hindenburgs werden! Zum guten Schluss haben sie sogar die SA und die SS verboten. Aber was macht die neue Regierung? Sie hebt das Verbot wieder auf.« Lilienthal hob die Hände zu einem imaginierten Himmel.

Kamarowski kam auf die Beine. »Sagen Sie, mein Bester, wollen Sie nicht irgendwann mal ausgehen?«

»Störe ich Sie?«

»Normalerweise nicht, aber ich habe in Kürze eine Besprechung und hatte gehofft, ich könnte sie in der Suite abhalten.«

»Selbstverständlich.« Eilfertig stand Lilienthal auf und schlüpfte in seine Jacke. »Business ist immer noch Business.«

»Sehr anständig von Ihnen.« Kamarowski griff zum Telefon und beauftragte den Zimmerservice, das Geschirr abzuräumen.

Mittlerweile war Lilienthal fertig angezogen, die Melone in der Hand stand er in der Tür. »Haben Sie übrigens schon etwas Neues gehört? Wie stehen die Dinge im Hotel?«

»Im Hotel, was meinen Sie?«

»Sie wissen es noch nicht? Das Fräulein am Zeitungsstand, das mich immer mit dem neuesten Tratsch versorgt, hat mir anvertraut, der Hoteldirektor sei zusammengebrochen.«

»Sir Laurence?« Kamarowski zog die Krawatte stramm und schloss seine Weste.

»Der Schlag soll ihn gestreift haben.«

»Ach du liebe Zeit.« Kamarowski verschwand für einen Augenblick im Schlafzimmer und kam im schwarzen Sakko wieder. »Dabei habe ich gestern noch mit ihm gesprochen.«

»Wirklich? Bei welcher Gelegenheit?«

»Wir sind einander auf der Premiere begegnet.«

Als ob Lilienthal das Schicksal des Hoteldirektors schon vergessen hätte, kam er ein paar Schritte ins Zimmer zurück. »Was hat man denn gespielt?«

»Shakespeare.«

»Und wie war es?«

»Mein Gott, die Engländer glauben, sie hätten ein Monopol auf diesen Mann. Da habe ich in Berlin schon bessere Shakespeareaufführungen gesehen.«

Nachdenklich setzte Lilienthal den Hut auf. »Sagten Sie nicht vorhin, Sie verstehen kein Deutsch?«

Kamarowskis Gesicht wurde kantig, sein Mund schien hinter dem Bart zu verschwinden. »Sagte ich das?« Ein weiterer Blick auf die Uhr. »Wenn ich Sie jetzt bitten dürfte …?«

Lilienthals Miene erheiterte sich wieder. »Ich hoffe nur, dass Sie keinen Damenbesuch empfangen«, sagte er beim Hinausgehen. »Für solche Frivolitäten würde ich die Suite nicht freimachen.«

»Seien Sie unbesorgt.« Kamarowski schloss die Tür hinter ihm ab.

Wenn man nichts tun, nicht das Geringste unternehmen konnte, verlor die Zeit jegliche Bedeutung. Zeit, dachte Violet und spürte, wie während des Gedankens an die Zeit die Zeit verging. Sie musste endlich schlafen und hätte doch gewiss nicht schlafen können. Sie wanderte den langen, hellgrau gestrichenen Korridor hinauf, hinunter, immer hinauf und hinunter. Stundenlang hatte sie auf einer harten Bank gesessen, war zwischendurch eingenickt und gerädert erwacht. Jetzt musste sie sich bewegen, das Verstreichen der Zeit wäre ihr sonst unerträglich geworden.

Sie hatte Larry kurz sehen dürfen, war an seinem Bett gestanden, hatte seine Hand gehalten und ihn gestreichelt. Violet kannte den Ausdruck Todesdreieck, jene unnatürliche Vertiefung der Wangen unterhalb des Jochbeins bis zum Unterkiefer. Wenn sich im Gesicht eines Menschen dieses Dreieck abzeichnete, hieß es, würde der Tod nicht mehr lange auf sich warten lassen. Auf Larrys Wangen war das Dreieck deutlich zu sehen gewesen. Wie erbarmungswürdig er ausgesehen hatte, wie eingefallen, wie uralt. Violet hatte ihr Gesicht auf seines gelegt. Er atmete, aber es war kaum noch spürbar.

Das Laufen, das Gehen, das Nicht-stehen-bleiben-Können, nicht begreifen können und doch vorhersehen können, was in Tagen, vielleicht Stunden geschehen würde. Der liebste, der wichtigste Mensch in ihrem Leben würde davongehen, ohne Abschied, ohne noch einmal mit ihr gesprochen zu haben. Danach würde er nicht mehr da sein.

Irgendwann, Violet war noch ein kleines Mädchen gewesen, hatte Larry zu ihr gesagt, er hätte eine Abmachung mit dem Tod getroffen. Sie lautete, dass der Tod Sir Laurence nicht holen dürfe, solange er im Abendanzug eine passable Figur abgab. Gestern hatte Larry seinen mitternachtsblauen Smoking getragen und eine blendende Figur abgegeben. Dem Tod war das egal gewesen, der Tod hatte die Abmachung gebrochen.

Violet machte kehrt und lief den grauen Korridor zurück. Als sie die Strecke fast vollendet hatte, ging die Schwingtür auf. Im Monteursanzug, mit karierter Schirmmütze kam John herein und lief auf sie zu. Er hatte sogar seine Tasche umgehängt. Man hätte glauben können, er wollte die Wasserhähne im Krankenhaus inspizieren.

»John, ach John, gut, dass du da bist!«

»Ich habe es jetzt erst erfahren.« Er umarmte Violet.

»Was sagen sie denn im Hotel? Ist die Aufregung sehr groß?« Sie war so erleichtert, in dieser Nacht nicht ganz allein zu sein, dass sie sich an ihn schmiegte.

»Im Gegenteil, es ist ganz still dort. Du würdest nicht glauben, wie still es ist. Als ob alle in einer Schockstarre wären.«

»Wieso hast du erst jetzt davon erfahren?«

»Ich habe die ganze Nacht gemalt. Da kriege ich nichts mit.«

»Hat Henry schon ...« Sie suchte das richtige Wort. »Ich meine, jemand muss schließlich die Leitung übernehmen.«

»Henry hat die Abteilungen zu sich bestellt.« John nahm die Mütze ab. »Wie geht es Sir Laurence?«

»Nicht gut.« Violet löste sich von ihm.

»Wird er es überstehen?«

»Dr. Hobbs sagt, das Herz hätte ausgesetzt, das Gehirn sei eine Weile nicht durchblutet gewesen.« Plötzlich taumelte Violet, fing sich aber gleich wieder.

»Setz dich, komm.« Er führte sie zu der Holzbank. »Wie lange bist du denn schon hier?«

»Die ganze Nacht.« Sie blickte an sich hinunter. »Ich weiß nicht einmal, wem die Kleider gehören, die ich trage.«

»Hast du etwas gegessen?«

»Ich kann nichts essen.«

»Ich habe dir ein Sandwich mitgebracht.« Er öffnete die Tasche.

Müde, herzlich sah sie ihn an. »Danke.«

»Ich habe es nicht selbst gemacht. Daisy aus der Küche hat dir etwas Leckeres reingetan.«

146

Violet packte das Sandwich aus dem Papier. »John –«

»Ja?«

»So wie die Dinge jetzt stehen, darf es in nächster Zeit keine Aufregung im Savoy geben.«

»Was meinst du damit?«

»Die Sache mit Mr Brandeis. Du kannst nicht zur Polizei gehen, jetzt noch nicht. Willst du mir das versprechen?«

»Das eine hat mit dem anderen doch nichts zu tun.«

»Es geht um das Hotel«, entgegnete sie. »Um unser Hotel Savoy. Larry kann sich nicht mehr darum kümmern.« Todmüde und verwirrt biss Violet in das Sandwich. Daisy hatte es mit frischen Krabben belegt.

12

Connaghy, Snowdon
& Katz

Mr Connaghy war Solicitor mit Leib und Seele. Ein Solicitor war nicht nur Anwalt, sondern zugleich Notar, Schlichter in Streitfragen und Vertrauensmann. Mr Connaghy sah sich als Vertrauensmann, der heute in einer besonders vertraulichen Angelegenheit tätig werden sollte. Er folgte damit einem Protokoll, das durch Sir Laurence festgelegt worden war. Während Mr Connaghy auf den Eingang des Savoy zulief, erinnerte er sich an die letzten Worte ihrer Besprechung.

»Ich würde allzu gerne Mäuschen spielen, wenn Sie

Ihre Agenda durchführen, Connaghy«, hatte Sir Laurence gesagt.

»Bedauerlicherweise schließt das eine das andere aus«, war Connaghys Erwiderung gewesen.

»Genau so ist es. Denn dazu müsste ich ein totes Mäuschen sein«, hatte Sir Laurence gelacht. Mr Connaghy hatte sich dem Lachen respektvoll, aber nicht zu herzlich angeschlossen. Contenance war eine wichtige Qualität in seinem Beruf.

»Wenn alles nach Plan läuft, sehen wir beide uns in diesem Leben nicht wieder.« Sir Laurence hatte ihm gut gelaunt die Hand geschüttelt und die Kanzlei verlassen.

Dass Connaghy den Willen des Hotelbesitzers so rasch würde umsetzen müssen, hatte er nicht erwartet. Die Tinte war gewissermaßen noch nicht getrocknet, als er schon genötigt war, das entsprechende Papier ins Hotel zu bringen. Mr Connaghy hatte drei Ausfertigungen in seiner Aktentasche, alle eigenhändig von Sir Laurence unterschrieben.

Als der Solicitor die Hand ausstreckte, um die Eingangstür zu öffnen, tat sie sich wie von Zauberhand auf. Der aufmerksame Türsteher hatte im Zwielicht gelauert. Connaghy betrat die Welt aus Mahagoni, Messing und Marmor und schritt auf die Rezeption zu.

»Ich möchte zu Miss Violet Mason«, sagte er dem Portier.

»Ich bin nicht sicher, ob Miss Mason im Haus ist«, antwortete der Rezeptionist höflich.

»Mir wurde gesagt, dass sie hier sein soll.«

»Ich habe sie heute noch nicht gesehen.«

»Wie unangenehm.« Mr Connaghy fasste die Aktentasche mit beiden Händen. »Ich laufe nämlich schon von Pontius zu Pilatus.«

»Wie bitte, Sir?«

»Ich war bei Miss Masons Privatadresse in Pimlico. Dort sagte man mir, dass ich sie im Sendegebäude der BBC finden würde. Als ich dort ankam, erfuhr ich, dass sie im Hotel Savoy anzutreffen sei.«

»Es tut mir wirklich leid, Sir, darüber weiß ich nichts.« Der Portier setzte sein Gesicht des Bedauerns auf.

»Worum geht es?« Mr Sykes hatte den Wortwechsel mitbekommen und näherte sich Mr Connaghy mit einer Verbeugung. »Sie suchen Miss Violet?«

»Wissen Sie, wo ich sie finden kann?«

»Möglicherweise.«

»Gott sei Dank«, antwortete Connaghy und erwartete, dass der Chefbutler ihm nun den Weg weisen würde, doch Mr Sykes beugte sich zum Rezeptionisten.

»Rufen Sie oben an.«

»Oben?«, fragte der Portier etwas zu begriffsstutzig für Mr Sykes Geduld.

»Den Apparat von Mankievicz, machen Sie schon.« Mit beruhigender Geste wandte er sich an Connaghy. »Einen Augenblick noch, Sir.«

Beide erwarteten mit gefrorenem Lächeln den Ausgang des Telefonats.

»Bei Mankievicz hebt keiner ab«, sagte der Portier. Mr Sykes nickte. »Ist es sehr wichtig, Sir?«

»Von äußerster Wichtigkeit.«

»Darf ich Sie bitten, mir zu folgen?« Mr Sykes wies zu den Fahrstühlen. »Hier entlang.«

Das Telefon läutete zum dritten Mal.

»Willst du nicht drangehen?« Violet hatte keine Lust, auch nur die kleinste Bewegung zu machen.

»Lass es klingeln«, murrte John. »Was wird schon sein? Die Katze eines Gastes wird ein Kabel angeknabbert haben. Das kann warten.«

»Wie spät ist es wohl?«

»Halb vielleicht.«

»Ich muss los.«

»Ruh dich aus.«

»Ich muss ins Krankenhaus.«

»Dort kannst du nichts tun.«

»Ich will bei ihm sein.« Der Chefarzt hatte Violet am frühen Morgen heimgeschickt. Zu Mittag sollte sie wiederkommen. »Wie spät ist es?«, fragte sie gedankenverloren.

»Eine Minute später als vorhin.« Gemeinsam schliefen sie wieder ein.

Violet hörte das erste Klopfen nicht, beim zweiten Klopfen hob sie den Kopf. Nach dem dritten Klopfen stand Mr Sykes in der Tür zu Johns Behausung. Er drückte sein Bedauern über die Störung aus, wandte den Kopf diskret zur Seite und wartete, bis Violet in ihren Rock geschlüpft war. Sie sagte zu John, er solle liegenbleiben und folgte Mr Sykes nach draußen.

Der Korridor im obersten Stock war niedrig, die Luft roch stickig und warm, die Junisonne brannte auf das Dach. Verwirrt fuhr Violet sich durchs Haar. Mr Sykes hatte einen unbekannten Mann mitgebracht, der sich als Mr Connaghy von der Anwaltskanzlei *Connaghy, Snowdon & Katz* vorstellte.

»Sie sind Miss Violet Mason?«, fragte er.

»Ja.« Der Schlaf saß ihr in den Knochen.

»Können Sie sich bitte ausweisen, Miss Mason?«

»Ich habe …« Sie wies zu Johns Tür. »Meine Tasche ist drinnen.«

»Ich versichere Ihnen, dies ist Miss Violet Mason«, bezeugte der Chefbutler.

»Sie sind demnach die Enkelin von Sir Laurence Wilder?«

»Ja.« Plötzlich fuhr sie zusammen. »Ist etwas mit ihm? Kommen Sie, um mir seinen Tod mitzuteilen?«

»Nein. Ich komme von Connaghy, Snowdon …«

»Und Katz, ich weiß«, unterbrach sie ihn. »Sagen Sie mir nicht dauernd Ihren Namen, sagen Sie mir, was mit meinem Großvater ist!«

»Sir Laurence hat mich beauftragt, Ihnen für den Fall, dass er für seine Handlungen nicht mehr selbst verantwortlich wäre, ein Dokument auszuhändigen. Das St. Bartholomew's Hospital hat mich davon in Kenntnis gesetzt, dass dieser Fall seit letzter Nacht eingetreten ist.« Connaghy öffnete die Aktentasche, zog eine schlichte Mappe hervor und überreichte sie Violet.

Ohne sie aufzuschlagen, fragte sie: »Was ist das?«

»Am besten, Sie lesen es zunächst. Danach können Sie sich mit mir beraten.«

Violet öffnete die Mappe.

»Sie sollten das Dokument besser in ungestörter Atmosphäre studieren, Miss Mason,«, sagte Connaghy mit Seitenblick zu Mr Sykes.

»Ja, das ist sicher besser.« Sie wandte sich zur Tür, hinter der John auf der Matratze lag. »Dann werde ich es dort drinnen lesen. Wo finde ich Sie später, Mr …?«

»Connaghy. Ich warte hier draußen.«

»Wollen Sie sich nicht in unseren Tearoom setzen?«, schlug Mr Sykes ihm vor. »Da haben Sie es bei Weitem bequemer.«

»Danke, ich bleibe.«

Mr Sykes verabschiedete sich, Violet ließ den Mann von Connaghy, Snowdon & Katz auf dem Korridor zurück.

Drinnen hatte John inzwischen seine Schuhe angezogen. »War Mr Sykes sehr ärgerlich?«

»Weswegen?«

»Weil ich hier auf der faulen Haut liege, statt zu arbeiten.«

Sie nahm das Blatt aus der Mappe. »Er hat gar nichts dazu gesagt.« Violet erkannte die Unterschrift ihres Großvaters. Er hatte nicht auf Hotelbriefpapier geschrieben, sondern auf einem nüchternen weißen Blatt ohne Briefkopf. Violet las Larrys Worte in seiner überraschend verspielten Handschrift. Sie las sie noch einmal, las ein drittes Mal, legte das Blatt in die Mappe zurück und deponierte sie auf dem Fensterbrett.

»John?«

»Ja?«

Violet schwieg.

»Was? Was ist denn?«

»Ich glaube, Larry hat mir das Hotel Savoy vermacht.«

Wie lange es in der Dachkammer still war, hätten beide nicht sagen können. Schließlich schlug die Turmuhr draußen zweimal.

ZWEITER TEIL

13

Le grand bal

Sir Laurence Wilder hatte seiner Enkelin das Hotel nicht zur Gänze vermacht. Das wäre nach geltendem Recht nicht möglich gewesen. Sein Sohn Henry sollte einen vierzigprozentigen Anteil als Erbe erhalten, Violets Anteil betrug sechzig Prozent. Sir Laurence hatte Violet Mason bereits vor Jahren als rechtmäßiges Mitglied in die Familie aufgenommen, juristisch war die Sache unanfechtbar. Die sechzig Prozent sollten gewährleisten, dass Henry Violet in ihren Entscheidungen, das Hotel betreffend, nie überstimmen konnte. Diese Regelung galt für den Fall von Larrys Tod. Doch Sir Laurence lebte, und sein Zustand ließ eine präzise Prognose nicht zu. Auch für diesen Fall hatte er Vorsorge getroffen. Sir Laurence übertrug Violet die Geschäftsleitung des Hotels in voller und alleiniger Verantwortung. Ihren Anweisungen hatte jeder zu folgen, auch Young Henry. Dies war die härteste Bestimmung in Sir Laurences Testament.

»Lasst mich in Ruhe.« Violet schlug die Tür zu.

Das enge und stickige Büro im ersten Stock war ihr Zufluchtsort, der einzige, den sie in dem großen Haus besaß. Nur zwei Wochen waren vergangen, vierzehn Tage nur, aber der Sommer errichtete sein Regiment mit einer Macht, als ob es bereits August wäre. Violet öffnete den obersten Blusenknopf, mit der Gehaltsabrechnung fächelte sie sich Kühlung zu. Drei Schritte zum Fenster, sie streckte die Hand hinaus, draußen war die Schwüle noch schlimmer. Das Büro hatte Blick auf eine graue Wand, mehr brauchte sie nicht. Drei Schritte zurück, auf ihrem Schreibtisch stapelten sich Papiere und Akten, die das Hotel betrafen und die Violet um Erledigung anbettelten. Nur in der Mitte des Tisches befand sich eine Insel des Friedens und der Hoffnung, ohne die sie verrückt geworden wäre. Auf

dieser Insel stand ihre schöne neue Imperial, ihr Schlupfloch in die Freiheit, Ausweg in die Phantasie, jener
Ort, wo Violet eigentlich leben wollte. Sie hatte ihre
Schreibmaschine von Pimlico hierher übersiedelt, da
sie ohnehin kaum noch Zeit fand, in ihr Apartment zu
fahren.

Violet ließ sich hinter den Schreibtisch gleiten, betrachtete die schwarzen Tasten mit den sechsundzwan-
zig weißen Buchstaben, aus denen sie Worte formen
wollte, die zu Sätzen werden und sich in eine Geschichte
ergießen würden. Ihr Blick glitt über das Ausrufezei-
chen, das Semikolon, den Gedankenstrich, über die
gummierte Walze und den Stellhebel, der den Sprung
von einer Zeile zur nächsten vollführte. Sie umfasste die
geliebte Imperial mit beiden Händen.

»Was kommt als Nächstes?«, fragte sie die Maschine. Violet nahm ein Blatt unbeschriebenes Papier
vom Stapel und spannte es in die Walze ein. Wie sehr
sie dieses Geräusch liebte, das feine Klicken, wenn die
Zähne im Inneren einrasteten. So sehr gefiel ihr der
Handgriff, dass sie das Blatt mehrmals vorwärts und
rückwärts transportierte. Dann überlas sie die letzte
Seite auf dem dünnen Stapel daneben, den Text, den
sie in den kühlen Morgenstunden geschrieben hatte,

bevor der Trubel des Hotels über sie hereingebrochen war. In diesem Büro, das nur drei Yards im Quadrat maß, wollte sie an ihrer Geschichte weiterarbeiten, einem Hörspiel, das sie Max bereits in drei Tagen abliefern sollte.

Um nichts in der Welt hätte Violet sich im Büro ihres Großvaters einquartiert, denn das hätte bedeutet, dass sie Larrys Auftrag annahm. Es wäre das sichtbare Zeichen dafür gewesen, dass sie, Violet Mason, sich aus ihrem eigenen Leben davonstahl, um in ein aufgezwungenes Leben zu schlüpfen. Sie wollte das Hotel nicht im Stich lassen, nicht fahnenflüchtig werden, sie wollte ihrem Großvater Dankbarkeit erweisen, nur deshalb hatte sie akzeptiert, die Geschäftsleitung vorübergehend zu übernehmen. Vorübergehend, an diesem Wort klammerte sie sich fest. Larry lag im Krankenhaus, unfähig, sich zu bewegen, meistens ohne Bewusstsein, es war unklar, ob er überhaupt noch etwas mitbekam. Obwohl er den Anfall vorläufig zu überleben schien, hatte Dr. Hobbs Violet klargemacht, dass an eine Rückkehr von Sir Laurence an die Spitze des Savoy nicht zu denken sei.

Die einzige Bedingung, die Violet an die Annahme des Testaments geknüpft hatte, war, dass sie ihren Job bei der BBC nicht aufgeben musste. Sie würde sich einschränken müssen und nur noch bestimmte Projekte übernehmen können, doch damit hatte sich Max, der wunderbare Max einverstanden erklärt.

»Du hast das große Los gezogen«, lautete seine Reaktion, nachdem sie ihm von dem Unglück erzählt hatte.

»Ich will dieses große Los nicht.« Violet saß ihm an dem ovalen Konferenztisch gegenüber, wo sonst die Redaktionsbesprechungen stattfanden. »Ich bin Autorin, keine Hoteldirektorin.«

»Ich sage das in deinem Fall ungern, aber manchmal sollte man seinen Sternen folgen, wenn sie einem den Weg weisen.«

»Mein Stern ist hier, Max, in diesem Gebäude, hier will ich leben und arbeiten«, widersprach sie. »Das Savoy war meine Kindheit. Ich will nicht, dass es mein ganzes Leben bestimmt.«

»Sei vernünftig, Vi. So eine Chance darfst du dir nicht entgehen lassen.«

»Was soll das heißen? Willst du mich etwa rausschmeißen?«

»Natürlich nicht. Wir finden schon eine Lösung, damit du weiterhin für uns schreiben kannst. – Allerdings hoffe ich, dass die Direktorin des Savoy mir einen Sonderpreis gibt, falls ich mal bei euch absteige.«

Sie lachten beide, es klang traurig.

Violets Finger schwebten über der Tastatur. Sie musste sich konzentrieren. Eine freche Beziehungskomödie hatte Max bestellt, eine Frau zwischen zwei Männern, ein dunkles Geheimnis, ein Hörspiel. Sie hatte erst eine einzige Szene geschrieben, und die taugte nicht viel. Verdrossen tippte sie auf die Leertaste, der Wagen sprang um eine Buchstabenbreite weiter. Sie tippte noch einmal und wieder und wieder die Leertaste, es kam ihr einfach nichts in den Sinn. Beziehungskomödie, Violet biss sich auf die Unterlippe, Beziehung, Komödie, dachte sie und dachte zugleich an den großen Ball heute Abend.

Da draußen, hinter der Tür ihres winzigen Büros, tobte die Schlacht um die Vorbereitungen. Der Sommerball im Savoy galt als gesellschaftlicher Höhepunkt. Jedes Jahr stand er unter einem anderen Motto, diesmal hatte Maître Dryden ein französisches Thema vorgeschlagen, die Atmosphäre sollte provençalisch sein, es würde vor allem Fisch und Meeresfrüchte geben. In dieser Situation war unglücklicherweise das Kühlsystem ausgefallen, Fleisch war verdorben, wenig später waren exotische Früchte zu tief gefroren gewesen und ebenfalls unbrauchbar geworden. Man hatte nicht riskieren wollen, Tonnen an Fisch und Meeresfrüchten zu bestellen, wenn man sie nicht kühl lagern konnte. Dryden hatte daher im letzten Moment das Konzept geändert und sich entschlossen, dieses Jahr sollte es ein süßer Ball werden.

Da die Hotelküche nicht in der Lage war, Petit Fours in den erforderlichen Mengen herzustellen, hatte das Savoy drei Patisserien in Paris beauftragt, sich zu beteiligen. Zwei von ihnen hatten noch nicht geliefert, dabei würde der Ball in sieben Stunden beginnen. Maître Dryden hatte ornamentreich verzierte Becken mit geschmolzener Schokolade vorbereitet, in die der Ballgast Silberspieße mit Weintrauben und Melonenstückchen tauchen konnte. Neben den Unmengen an Pralinés, die rund um den Ballsaal in Schalen bereitstanden, kreierte die Küche drei verschiedene Macarons, ein Apfel-Vanille-Parfait, Crêpes mit Cassis-Sirup, ein Macadamia-Soufflé, daneben die üblichen Klassiker, Crème brûlée mit Lavendel sowie Tarte au citron. Ballgäste, die lieber pikant essen wollten, würden ein Fünfgangmenü serviert bekommen. Um diese Doppelbelastung zu bewältigen, hatte Maître Dryden mehrere Aushilfsköche eingestellt.

Violet warf sich gegen die Sessellehne. Es hatte keinen Sinn. Sie konnte an nichts anderes denken als an den Ball heute Nacht. Missmutig tippte sie mit einem Finger – ES – HAT – KEINEN – SINN. Das Hotel hatte gesiegt, das Hotel ließ Violet nicht aus den Klauen. Sie riss das Papier aus der Maschine, zerknüllte es und verließ das Büro. Sie nahm sich vor, das Hörspiel im Morgengrauen zu schreiben, wenn das Savoy zur Ruhe gekommen war.

Die Logen rund um den Saal stellten für das Hotel die Haupteinnahmequelle dar. Eine Loge mit acht Plätzen kostete vierhundert Pfund, das Menü nicht mitgerechnet. Fabriksbesitzer erschienen mitsamt ihren Familien, Abgeordnete des House of Lords saßen mit Gattin und Tochter in einer Loge, während ihre Geliebte an einem Tisch im Parterre Platz nehmen musste. Die Tanzfläche befand sich in der Mitte und wurde von Logen im Oval umschlossen. Maestro Benedetti hatte sein Orchester um zwanzig Musiker erweitert, auf diese Weise konnte das Streicherensemble im Wechsel mit der Bigband spielen. Neben Benedetti dirigierte dessen Konzertmeister, ein eitler Mensch mit Franz-Liszt-Frisur. Die Streicher waren für Walzer, Schnellpolka und den Tango zuständig, während die Bigband amerikanische Musik spielte und britischen Foxtrott.

Ein einzelner Mann leistete sich eine Loge nur für sich allein. Er saß nicht im hellen Licht der Kandelaber und Lüster, Viktor Kamarowski hatte sich an einen kleinen Tisch vor dem Vorhang zurückgezogen, der die Loge von einem Antichambre trennte. Darin stand ein Sofa, auf dem man seinen Füßen eine Tanzpause gönnen konnte. Manchmal wurden auf dem Sofa auch andere Dinge angestellt.

Kamarowski trug den Frack mit silbernen Manschetten und perlengeschmückten Hemdknöpfen. Es störte ihn, dass sein Bauch die Hemdbrust wölbte. Die flotte Musik brachte ihn dazu, mit dem Fuß zu wippen, seine Finger vollführten auf dem Tischtuch ein kleines rhythmisches Ballett. Früher war Viktor ein leichtfüßiger Tänzer gewesen, heute Abend hatte er Lust, es wieder einmal zu versuchen.

An dem schwachen Luftzug erkannte er, dass die Tür draußen geöffnet worden war. Jemand stand hinter dem geschlossenen Vorhang.

»Darf man?«, fragte eine Frauenstimme.

»Sie kommen spät.« Kamarowski zog den Vorhang

ein wenig zurück. Die Frau trat nicht eigentlich ein, sie schlüpfte durch den Spalt und ließ sich auf einem Stuhl nieder, der praktisch im Dunklen stand. Ihr Kleid war mitternachtsblau und bodenlang, die Schultern bedeckte ein Bolero aus dem gleichen Material. Sie trug eine schmale Kopfbedeckung in Form eines samtenen Halbmondes und einen Schleier vor dem Gesicht.

Kamarowski schenkte ihr ein, sie stießen an. Er trank Weißwein, Champagner bekam seinem Magen nicht. Die Frau beugte sich vor und sagte ihm etwas ins Ohr.

»Wir sind nicht gescheitert«, widersprach er.

»Leider ist der alte Mann nicht tot.« Ihr Kopf war dicht neben seinem.

Kamarowskis Augen gingen durch den Saal und über die angrenzenden Logen. »Wieso wusste Ihr Mann nichts von dem neuen Testament?«

»Er konnte es nicht wissen. Mein Schwiegervater, dieser unberechenbare Teufel, hat es erst vorige Woche vom Notar beglaubigen lassen.«

»Ich dachte, Sie hätten diesen Solicitor in der Hand. Wieso hat er Sie nicht vorgewarnt?«

»Vielleicht überkam Mr Connaghy ein Anfall von Loyalität.« Judys Seufzer blähte den Schleier vor ihrem

168

Gesicht. »Ich glaube allerdings eher, dass Larry ihn besser bezahlt hat.«

»Das Testament ist nicht anfechtbar?«

»Natürlich wäre es anfechtbar, schließlich ist Henry der einzige legitime Sohn und Violet nur ein peinliches Missgeschick von Larrys verstorbener Tochter. Aber ein Prozess könnte sich unabsehbar in die Länge ziehen, und der Ausgang wäre ungewiss.« Judy trank einen Schluck. »Unser einziger Vorteil ist, dass Violet den Job gar nicht will. Sie hat sich nur aus Loyalität zu ihrem geliebten Großvater dazu bereit erklärt.«

»Das bedeutet allerdings noch nicht, dass Miss Mason ihre Anteile an mich verkaufen würde.«

»Das wird sie bestimmt nicht tun. Vi weiß genau, warum Larry ihr den Löwenanteil des Hotels vermacht hat und nicht Henry.«

»Weil Ihr geschätzter Gatte Henry nur allzu gern verkaufen würde.« Kamarowski betrachtete seine gepflegten Fingernägel. »Ich habe mich auf diesen Kauf eingestellt, Judy. Ich will dieses Hotel. Ich muss die Abläufe hier kontrollieren können. Es ist unbedingt erforderlich für die Art von Unternehmung, die ich plane.« Er senkte die Stimme. »Bei unserem ersten Gespräch haben Sie mir versichert, dass der Verkauf zustande kommen würde, sobald Sir Laurence das Zeitliche gesegnet hat.«

»Er hat aber nicht das Zeitliche gesegnet«, erwiderte Judy. »Sie haben versagt, Viktor, nicht ich.«

»Bedauerlicherweise hat Mr Brandeis versagt«, korrigierte Kamarowski. »Bei Aufträgen dieser Art war er sonst äußerst zuverlässig.«

»Stattdessen hat Mr Brandeis nun selbst das Zeitliche gesegnet.«

Die Bigband spielte *Angel from Hell*, einen Quickstep mit aggressivem Bläsersatz. Die Saxofonisten standen von ihren Plätzen auf, die Trompeten gesellten sich dazu. Judy musste lauter sprechen, damit Kamarowski sie verstand.

»Brandeis' Tod im Hotel ist schon schlimm genug, aber es kommt noch schlimmer. Mr Brandeis hat sich so ungeschickt angestellt, dass einer unserer Liftpagen aufmerksam wurde.«

»Welcher?

»Otto heißt er.«

»Der hübsche Bursche aus München? Der ist mir schon aufgefallen. Das wäre ein junger Mann, den man für gewisse Zwecke einsetzen könnte.«

»Gottlob ist Otto mit seinem Verdacht als Erstes zu

Henry gelaufen. Der hat ihn beruhigt. Von dieser Seite haben wir vorläufig nichts zu befürchten.«

»Vielleicht sollte man trotzdem noch einmal mit Otto sprechen.«

Erstaunt sah Judy ihn an. »Wollen Sie das etwa tun?«

»Unsinn. Wie alt ist Otto?«

»Fünfzehn oder sechzehn.«

»Dann kenne ich die richtige Person, die so eine Unterhaltung führen sollte.«

»Was versprechen Sie sich davon?«

»Ein junger Mann, der den ganzen Tag die Gäste des Savoy auf und ab befördert, kann sich durchaus als hilfreich erweisen.«

Kamarowskis Finger begannen wieder auf dem Tischtuch zu springen.

»Amüsieren Sie sich?« Judy betrachtete das Treiben auf der Tanzfläche.

»Das würde ich gerne.«

»Soll ich Ihnen eins unserer Mädchen in die Loge schicken?«

Mit gespielter Entrüstung erwiderte er ihren Blick. »Woran Sie gleich wieder denken. Nein, ich möchte tanzen.« Galant nahm er ihre Hand. »Würden Sie mir die Ehre geben?«

»Ich tanze nicht.«

»Das hätte ich mir denken können. Sie tun nichts, wobei Sie die Kontrolle verlieren könnten, nicht wahr?«

»Ich lasse mich nur nicht gerne von einem Mann führen. Warum tanzen Sie nicht mit Violet? Dort drüben steht sie.«

»Eine hübsche junge Frau.« Als die Musik leiser wurde, sagte Kamarowski: »Ich kann nicht mehr länger in London bleiben.«

»Wann reisen Sie?«

»In zwei Tagen.«

»Nach Deutschland?«

»Wie kommen Sie darauf?«

»Es ist in der derzeitigen politischen Lage das einzige Land, in das jemand wie Sie reisen könnte.«

Kamarowski schmunzelte über die kluge, undurchschaubare Judy. »Möglich, dass meine Geschäfte mich dorthin führen. Allerdings habe ich noch eine Sache in London zu erledigen.«

Judy stand auf, schlüpfte durch den Vorhang und verließ die Loge. Sekunden später entdeckte Kamarowski sie im Ballsaal. Den Schleier hatte sie abgelegt und mischte sich unter die Gäste. Sie begrüßte Bekannte, plauderte, lachte und kehrte schließlich an den Arm ihres Mannes zurück. Sogar im Frack sah Young Henry mutlos aus. Kaum hatte Judy ihn berührt, schien sein Körper sich zu straffen. Wie eine Handpuppe, dachte Kamarowski, die durch den Puppenspieler erst Leben eingehaucht bekam.

»Sie betrinken sich allein?«, sagte eine Stimme, die er nicht gleich ausmachen konnte. Kamarowski beugte sich vor. »Ach, Lilienthal, guten Abend.« Er freute sich, den amüsanten Juden zu begrüßen. »Wie geht es Ihnen? Man sieht sich ja gar nicht mehr.«

»Ich mache mir Sorgen um Sie, lieber Viktor, jetzt, da ich nicht mehr auf Sie aufpassen kann«, lachte Lilienthal.

»Mir tut es auch leid, dass die Direktion Ihnen eine eigene Suite zur Verfügung gestellt hat. Wir hatten es doch eigentlich gemütlich in unserer Junggesellenbehausung.« Kamarowski trat an die Brüstung. »Ausgezeichnet steht Ihnen der Frack.«

»Das Kompliment kann ich zurückgeben.«

»Wollen Sie nicht hochkommen und ein Glas Wein mit mir trinken?«

»Das geht leider nicht.« Lilienthal hob bedauernd die Schultern. »Ich habe eine aparte Wienerin kennengelernt, wir sind zum Plaudern verabredet.«

»Lilienthal, ich bin schockiert«, konterte Kamarowski mit gespieltem Vorwurf. »Sie sind ein verheirateter Mann.«

»Die betreffende Dame dürfte über achtzig sein.« Mit einem frischen Lächeln verabschiedete sich Lilienthal und schlängelte sich zwischen den tanzenden Paaren hindurch.

Wie ein Bussard ließ Kamarowski den Blick durch den Saal gleiten. Schon hatte er ein Opfer entdeckt, auf das er losfliegen wollte. Das Opfer war in Gestalt einer fülligen Dame im grünen Kleid erschienen. Kamarowski verließ seine Loge und machte sich auf, die Dame in Grün zum Tanz zu bitten.

14

Das Rezept

»Du hättest deine Freude an dem Ball gehabt, Großvater.
Das Savoy hat sich wacker geschlagen. Ich könnte jetzt
sagen, du wärest stolz auf mich gewesen, aber ich habe
ja praktisch nichts getan. Mr Sykes hat mir die Liste der
Honoratioren vorgelegt, die ich willkommen heißen
sollte. Da ich bei vielen nicht wusste, wie sie aussehen,
stand Mr Sykes während der Begrüßung hinter mir und
hat mir die Namen der Leute und ihre Besonderheiten
zugeraunt. War das nicht entzückend von ihm?«

Violet hielt Larrys Hand. Wie müde sie war, wie mutlos und sich selbst fremd. Am Morgen nach dem Ball

hatte sie nicht mehr gewusst, wohin mit sich. Zu John wollte sie nicht, zu Max traute sie sich nicht, ohne das fertige Hörspiel abliefern zu können. Fertig? Lächerlich, nicht eine Zeile hatte sie seither geschrieben. Ziellos war sie durch den erwachenden Morgen gelaufen, bis das Krankenhaus ihren Weg gekreuzt hatte. Violet war zu ihrem Großvater gegangen.

»Das Ballkleid hat Mrs Drake für mich organisiert«, erzählte sie weiter. »Sie hat einen Modeschöpfer ins Hotel bestellt, einen Franzosen mit rumänischem Namen. Er hat unausgesetzt geredet, während er mir das Kleid angepasst hat. Währenddessen sind seine Schneiderinnen auf den Knien um mich herumgerutscht und haben überall Nadeln reingesteckt. Abends war das Kleid schon fertig, schlicht, dunkel, mit so einem Ding, wie heißt das?« Sie ließ Larrys Hand los und demonstrierte das Kleid. »Hier an der Seite war es gerafft. In diesem Aufzug habe ich auf der Freitreppe Position bezogen. Die wichtigsten Persönlichkeiten Londons sind an mir vorbeidefiliert. Ich war nervös, aber weniger als befürchtet. Mein Gott, Großvater, ich muss Hunderte Hände geschüttelt haben. Die meisten Gäste haben sich nach dir erkundigt. Sie wünschen gute Besserung.«

Als ob sie auf eine Reaktion Larrys warten würde, verstummte Violet. Wirr lag sein Haar auf dem Kissen. Der Schnäuzer war seit dem Anfall nicht mehr gestutzt worden und sah struppig aus. Bartstoppeln hatte Violet an ihrem Großvater noch nie gesehen. Er war blass, aber seine Haut wirkte nicht mehr so fahl wie vor Tagen. Er atmete kaum hörbar. Hätte seine Brust das Laken nicht bewegt, es wäre schwer zu erkennen gewesen, ob er lebte.

In der Nacht des Zusammenbruchs, während auf der Shakespearepremiere noch gefeiert worden war, hatte Violet den Arzt im Krankenhaus gefragt, ob er die Folgen einer Fremdeinwirkung bei ihrem Großvater feststellen könne. Dr. Hobbs, ein sachlicher, bedachter Mann, hatte bereits mit Dr. Hochsinger telefoniert und war von Larrys erstem Anfall informiert gewesen.

»Wenn schon der erste Zusammenbruch ein leichter Schlaganfall gewesen sein sollte, wäre die heutige Attacke nicht ungewöhnlich«, hatte er Violet erklärt. »Meistens fällt der zweite Schlag stärker aus. Ich habe bei Sir Laurence keine äußeren Verletzungen festgestellt, bis auf eine leichte Schwellung über dem Fußgelenk.«

»Was könnte das gewesen sein?«

»Ein blauer Fleck, Miss Mason, nichts weiter. Ich nehme an, dass ihm jemand auf den Fuß getreten ist.«

Violet schüttelte die Hand ihres Großvaters ganz leicht. »Wo bist du jetzt, Larry? Wie sieht es in deiner Welt aus? Schwebst du, oder schwimmst du in tiefen Gewässern? Kannst du mich hören, bin ich ein Bild, eine Erinnerung für dich? Wenn du mich hören kannst, lass es mich spüren.« Violet wartete, doch leblos und unbewegt ruhte seine alte Hand in ihrer.

»Ich habe sogar getanzt«, fuhr sie mit der Erzählung fort. »Würdest du das glauben? Einer unserer Gäste hat mich aufgefordert. Davor hatte ich beobachtet, wie er eine füllige Lady übers Parkett geschoben hat, ein glänzender Tänzer. Plötzlich stand er vor mir und hat mich um einen Walzer gebeten. Beim Walzer kann man nicht viel falsch machen, dachte ich, na, da hättest du ihn aber sehen sollen, rechts herum und links herum hat er mich zwischen den anderen Paaren durchgedreht. Wir haben kein Wort miteinander geredet, er sah mich nur manchmal so merkwürdig an, wahrscheinlich weil ich ihm auf die Füße getreten bin.«

In diesem Moment färbte sich die Wand über Larrys

Bett rot. Violet drehte sich um. Die Sonne stieg glühend hinter Whitechapel empor.

»Ich muss zurück. Ich muss schlafen, Larry, muss schreiben. Später habe ich eine Besprechung mit Henry und Judy.« Violet gähnte. »Judy sah gestern großartig aus, ich habe sie noch nie in so einem Kleid gesehen. Sie ist ja noch jung, nur zehn Jahre älter als ich, und wirklich hübsch. Ich frage mich, warum sie sich so unvorteilhaft kleidet. Henry residiert nach wie vor in deinem Büro, wir telefonieren täglich miteinander. Es kommt mir vor, als ob er mit allem einverstanden wäre, so wie du es festgelegt hast. Bis jetzt hat er zumindest noch kein Wort darüber verloren. Ich kann Henry gut leiden, das weißt du, weil er mir wie ein rührendes altes Kind vorkommt.«

Violet sprang auf.

»Jetzt muss ich aber wirklich. Mach's gut, Großvater und werde gesund.« Sie beugte sich über ihn und küsste Larry. »Lass dir ruhig Zeit damit, aber denk bitte daran, dass ich nicht mein ganzes Leben lang im Hotel bleiben möchte.«

Mit dem angenehmen Gefühl, ein gutes Gespräch mit ihrem Großvater geführt zu haben, verließ Violet das Krankenzimmer. Der Lärm auf den Korridoren zeigte ihr, dass das St. Bartholomew's Hospital längst erwacht war.

»En haut.«

Otto zögerte einen Augenblick, bevor er den Fahrstuhl in Gang setzte.

»Vite, alors«, sagte sie, da er das Scherengitter nicht sofort schloss.

»Troisième, Madame?«

»Woher wissen Sie?«

»Dergleichen hat man zu wissen, Madame.«

Zweimal war die Französin mit Otto bereits aufwärts geschwebt, beim ersten Mal hatte sie sich im dritten Stock verwirrt umgesehen.

»Welches Zimmer, Madame?«, hatte er sich hilfreich erkundigt.

»Trois cent treize.«

»In dem Fall müssen Madame den rechten Korridor wählen.« Sie hatte ihm zugenickt und den empfohlenen Weg eingeschlagen.

Soweit es Frauen betraf, waren es vorwiegend die Verheirateten, die Otto zuvorkommend behandelten, während ihre Ehemänner stur auf die Leuchtanzeige des

Aufzugs starrten. Die hochnäsigen Töchter der Hotel-
gäste taten, als ob sie Otto nicht bemerken würden, die
Matronen nahmen sich die meiste Zeit für ihn. Aber
eine Frau wie sie hatte Otto noch nie ihre Aufmerksamkeit geschenkt. Sie erweckte etwas in ihm, wovon er
ungefähr Bescheid wusste, das er ansatzweise sogar
ausprobiert hatte, aber konnte man bei dem lichtlosen
Gefummel in seinem Zimmer schon von Liebesakt sprechen? Die Gesichtsfarbe dieser Frau hätte man unge-
sund nennen müssen, wäre er nicht sicher gewesen, dass
sie einen hellen Puder benutzte. Sie hatte ihre leuchtend
blauen Augen mit schwarzem Stift umrahmt und dunkles Violett auf die Lider gelegt. Das Haar war zweifellos
gefärbt, ein solches Blond existierte in der Natur nicht.
Von Ottos Standpunkt aus betrachtet, war sie alt, dreißig gewiss, vielleicht sogar älter.

»Trois cent treize liegt in dieser Richtung, Madame.«
Er stieg aus dem Lift, um ihr erneut den Weg zu weisen.

»Darf ich Sie um etwas bitten?« Ihr Akzent war von
der Art, dass man Hilflosigkeit dahinter vermutete.

»Gewiss, Madame.«

»Ich benötige ein Medikament aus der Apotheke.«

»Fühlen Sie sich nicht wohl? Soll ich den Hotelarzt
zu Ihnen bestellen?«

Mit fahrigen Fingern nestelte sie einen Zettel aus der Handtasche. Unterhalb des Griffes bemerkte Otto die Initialen G. G. »Dieses Rezept wird bestimmt auch in einer Londoner Apotheke anerkannt.«

Dr. Garrisson, der Hotelarzt, hatte Otto anvertraut, dass manche Gäste sich die Verabreichung aufputschender Mittel wünschten oder etwas Beruhigendes, um wieder einmal durchschlafen zu können. Dr. Garrisson hatte Otto eingeschärft, sich unter keinen Umständen darauf einzulassen und dem Gast niemals Arzneien zu besorgen. Nicht nur Ottos Laufbahn, auch der Ruf des Hotels stünden auf dem Spiel. Wenn nämlich nachgewiesen werden könnte, dass der Gast ein Medikament, das ihm vom Hotelpersonal ausgehändigt worden war, falsch dosiert hatte, würde es auf das Savoy zurückfallen. In jedem Fall müsse Otto derlei Sonderwünsche Dr. Garrisson melden, der als Einziger entscheiden könne, wem er was verschreibe und wie viel.

»Leider darf ich meinen Ascenseur nicht so lange allein lassen«, antwortete Otto, ohne das Zettelchen der Französin entgegenzunehmen. Im Kopf spielte er die Chancen durch, die er sich gerade vergab. Dieser außergewöhnlichen Frau ihren Wunsch abzuschlagen, zeigte Otto im Licht eines täppischen Domestiken. Einen Versuch, die Sache korrekt zu regeln, wollte er aber noch machen. »Madame, ich rate höflich, unseren Hotelarzt zu konsultieren, insbesondere da es sich um ein ausländisches Medikament handelt.«

»Schon gut«, antwortete die Französin knapp und verließ den Fahrstuhl.

Vorbei. Er hatte sie verprellt, es war nicht mehr rückgängig zu machen. Nie wieder würde sie ihm im Aufzug zunicken, nie mehr ein persönliches Wort an ihn richten. So wie Otto sie davongehen sah, wie ihr Hinterteil das Satinkleid in changierende Bewegung versetzte, wie er die Verzweiflung einer verschenkten Gelegenheit in sich aufsteigen spürte, konnte er unmöglich an sich halten.

»Madame!«, rief er.

Sie blieb nicht stehen.

Für einen Pagen war es undenkbar, einem Gast quer durch den Flur nachzurufen. Otto warf alle Bedenken über Bord. »Madame, un instant, s'il vous plait!«

Vielleicht war es das Französische seines Ausrufs, das sie dazu brachte, sich über die Schulter umzudrehen. Otto, der noch nicht alles verloren hoffte, rannte ein Stück, bis er sich ihr auf zehn Schritte genähert hatte und trat in gesetztem Tempo auf sie zu.

»Ich habe mich falsch ausgedrückt, Madame. Was ich

sagen wollte, ist, mein Dienst endet in einer dreiviertel Stunde. Ich wäre glücklich, Ihnen danach das Gewünschte zu besorgen.«

Sie musterte ihn von oben bis unten, eine unverkennbare Kühle war in ihren Blick getreten. »Quarante-cinq minutes? Das dauert mir zu lange.«

Otto verstand, dass sie ihm kein Pardon gewährte und nahm an, dass sie gleich weitergehen würde, doch sie wandte sich vollends um, mit einem Blick, in dem Herablassung, aber auch Boshaftigkeit spielten. »Dass ihr Engländer immer so verdammt korrekt sein müsst.«

»Ich bin kein Engländer, Madame.« Otto deutete auf das Rezept, machte eine Verbeugung und streckte die behandschuhte Hand danach aus.

»Woher kommen Sie?«

»Aus Bayern, Madame«, antwortete er vorsichtig, da das Vorurteil, Deutschland und Frankreich seien Erbfeinde, nichts von seiner Kraft verloren hatte. »Erlauben Sie mir bitte, dass ich Ihr Medikament besorge.«

»Und Ihr Ascenseur?«

»Ich werde einen Kollegen bitten, mich zu vertreten.«

»Aber beeilen Sie sich.« Huldvoll gab sie ihm das Rezept.

»A toute à l'heure, Madame.«

Otto sah ihr nach, bis sie ihr Zimmer erreichte, dann nahm er die Beine in die Hand. Er rannte in den Innenhoftrakt des Erdgeschosses, wo die lichtlosen Zimmer des Personals lagen. Otto teilte sich die Bleibe mit Tommy, dem Schuhputzer. Tommys Arbeitszeit begann, sobald die Gäste nachts ihre Schuhe vor die Tür gestellt hatten. Tagsüber rauchte er auf seinem Bett und las schlüpfrige Romane.

»Du kriegst einen Farthing, wenn du mich ein paar Minuten am Fahrstuhl vertrittst.«

»Das darf ich nicht«, antwortete Tommy, ohne von seinem Buch aufzublicken.

»Wie wär's mit einem halben Penny?« Otto klimperte mit den Münzen in seiner Tasche. »Du könntest sagen, mir wäre schlecht geworden.«

»Wo brennt's denn?« Tommy legte den Finger auf eine Zeile.

»Ich soll eine Besorgung für jemanden machen.«

»Eine Dame?«

»Ist das von Bedeutung?«

Tommy kratzte sich am Kinn. »Nein, es geht nicht.«

»Three Pence«, erhöhte Otto sein Angebot. »Und einen weiteren Thrupenny, wenn du mich gleich für eine halbe Stunde vertrittst.«

»Sixpence also?« Tommy legte das Buch beiseite. »Und was ist, wenn Mr Sykes mich erwischt?«

»Dann kriegst du die Sixpence trotzdem, und ich werde Mr Sykes die Sache erklären.«

»Her mit dem Thrupenny.« Tommy schwang die Beine zu Boden. »Gib mir deine Jacke.«

Otto warf einen Blick auf Tommys Fingernägel, die schwarz von Schuhwichse waren. »Besser du nimmst auch meine Handschuhe.«

Sie tauschten die Jacken, der Deal war besiegelt. Bevor Otto loseilte, um die Besorgung für die Französin zu erledigen, fiel sein Blick auf den letzten Brief Gabrieles. Immer begeisterter schrieb die Cousine über jenen Mann, der sich auch durch die Niederlage gegen Hindenburg nicht beirren ließ. Gabriele zitierte ihn sogar wortwörtlich. »*Nur aus meinem Fanatismus und meiner gläubigen Inbrunst kommt die Kraft, die unser Reich der Größe und der wirklichen Herrlichkeit zimmern wird, das wahre Deutschland für uns alle.*« Otto ließ den Brief in der Schublade verschwinden. Er verstand Gabriele nicht. Gab es für sie kein anderes Thema als die dumme Politik? Er jedenfalls wollte sich lieber den wesentlichen Themen des Lebens widmen. Er würde die schöne Französin nicht enttäuschen.

15

Das Pentagramm

Kamarowski gab dem Kellner ein Zeichen, ihm mehr von dem Blumenkohl mit der zerlaufenen Butter aufzutun. »Kennen Sie dieses Bild, Mylady?«

»Was ist das?« Lady Edith zog die Fotografie heran.

»Erstaunlich, wozu die moderne Fototechnik heute in der Lage ist, nicht wahr?« Kamarowski bedeutete dem Kellner, sich zurückzuziehen. »Danke. Wir bedienen uns selbst.«

»Ich verstehe nicht.« Lady Edith schob das Bild zurück. »Das ist doch …«

»Natürlich ist er das.« Kamarowski betrachtete lächelnd die Fotomontage. Darauf sah man Hitler mit grüßend nach hinten gewinkeltem Arm. In seinem Rücken stand eine überdimensionierte Figur im Nadelstreif, die Hitler ein Bündel Tausend-Mark-Scheine in die Hand legte. »Wie finden Sie die Bildunterschrift?«, lachte Kamarowski. »Millionen stehen hinter mir. Ist das nicht zum Schießen?«

Lady Edith legte Messer und Gabel beiseite, sie hatte ihren Lunch kaum angerührt. »Viktor, ich habe mich bereiterklärt, Sie zu treffen, bin sogar in Ihre Suite gekommen, obwohl mir eine Begegnung außerhalb des Hotels lieber gewesen wäre.«

»Was haben Sie gegen das Savoy?«, fragte er mit gespieltem Erstaunen.

»Man kennt mich hier.«

»Man kennt Sie praktisch überall, meine Verehrte. Im Savoy kennt man Sie allerdings aus einem besonderen Grund.«

»Sprechen Sie nicht weiter, Viktor. Dieses Thema hat tabu zu sein.«

Sein Lächeln wurde noch breiter. »Sie halten mich für vulgär, Herzogin, nicht wahr? Für abgeschmackt, skrupellos und manipulativ. Ich widerspreche Ihnen nicht einmal.«

»Ich halte Sie für einen guten Geschäftsmann, Mr Kamarowski.« Mit der unbenutzten Dessertgabel strich sie über das Tischtuch, eine Spur aus drei feinen Linien entstand.

»Und was zeichnet einen guten Geschäftsmann aus? Dass er imstande ist, mit einer schwierigen Situation fertig zu werden. Er sollte imstande sein, mit Menschen umzugehen, denn schwierige Situationen werden von Menschen gemacht.«

»Ich bin sicher, dass Sie sich gut auf die Menschen verstehen, Viktor.«

»Ja, ich mag die Menschen, ich liebe die Menschen sogar. Wenn Sie danach suchen, können Sie in jedem etwas Gutes finden – oder etwas Nützliches.« Kamarowski spießte den Blumenkohl auf und tauchte ihn in die Butter. »Jeder Mensch kann sich als nützlich erweisen, wenn man sein besonderes Geheimnis kennt.«

»Und Sie glauben, mein Geheimnis zu kennen?«

»In Ihrem Fall ist das nicht nötig, Mylady. Ich kenne das Geheimnis Ihres Mannes.«

»Mein Mann?« Die Gabel, deren Linien einen Halbkreis beschrieben, verharrte. »Darf ich fragen, wie Sie das meinen?«

Statt einer Antwort schob Kamarowski Lady Edith die Fotomontage noch einmal hin. »Sehen Sie den geheimnisvollen Anzugträger auf dieser Karikatur?« Er tippte auf die anonyme Figur im Nadelstreif, die Hitler das Geld zusteckte.

»Wollen Sie sagen, das sind Sie, Viktor?«

»Vielen Dank, aber da überschätzen Sie mich. Ich bin nur ein Mittelsmann, der Menschen zusammenbringt. Allerdings kenne ich denjenigen, der auf diesem Bild gemeint ist.« Er kaute langsam. »Diese Person ist sehr an Ihnen interessiert, verehrte Herzogin.«

»Ich habe es Ihnen schon damals gesagt, Viktor, und ich sage es Ihnen heute wieder: Ich kann das nicht tun.« Lady Edith warf die Gabel hin. »Das Gleiche habe ich auch diesem unangenehmen Menschen gesagt, den Sie zu mir geschickt haben.« Mit der Hand verwischte sie die Linien auf dem Tischtuch.

»Sie meinen Mr Brandeis?«

»Ich meine diese Natter, Ihr Faktotum, das sich angemaßt hat, in Ihrem Namen zu sprechen.«

»Falls das Vorgehen von Mr Brandeis Sie beleidigt hat, möchte ich mich in aller Form dafür entschuldigen, Lady Edith.«

»Es war tatsächlich eine Beleidigung, diesen Mann

treffen zu müssen«, erwiderte sie, doch seine Entschuldigung verfehlte ihren Zweck nicht ganz.

»Die Interessen meines Auftraggebers sind rein geschäftlicher Natur«, fuhr Kamarowski fort. »Von Ihnen wird nichts erwartet, was den Gesetzen des Anstands und der besonderen Etikette Ihres Standes zuwiderlaufen würde.«

Die Herzogin faltete die Hände, wie blasse Schlangen zeichneten sich ihre Adern ab. »Bitte verstehen Sie doch, Viktor, für mich ist Mr MacDonald ein sehr lieber und geschätzter Freund.«

»Ihr lieber geschätzter Freund ist zugleich Premierminister der bedeutendsten Wirtschaftsmacht Europas, wenn nicht der ganzen Welt.«

»Eben deshalb ist mein Freund, Mr MacDonald, auf meine Vertrauenswürdigkeit angewiesen. Im Übrigen reden wir während unserer Begegnungen niemals über Themen, die Sie und Ihren Auftraggeber interessieren dürften.«

Kamarowski lachte ein befreiendes Lachen. »Liebe Lady Edith, unser Gespräch hat sich in eine Atmosphäre von Zwielicht und Mehrdeutigkeit verirrt. Das entspricht weder meinen Wünschen noch den Tatsachen. Sie sind mit dem britischen Premierminister befreundet. Es ist eine ehrliche und herzerwärmende Freundschaft, wie ich annehme, die der Bevölkerung nicht unbekannt geblieben ist und in der Öffentlichkeit positiv betrachtet wird.« Er breitete die Arme aus. »Warum denn auch nicht? Schließlich sitzt Ihr Mann im Oberhaus, das bedeutet, nur einen Steinwurf vom Arbeitsplatz des Premierministers entfernt. Jede Mesalliance, die über eine Freundschaft zwischen Ihnen und dem Premierminister hinausgehen würde, wäre absolut undenkbar.«

»Ich weiß, was Sie gerade tun, Viktor«, entgegnete die Herzogin angespannt. »Sie versuchen, das besondere Dreieck hervorzuheben, das sich zwischen Mr MacDonald, meinem Mann und mir ziehen ließe.«

Kamarowski zupfte die Serviette aus dem Ausschnitt seiner Weste. »Wenn Sie schon in geometrischen Formen zu sprechen belieben, Duchess, würde ich diese Figur eher bevorzugen.« Er nahm Lady Ediths Dessertgabel und zeichnete ein altbekanntes, düsteres Zeichen auf das Tischtuch.

»Was ist das?«, fragte sie, ohne es noch zu verstehen.

»Hier sind Sie, Mylady, da ist Ihr Mann, der Marquess of Londonderry. Auf dieser Seite steht der Premierminister, und dann sind da noch mein Auftraggeber und ich.« Konzentriert zog Kamarowski seine Linien. »Die Verbindung zwischen den fünf Akteuren lässt sich am besten durch diese geometrische Figur ausdrücken, finden Sie nicht auch?«

»Ein Pentagramm«, flüsterte Lady Edith.

»Das alte Zeichen für eine besonders tiefgehende Verbindung.« Kamarowski stand auf und trat neben die Herzogin. »Mir wurde gesagt, das Okkulte würde eine starke Anziehungskraft auf Sie ausüben.«

Sie blickte zu dem Mann im schwarzen Anzug hoch. »Warum tun Sie das, Viktor? Warum tun Sie mir das an?«

Er betrachtete sie mit väterlichem Ernst.

<hr>

»Du hast deine Medizin noch nicht genommen.« Otto schlang das Laken um seine Hüfte, während die Französin unverhüllt neben ihm lag.

»Dieses Mittel macht mich müde. Vorhin wollte ich nicht müde sein.«

Er hatte das Bedürfnis, etwas Einfühlsames zu sagen, etwas, das seine überwältigte, zugleich dankbare Stimmung ausdrückte, aber seine Gefühle fanden in seinen Worten keine Entsprechung. »Du bist so schön«, sagte er und berührte ihre Brust.

»Lass den Quatsch.« Sie schob ihn beiseite. »Versuch dich nicht als Romantiker, das langweilt mich.«

Der plötzliche Wechsel ihrer Stimmung verunsicherte Otto. Er hatte gelesen, dass der sexuellen Vereinigung bei Frauen angeblich ein Schwall von Gefühlen folgen würde. Bei ihr schien das nicht der Fall zu sein. »Was willst du, dass ich jetzt tun soll?«

»Zunächst wirst du mich wieder siezen. Verwechsle körperliche Liebe nicht mit Vertrauen. Sie bedeutet oft genug das Gegenteil. Ich werde weiterhin Madame für dich sein, und du bist für mich weitgehend unsichtbar.«

Wäre er von ihr geohrfeigt worden, hätte Ottos Verwirrung nicht größer sein können. »Wie Sie wünschen, Madame.«

»Wie stellst du dir deine Zukunft vor?«

»Darüber habe ich mir noch nicht viele Gedanken gemacht. Ich empfinde es als Privileg, hier arbeiten zu dürfen.«

»Willst du dein Leben lang nichts anderes tun, als Leute im Lift auf und ab zu transportieren?«

»In einem Hotel wie diesem gibt es noch ganz andere Aufgaben, die für mich in Frage kämen.«

»Was hast du ursprünglich gelernt?«

»Nicht allzu viel, fürchte ich. Aber ich bin wissbegierig und lerne schnell. Ich könnte zum Beispiel ...«

Sie unterbrach ihn. »Steh auf.«

Er gehorchte, das Laken fiel von ihm ab. »Darf ich Madame etwas bringen?«

»In diesem Aufzug?«, schmunzelte sie.

»Ich könnte mich ankleiden.«

»Stell dich vor den Spiegel.«

»Wozu soll ich mich vor den Spiegel ...?«

Eine Geste von ihr, er schwieg. »Es ermüdet mich, wenn du jede meiner Fragen wiederholst, ehe du sie beantwortest. Es verdoppelt die Länge unserer Konversation und du wirst einsehen, dass ich aus deiner Konversation keinen Nutzen ziehe. Du dagegen profitierst enorm davon, wenn du tust, was ich dir sage und meine Fragen beantwortest.«

Schweigend trat Otto vor den Spiegel in dem prächtig verzierten Ochsenaugenrahmen.

»Was siehst du?«

»Mich selbst, Madame.«

»Nein.« Sie setzte sich auf. »Du siehst dein Kapital,

mein Freund. Das einzige Kapital, das du besitzt und jemals besitzen wirst. Dieses Kapital wird rasch welken und verfliegen. Nutze es, solange es dir gehört.«

»Mein Kapital?«, getraute er sich zu fragen.

»Deine Chancen liegen in deiner äußeren Erscheinung und deinen unbestreitbaren Qualitäten im Bett.«

»Ich bin für die käufliche Liebe nicht geschaffen, Madame.«

»Nichts, mein unerfahrener, habgieriger Freund, ist so käuflich wie die Liebe. Die Geschäfte mit der Liebe nennen sich nur anders, sie heißen Heirat, Leidenschaft oder Treue, und doch steckt nichts als ein Handel dahinter.« Versonnen betrachtete sie Ottos Spiegelbild. »Je früher du die Liebe in ihrem Kern durchschaust und sie nicht mit romantischen Arabesken umrankst, desto weiter wirst du es bringen.«

»Ich danke Madame für den Rat, weiß allerdings nicht, auf welche Weise …«

»Das lass meine Sorge sein. Halte von nun an weitgehend den Mund und tue, was ich dir sage.« Sie drehte sich auf den Rücken. »Und jetzt komm her.«

Scheu trat Otto neben das Bett. Sie berührte seine Beine, er zuckte zusammen.

»Was hast du?«

»Ihre Hände, Madame.«

»Sie sind eiskalt, ich weiß. Eine unangenehme Eigenheit, ich habe immer zu kalte Hände.« Ungeniert fuhr sie fort, ihn zu betasten. »Du wirst sie wärmen.«

»Wie Madame befehlen.« Er ergriff ihre Hände.

»Mach dich nicht lächerlich.«

»Habe ich etwas falsch gemacht?«

»Meine Lust ist noch nicht gestillt, das hättest du von selbst erkennen müssen. Wenn meine Lust erst gestillt ist, sind meine Hände meistens durchblutet.«

»Ich verstehe, Madame.«

»Dann komm.«

Nackt sank er zu ihr an den Bettrand. »Darf ich mich höflich nach Madames Vornamen erkundigen?«

Sonderbarerweise brachte sie das zum Lachen. »Nein, das darfst du nicht, mein Junge. Ich halte es für unsere künftige Beziehung nicht für nötig. Wir wollen lieber namenlos glücklich sein.«

Das Gesicht von Dorothy Pyke war gerötet, ihre Frisur zerfleddert, als ob sie sich selbst an den Haaren gerissen hätte. »Es bricht mir das Herz, Vi. Was soll ich sagen, es bricht mir das Herz, ihn so zu sehen.« Sie kämpfte mit den Tränen.

»Du warst im Krankenhaus?«

Gegen die Wand gelehnt stand die frühere Assistentin von Sir Laurence in Violets Büro. »Er ist früher nie krank gewesen. Sir Larry war der gesündeste Mensch seines Alters, den ich kannte.«

»Das stimmt nicht. Dr. Hochsinger hat Larry immer schon auf sein überlastetes Herz aufmerksam gemacht.«

»Weil Hochsinger ihn mochte«, widersprach Dorothy. »Weil er wollte, dass Larry mehr auf sich aufpasst. Deshalb hat er ihn vor einem Infarkt gewarnt.«

»Willst du sagen, Larry hat in Wirklichkeit nichts Ernsthaftes gefehlt?« Violet wechselte das feuchte Handtuch von der Stirn in den Nacken. Im Büro waren es bestimmt vierzig Grad.

»Natürlich hatte Larry ein paar Wehwehchen, aber sein zweiundsiebzigjähriges Herz schlug verlässlich in seiner Brust. Ich weiß das. Ich habe jeden Tag viele Stunden mit ihm verbracht, mit ihm gesprochen und gearbeitet. Er war kraftvoll, positiv, er war glücklich.« Sie machte einen Schritt auf Violet zu. »Larry war ein zufriedener Mensch. Er hat sein Leben mit beiden Händen angepackt, hat es nach seiner Vorstellung geformt, das hat ihn jung erhalten. Ich kann nicht glauben, dass er in dieser kurzen Zeit derart verfallen sein soll. So hilflos habe ich ihn noch nie gesehen. Es ist, als ob er gar nicht mehr da wäre.« Wieder traten ihr Tränen in die Augen, sie wischte mit der Hand über die Nase.

Violet legte das Handtuch beiseite. »Weshalb bist du zu mir gekommen, Dorothy?«

»Das kommt dir seltsam vor, ich weiß, schließlich habe ich Sir Laurence meinen Job hingeschmissen. Damals dachte ich, er müsste sich bei mir entschuldigen, weil er mich falsch verdächtigt hat. Heute begreife ich, das war nur mein dummer Stolz. Ich bin zurückgekommen, weil irgendetwas nicht stimmt, Vi. Etwas ist nicht geheuer an den Ereignissen der letzten Zeit. Larry wusste das. Ich glaube, er hat gespürt, dass er in Gefahr schwebt.«

»Von welcher Gefahr sprichst du?« Violet lehnte sich auf den Schreibtisch. Vor ihr stand die Imperial als stummer Ankläger. Wieder einmal war ein weißes Blatt Papier eingespannt, wieder standen nur ein paar Sätze darauf. Sie kam mit ihrer Geschichte einfach nicht weiter.

»Nach dem ersten Anfall war Larry sicher, er sei vergiftet worden«, antwortete Miss Pyke. »Wie kam er darauf? Wieso schrieb er es nicht seinem Herzen zu, was normal gewesen wäre? Sein erster Gedanke war: Ich werde vergiftet. Zunächst dachte er, das Gift sei im Tee gewesen. Oppenheim hat alles untersucht, doch es wurde nichts gefunden. Darauf hat man die Gifttheorie fallen lassen. Aber vielleicht hatte dein Großvater recht, vielleicht war seine Vermutung die einzig richtige.« Dorothy trat ans Fenster und atmete ein paarmal durch. Die Mittagssonne spielte auf ihren Schultern. »Hätte Larry nicht dich als seine Nachfolgerin eingesetzt, wäre ich nicht zurückgekommen, Vi. Ganz bestimmt hätte ich Henry nicht als neuen Boss anerkannt.« Sie drehte sich um. »Larry muss sein Testament kurzfristig geändert haben, sonst hätte ich davon gewusst. Ich wusste über alles Bescheid, vor mir hat er nichts verheimlicht. Er muss etwas geahnt haben.«

»Was denn geahnt?«

»Er hat befürchtet, dass ein zweiter Anschlag auf ihn verübt werden soll. Also musste er schnell handeln, wenn er das Savoy in sicheren Händen wissen wollte. Deshalb hat er Mr Connaghy veranlasst, ein neues Testament aufzusetzen.«

Violet ließ sich gegen die Lehne sinken. »In der Nacht,

als Larry zusammenbrach, habe ich den Arzt im Krankenhaus gefragt, ob er etwas Ungewöhnliches entdeckt hätte, zum Beispiel Spuren von äußerer Einwirkung. Aber da war nichts. Ein blauer Fleck am Bein, nichts weiter.«

»Trotzdem muss es so gewesen sein«, beharrte Dorothy. »Larry hat es kommen sehen. Er war so umsichtig, es niemandem mitzuteilen, nicht einmal dir. Still und entschlossen hat er seine entscheidenden letzten Schritte gesetzt. Die Tatsache, dass du jetzt hier bist, in seinem Hotel, und dich mit seinen Angelegenheiten beschäftigst, ist der Beweis dafür, dass er das Richtige getan hat.«

Violet musterte die strenge Erscheinung von oben bis unten. Noch nie hatte sie die beherrschte Miss Pyke so außer sich gesehen. »Was schlägst du vor? Soll ich Oppenheim verständigen?«

»Lieber nicht.«

»Ich kann mit einer derart vagen Vermutung unmöglich zur Polizei gehen.« Violet sah plötzlich Zimmer 307 wieder vor sich, den Raum mit der heimlich geflickten Tür, dem Fenster, aus dem ein Hotelgast gestürzt war. Nach einer kurzen Untersuchung hatte die Polizei die Sache zu den Akten gelegt. »Was sollte ich der Polizei denn sagen? Dass die frühere Assistentin von Sir Laurence einen Verdacht hat, den leider niemand bestätigen kann?«

»Ja, du hast recht«, nickte Dorothy. »Dann gib mir wenigstens einen Job, Vi, ich bitte dich. Irgendeine Arbeit, die es mir möglich macht, mich unauffällig im Hotel zu bewegen.«

»Und dann?«

»Ich werde meine Augen offen halten.«

»Du willst Polizei spielen?«

»Ich will herausfinden, wer etwas davon hatte, dass Larry stirbt.«

»Ich zum Beispiel«, erwiderte Violet mit ernstem Lächeln. »Ich könnte das Ganze von langer Hand vorbereitet haben.«

»Und weshalb sitzt du dann in diesem Mauseloch von Büro, wo man nicht einmal durchlüften kann?«

»Es gibt keinen Anhaltspunkt für deine Behauptung.« Violet stand auf. »Es gibt keinen wirklichen Verdacht und keinen Verdächtigen.«

»Es gibt nur den stillen alten Mann im St. Bartholomew's Hospital, der sich selbst nicht mehr helfen kann«, entgegnete Dorothy. »Die Tatsache, dass er dort liegt, ist eine Anklage. Sie spricht für sich selbst.«

Violet trat vor Miss Pyke. »Einverstanden, Dorothy, komm zurück. Ich stelle dich wieder ein.«

»Als was?«

»Als meine Assistentin.«

»Danke, Vi.« Miss Pyke sah sich um. »Ich fürchte, wir werden allerdings ein größeres Büro brauchen.« Sie nahm den Handspiegel aus der Tasche und richtete ihre Frisur.

16

Die Initialen

Ein Kurzschluss legte die ganze vierte Etage lahm. Nachdem John den verschmorten Kabelsalat im Sicherungskasten inspiziert hatte, rekrutierte er zwei Laufburschen, die ihm helfen sollten, neue Kabelstränge zu ziehen. Die eigentliche Reparatur würde Wochen dauern, daher musste man sich damit abfinden, dass die Behelfskabel wie schwarze Schlangen durch die Korridore krochen. Mr Sykes eilte von Zimmer zu Zimmer, um den Gästen sein Bedauern auszudrücken und rasche Behebung des Schadens zu versprechen.

Violet bewohnte nicht die Direktionssuite ihres

Großvaters. Tagsüber hielt Henry dort seine Bürostunden ab, abends wurde die Suite verschlossen. Auf das Bett unter der Glaskuppel und den Teppich mit dem Ananasmuster fiel nachts kein anderes Licht als das des Mondes. Violet wohnte auch nicht in ihrem Apartment in Pimlico. Seit das Savoy ihr Leben vereinnahmt hatte, war sie abends so müde, dass sie es selten schaffte, das Hotel zu verlassen. Spätnachts lief sie in die fünfte Etage und legte sich zu John. Manchmal kam er noch später als sie, die Probleme mit dem Hausstrom wollten nicht abreißen. Violet hatte aufgehört, sich Gedanken über das Entweder-Oder ihres Lebens zu machen, entweder ihre Freiheit als Autorin oder die Knechtschaft des Savoy, entweder Max oder John. Sie akzeptierte ihre Gegenwart, die Zukunft war noch nicht in Sicht. Jene Zukunft aber, die das Testament ihres Großvaters vorschrieb, verdrängte sie aus ihrem Bewusstsein.

Die Räder des Savoy drehten sich diskret, elegant und kostspielig weiter. Überraschend kurzfristig seit ihrem letzten Besuch bezog Lady Edith, die Herzogin von Londonderry, wieder ihre Suite. Bald darauf erhielt sie den Besuch des Premierministers. Ramsey MacDonald blieb vier volle Stunden, die *Times* widmete dieser Tatsache eine Notiz. Die Hitzewelle war abgeklungen. Dem Kalender nach herrschte Hochsommer, doch das mutwillige Londoner Wetter brachte Regen und Gewitterstürme.

Arturo Benedetti ereilte ein Arbeitsunfall. Als er das Orchesterpodest schwungvoll erklimmen wollte, rutschte er in einer Champagnerlache aus und brach sich den Arm. Sein Assistent, der Geiger mit der Franz-Liszt-Frisur, hoffte, den Maestro ersetzen zu können, doch er täuschte sich. Von nun an galt es als beliebte Pittoreske im Tanzsaal, wenn Benedetti mit Gips dirigierte. Selbst mit dem elefantös vergrößerten Arm ließ er es weder an Temperament noch Präzision fehlen.

Die Französin war abgereist. Otto vermisste nicht so sehr die leidenschaftlichen Stunden mit ihr, ihm fehlte die Herablassung dieser Frau, ihre Strenge. Die gelegentlichen Erregungen, die er mit den Zimmermädchen erlebt hatte, bedeuteten ihm nichts mehr, seit die Frau, deren Namen er nicht einmal kannte, ihn beherrscht hatte. Er wollte ihr Diener sein und befolgte ihre Befehle gewissenhaft.

Otto, der Deutsche, erforschte die Bewegungen deutscher Gäste im Savoy, deren Zahl von Monat zu Monat zunahm. Für solche Nachforschungen nutzte er die

Überraschung seiner Landsleute, wenn sie im Fahrstuhl in ihrer Muttersprache angesprochen wurden. Er unterschied deutsche Geschäftsreisende von Vergnügungsreisenden, Künstler von Staatsbeamten, die im Namen der schwankenden deutschen Regierung nach London kamen. Otto war wichtigen Persönlichkeiten ebenso auf der Spur, wie scheinbar unbedeutenden. Er hatte den Auftrag, zwischen jüdischen und nicht jüdischen Gästen zu unterscheiden, er notierte, wohin ein Jude ein Taxi bestellte, hielt fest, wenn ein hochrangiger Deutscher sich zum Palast von Westminster bringen ließ oder im Tearoom des Savoy britische Parlamentsmitglieder empfing. Er merkte sich den Wortlaut von Unterhaltungen, die er im Fahrstuhl aufschnappte, und schrieb sie später nieder. Otto kommentierte nichts, bildete sich keine eigene Meinung, er hielt nur alles fest. Einmal die Woche packte er seine Aufzeichnungen in ein Kuvert und deponierte es unter einer Chiffre an der Rezeption. Er fand nie heraus, wer die Briefe abholte, aber nach ein paar Tagen waren sie jedes Mal verschwunden. Otto war guter Dinge, dass er sich des Auftrags der Französin würdig erwies und sie ihn dafür belohnen würde. Auch wenn Ottos Arbeitsplatz, das enge Geviert seines Ascenseurs, winzig sein mochte, hatte er doch das Ge-

fühl, ein weitschweifiges Leben voll neuer Möglichkei-
ten zu führen.

⁓

Violet traf John Gielgud zufällig, nachdem sie ihren
schweren Gang zu Max Hammersmith angetreten und
ihm gebeichtet hatte, dass sie das bestellte Hörspiel
nicht zeitgerecht abliefern könne. Max war so verdammt verständnisvoll gewesen, dass sich Violets
schlechtes Gewissen noch vertiefte. Er hatte sie um eine
Leseprobe gebeten, um wenigstens einen Eindruck von
der Story zu bekommen. Statt einer Antwort hatte sie
ein zusammengeknülltes Papier aus der Tasche gezogen,
ihren letzten Versuch, die Arbeit zu bewältigen. Darauf
stand, säuberlich mit der Imperial getippt: *Was du heute
kannst besorgen, das verschiebe nicht auf morgen.*

Max hatte sie betrübt angesehen. »So viel zu tun im
Hotel?«

Sie hatte seinem Blick nicht standgehalten. »In all
dem Trubel gelingt es mir einfach nicht, mich zu konzentrieren.«

»Was hältst du davon, wenn ich einen anderen Autor
auf das Hörspiel ansetze, und wir finden irgendwann
etwas Neues für dich?«

Irgendwann – das Wort tat ihr besonders weh. In der flüchtigen Welt des Radios war *irgendwann* gleichbedeutend mit niemals. Entmutigt hatte sie nur noch die Geistesgegenwart besessen, Max für sein Verständnis zu danken, und war aus dem Büro geflohen. Auf dem Flur hätte sie John Gielgud fast über den Haufen gerannt. Sein Hut fiel zu Boden.

»Sieh da, unser ehrgeiziger Wirbelwind«, begrüßte er sie. »Hans Dampf in allen Gassen.«

»Verzeihen Sie, Sir.« Hastig hob sie den Filzhut auf und gab ihn dem Schauspieler zurück.

»Wie habe ich mir das vorzustellen?«, stichelte er weiter. »Ein Hörspiel hier, eine Theaterassistenz dort, ein Sensationsbericht für die BBC, eine Dramaturgie am Old Vic – wann werden Sie endlich einen sicheren Hafen anlaufen, Violet?«

Sie war erstaunt, dass er ihren Vornamen kannte, im Sadler's Wells hatte er sie immer nur mit *Miss* tituliert. »Danke, Sir«, antwortete sie ohne jeden Sinn.

»Bei Ihnen könnte ich mir vorstellen, dass Sie in Ihrer Freizeit sogar noch einen dritten Beruf ausüben.«

»Nicht nur in meiner Freizeit, Sir.«

Violet hatte nicht vorgehabt, Gielgud ihr Herz auszuschütten, sie nahm auch nicht an, dass er Zeit und

Interesse dafür hätte, doch er wirkte aufgeräumt, gesprächig, ganz untypisch warmherzig, und ehe sie wusste, was geschah, saß Violet mit John Gielgud in der Cafeteria der BBC.

»Was machen Sie beim Radio, Sir, wenn ich fragen darf?«

»Man hat mich gebeten, eine kleine Sendereihe einzusprechen. Sie heißt *Gielgud liest Oscar Wilde.*« Er legte seine zu großen Hände aufeinander.

»Eine exzellente Idee, Sir.«

Anders als die meisten Schauspieler wollte er nicht über sich selbst reden, sondern drang behutsam in Violet, der er offenbar ihren Kummer ansah. Sie kamen auf das Savoy zu sprechen, auf das überraschende Testament Sir Larrys und den Erbfolgestreit, der darauf eigentlich hätte ausbrechen müssen, aber sonderbarerweise ausgeblieben war. Gielgud brachte den Vergleich mit Shakespeare ins Spiel, der eine Familiengeschichte wie diese gewiss in ein fesselndes Drama verwandelt hätte, in dem Violet natürlich die Heldin darstellen müsste. Nach Gielguds Ansicht galt es nun herauszufinden, wer im Geflecht dieser Familientragödie der Schurke sei.

»Muss es denn immer einen Schurken geben?« Violet hatte ihren Tee bereits ausgetrunken.

»Immer. Ohne Schurken geht es nicht.« Gielgud ließ sich Zeit mit seinem Earl Grey. »Shakespeare beweist uns jedes Mal aufs Neue, dass der Schurke nicht im schwarzen Gewand daherkommt oder mit unheilvoller Miene um die Ecke späht, er erscheint in der Gestalt eines Freundes, im Gewand des Beichtvaters oder mit der Würde eines Richters. Meistens ist der Schurke derjenige, von dem man es am wenigsten erwartet.« Er ließ die Zitronenscheibe im Tee behutsam hin und her schwimmen. »*Schreibtafel her*«, deklamierte er leise. »*Ich muß mir's niederschreiben, dass einer lächeln kann und immer lächeln und doch ein Schurke sein.*« Er musterte Violet freundschaftlich. »Mein Hamlet wird demnächst wieder aufgenommen. Haben Sie Lust, ins Theater zu kommen?«

»Vielen Dank, Sir, ja natürlich. – *Dass einer lächeln kann und immer lächeln ...*«, wiederholte sie.

»Und doch ein Schurke sein.« Ein Wink von Gielgud, schon stand die Kellnerin mit der Rechnung vor ihnen.

⸻

»Es gibt keinen Grund, das Pentagramm als etwas Furchteinflößendes anzusehen.«

Die füllige Frau im dunkelgrünen Kleid zog zwei Karten aus dem aufgefächerten Spiel und legte sie nebeneinander. »Im Glauben der Ägypter galt der Fünfstern als Quintessenz der vier Elemente. Während der Renaissance war das Pentagramm sogar ein Symbol für den Menschen selbst. Da Vinci hat sich künstlerisch darauf bezogen, als er den Uomo Vitruviano entwarf. Auf seiner Zeichnung sind Kopf, Füße und Hände des Menschen in einen Kreis gefasst und ergeben zusammen die fünf Zacken des Pentagramms.«

Die Frau, ihr Name war Caroline Rattle, deutete auf die beiden Karten, die sie gezogen hatte, es waren die Fünf der Kelche und das Ass der Scheiben. »Sehen Sie, Lady Edith, wenn die Spitze des Fünfsterns nach oben zeigt, handelt es sich um ein Symbol der weißen Magie, das uns neue Verbindungen und Konstellationen anzeigt. Nur wenn die Spitze nach unten zeigt, haben wir es mit einem Zeichen des dunklen Reiches zu tun.«

Lady Ediths Atem ging hastig. Sie trug einen aprikosenfarbenen Kimono, mit ihrem Fächer verschaffte sie sich Kühlung. Sie ruhte auf der Chaiselongue, während ihr Mrs Rattle auf einem Stuhl gegenübersaß.

»Was bedeutet das Pentagramm in meinem Fall?«

»Sie erlauben?« Mit einer Geste bat Mrs Rattle um die Hand der Herzogin.

Es wäre Lady Edith nicht in den Sinn gekommen, jemanden aus der vulgären Zunft der Hellseher zu konsultieren. Sie war klug genug, zu begreifen, dass die meisten solcher *Vorhersagen* nichts als Schwindel waren. Trotzdem glaubte Edith an die Kraft der Spiritualität und an den tiefen, manchmal verborgenen Sinn alter Symbole. Vor fünftausend Jahren, als der Mensch bereits in der Lage gewesen war, den Lauf der Sterne am Nachthimmel zu bestimmen, hatte er sich der Macht dieser Himmelskörper unterworfen und die Astrologie erfunden. Er teilte den Planeten menschliche Eigenschaften zu und projizierte die elementaren Energien des Menschen auf die Himmelskörper. Der Mond stand für tiefe Weiblichkeit und die mütterliche Liebe, Mars wurde zum Planeten der männlichen Eroberungslust, Venus zu dem Gestirn, unter dessen Einfluss Liebe und Kunst sich entfalteten. Jupiter stand für die innere und äußere Erweiterung des Menschen und wurde zum Glückssymbol, während Saturn durch eisige Starre zum Innehalten zwang und lehrte, aus Leiden und Entbehrung Weisheit zu gewinnen. Obwohl Lady Edith, was spirituelle Zeichen betraf, einiges an Wissen besaß, war sie bereit, sich von Personen beraten zu lassen, die ihr Vertrauen besaßen.

Mrs Rattle genoss das Vertrauen der Herzogin. Carolines Gatte war vor Jahren verstorben, trotzdem pflegte sie einen intensiven Kontakt mit ihm. Lady Edith hatte an einer Séance teilgenommen, bei der die Witwe Mr Rattle per Klopfzeichen hatte erscheinen lassen.

Behutsam legte Edith ihre Hand in die Handflächen von Mrs Rattle. Die atmete mehrmals tief ein und aus.

»Aus den Karten ersehe ich, dass es bald eine Verbindung zwischen Ihnen und einer Person geben wird, die bis jetzt noch nicht in Erscheinung getreten ist.«

»Wer ist das?«

Mrs Rattle schenkte der Hand der Herzogin höchste Konzentration. »Ich kann nur die besondere Bedeutung dieser Person erkennen. Um sie zu identifizieren, müssten Sie zwei weitere Karten ziehen.«

»Ich soll selbst ziehen? Warum tun Sie es nicht?«

»Es ist Ihre Deutung, Mylady, Ihr persönlicher Blick hinter den Spiegel.« Mrs Rattle präsentierte die Tarotkarten und fächerte sie auf. »Haben Sie keine Furcht.«

Lady Edith zog eine aus der Mitte. »Oh Gott!« Es war die Sechzehn, der Turm, eine Darstellung voll Feuer, glühender Augen und Drachen. »Was heißt das?«

Begütigend wies Mrs Rattle auf die Karte. »Der Turm bedeutet nur den Zusammenbruch alter Strukturen, zugleich aber die Geburt eines neuen Wertesystems. Ein lebensbejahendes, starkes System, das sich anschickt, die Welt zu beherrschen.«

»Könnte der Turm nicht auch meinen Untergang vorhersagen?«, fragte Lady Edith.

Mrs Rattles Geste bedeutete, keine voreiligen Schlüsse zu ziehen. »Die Karte ist ein Hinweis auf jene Person, die Verbindung mit Ihnen aufnehmen will. Der Turm trägt die römische Ziffer sechzehn. Welches ist der sechzehnte Buchstabe im Alphabet?«

Edith rechnete nach. »Das P.«

»Das wollen wir gleich einmal notieren.« Mrs Rattle malte ein großes P auf ihren Schreibblock. »Bitte ziehen Sie eine weitere Karte.«

Diesmal war es die Sonne. »Oh, wie schön«, seufzte Lady Edith.

»Das Symbol der Sonne erfüllt uns mit Wärme und Zuversicht«, nickte Mrs Rattle. »In Ihrem besonderen Fall steht es stellvertretend für den neunzehnten Buchstaben im Alphabet, das S.« Auch das brachte sie zu Papier.

Lady Edith hoffte gespannt auf eine erhellende Deutung.

»Es geht um eine Person, deren Initialen die Buchstaben P. und S. sein dürften«, erklärte Mrs Rattle nach kurzer Überlegung. »Wen kennen Sie, auf den das zutrifft?«

»P. – S.«, wiederholte Edith. »Ich kenne niemanden dieses Namens. Könnte P. S. nicht auch *Postscriptum* heißen und ein Hinweis darauf sein, dass ich bald Post bekommen werde?«

»In solchen Fällen sind natürlich mehrere Deutungen möglich, trotzdem fände ich es sinnvoll, wenn Sie nach einer Person mit den Intitialen P. S. Ausschau halten würden. Vielleicht wird sich der- oder diejenige schon bald bei Ihnen melden.«

Lady Ediths Fächer vibrierte mit höchster Frequenz. »Meinen Sie, ja, meinen Sie wirklich?«

»Nach meiner Erfahrung wird dieser Fall eintreten.«

»P. S.«, murmelte Edith nachdenklich. »P. S. Ich werde darauf achten.«

Minuten später verließ Mrs Rattle die Suite der Herzogin, nahm die Treppe ins Erdgeschoß und erreichte die Lobby. Suchend sah sie sich um.

»Kann ich Ihnen behilflich sein?« Der eilfertige Mr Sykes hatte die vollschlanke Dame bemerkt.

»Wo kann ich telefonieren?«

»Gleich hier drüben sind die Kabinen.« Sykes wies ihr den Weg. »Unsere Vermittlung wird Sie gerne verbinden.«

Mrs Rattle betrat eine Zelle und nahm den Hörer ab. »Verbinden Sie mich bitte mit Mrs Judy Wilder, hier im Haus.«

Gleich darauf meldete sich eine ruhige Frauenstimme. »Hallo?«

»Judy?«, sagte Mrs Rattle. »Es ist erledigt.«

»Wo bist du?«

»Im Hotel. Ich komme gerade von ihr.«

»Hat sie die richtigen Karten gezogen?«

»Natürlich.«

»Verrätst du mir, wie du das machst?«

»Es verlangt Fingerspitzengefühl. Lady Edith ist außerdem ein gutes Medium. Sie hat sich problemlos führen lassen.«

»Und glaubt sie dir?«

»Zumindest hat sie jetzt einen Hinweis, was das Pentagramm ihr zu sagen versucht. Sie wird auf die Initialen P. und S. sensibel reagieren.«

»Exzellente Arbeit. Vielen Dank, Caroline.«

Mrs Rattle wandte sich um. Durch das Glas der Ka-

bine sah sie das lebendige Treiben der Menschen im
Hotel. »Und mein Geld?«

»Kommt heute noch, wie abgemacht.«

»Ruf mich an, wenn du wieder etwas brauchst.«

»Jederzeit.«

Judy hatte aufgelegt. Mrs Rattle verließ die Kabine,
nickte Mr Sykes zu und trat hinaus auf den Strand, wo
die Leute im Sonnenschein flanierten.

17

Schwarzgrau

Um sich selbst zu beweisen, dass sie keine Gefangene des Savoy, sondern lediglich eine Einspringerin war, nahm Violet nachts manchmal Texte mit in die Mansarde, die sie vor dem Einschlafen an Johns Schulter korrigierte. Es waren kürzere Arbeiten, Betrachtungen, Vignetten, Stimmungsbilder, für mehr fehlte ihr die Zeit. Es waren nur Fragmente, doch diese kleinen Beweise ihres Talents fühlten sich für Violet wie ein Licht an, dem sie folgte.

Eines Tages waren die Geschichten fertig, mehrmals korrigiert, säuberlich abgetippt und in einer Mappe versammelt. Violet hatte den Eindruck, als ob sie das Hotel überlistet und heimlich etwas geschaffen hatte, das es wert war, zu Max Hammersmith gebracht zu werden. Sie hatten einander in den letzten Wochen kaum gesehen. Sie war es müde, dem geduldigen Max wieder und wieder zu erklären, wie sehr der Hotelalltag sie auslauge, dass ihr wahres Leben allmählich vor ihren Augen entschwinde und sie eine Sklavin des Savoy werde.

An diesem schwülen Augusttag, der vermutlich durch ein Sommergewitter abgekühlt werden würde, wollte Violet ihrem Mentor, Verehrer und Herzensfreund beweisen, dass sie in erster Linie Autorin war und nicht ausschließlich die Koordinatorin eines unberechenbaren Menschenhauses. Sie schnürte ihre Arbeitsmappe, wählte ein Sommerkleid mit blauen Tupfen, widmete ihrem Makeup mehr Zeit als üblich und fasste ihr Haar mit einer Bernsteingemme zusammen. Der Spiegel bestätigte, dass ihr nach Langem wieder Violet Mason gegenüberstand, eine Künstlerin mit verwegenen Ideen und einem freien Blick aufs Leben.

Violet hätte den Dienstwagen nehmen können, der ihr zur Verfügung stand; der Chauffeur langweilte sich ohnehin die meiste Zeit und drohte das Auto noch zu

Tode zu polieren. Sie ließ den Wagen in der Garage und nahm die Underground bis Regent's Park. Während sie die Great Portland Street entlanglief, hatte sie das Gefühl, wieder ihr altes Selbst, ihr wahres Ich spazieren zu führen. Als ob es eine Ehrenmedaille wäre, zeigte sie dem Pförtner stolz ihren BBC-Ausweis und ließ sich bei Max Hammersmith anmelden.

Der nüchterne Respekt und die professionelle Ergebenheit, mit der Violet von den Angestellten des Hotels behandelt wurde, weckte ihre Sehnsucht nach ein bisschen frivolem Unsinn, wie sie ihn mit Max oft erlebt hatte. Wenn er irgend konnte, nahm er sich Zeit für sie. Max war ein Meister darin, Violet scheinbar unabsichtlich an Orte zu locken, wo er die vorgeschriebene Distanz zwischen Redaktionsleiter und Autorin fallenlassen und sie küssen konnte.

»Hallo, Vi«, begrüßte die Sekretärin Hammersmiths Violet. »Oder sollte ich besser sagen: Frau Direktor?«

»Lass den Quatsch«, lachte Violet. »Ist er da?«

»Max ist im Studio. Du hättest anrufen sollen.«

Täuschte sie sich, oder empfing sie eine ungewohnte Reserviertheit von der Sekretärin? Sah man sie denn nicht einmal mehr bei der BBC als das an, was sie war, fünfundzwanzig, lebenshungrig und unkompliziert?

»Welches Studio?« Sie war schon an der Tür.

»B7. Aber da kannst du jetzt nicht stören.«

Violet tat, als ob sie den letzten Satz nicht gehört hätte, und machte sich auf den Weg. B7 war das Studio, in dem aufwendige Sprachaufnahmen oder Kammermusik mitgeschnitten wurden. Sie durchquerte einige Korridore und sah schon von Weitem das rote Licht brennen. Violet betrat den Raum der Studiotechnik.

Auf einen Schlag war alles wieder da, was sie vermisst hatte. Der muffige Geruch, wenn Menschen stundenlang auf einem Fleck beisammensaßen, rauchten, schwitzten und zu beschäftigt waren, um zu lüften. Das Zwielicht der Kommandozentrale, wo Sprache, Töne und Geräusche zusammenliefen und festgehalten wurden. Die Lichtpunkte über dem Mischpult, die große Trennscheibe, und dahinter das gespielte, imaginierte, herbeiphantasierte Leben einer Radiokomödie. Die Welt eines Hörspiels entstand im Kopf des Zuhörers, und die BBC tat alles, um die Phantasie des Publikums zu inspirieren.

Sechs Schauspieler standen vor zwei Mikrofonen, ihre Texte in den Händen, vier Männer, zwei Frauen. Die Herren hatten die Jacken und Krawatten abgelegt, sie gestikulierten wild und schrien einander an. Die Frauen gingen dazwischen, kess und schlagfertig die eine, trocken und seelenvoll die andere. So mancher Sprecher musste an sich halten, um über die Screwball-Situation nicht selbst in Lachen auszubrechen, und wandte sich ab, bis er wieder dran war. Wenn sie eine Textseite zu Ende gelesen hatten, ließen sie das Papier einfach fallen, unhörbar segelte es zu Boden.

Neben den Schauspielern belebte noch jemand die Welt der Komödie hinter der Scheibe, der gute alte Stolperheini. Er gehörte zum Urgestein der BBC, seit es das Radio gab, machte Stolperheini die Geräusche. Rund um sich hatte er sein Handwerkszeug aufgebaut. Auf Stichwort knallte er Türen zu, die nur aus zwei Brettern und einem Scharnier bestanden, er sorgte für knarrende Schritte, für Wind oder Meeresrauschen. Stolperheini blühte auf, wenn ein tropfender Wasserhahn von ihm verlangt wurde; ein kurzes Pfeifen, ein Ploppen mit dem kleinen Finger und man hätte schwören können, dass irgendwo ein Hahn undicht war. Seine Imitation eines Orang-Utan war so beliebt, dass sie sogar in Hörspiele eingebaut wurde, in denen ein Orang-Utan nichts verloren hatte. Singende Sägen, Kettensägen, Flugzeugmotoren imitierte Stolperheini allein mit dem Mund, für eine zerbrochene Fensterscheibe schlug er mit dem Hammer in eine Kiste voller Scherben.

Es war Violet nicht gleich aufgefallen, doch nach ein paar Minuten erkannte sie, dass hier jene Komödie aufgezeichnet wurde, die sie ursprünglich hätte schreiben sollen und an der sie gescheitert war. Sie ließ den Blick durch das Halbdunkel des Raumes wandern, natürlich, da stand Algernon, der für das Skript verantwortlich war, ihr reizender, rührender Kollege Algernon, der jede menschliche Regung in Worte, jedes Missverständnis in eine Situation verwandeln konnte, Algernon, der in seinem Privatleben so scheu war, dass er bei Partys oder im Pub verklemmt dabei stand, seine Arme ineinander verschränkte wie liebeskranke Schlangen, der sich einen Bart stehen ließ, um sein freundliches Gesicht zu maskieren, Algernon, in dessen Hörspielen alle Facetten der Liebe erblühten und der selbst noch nie eine Freundin gehabt hatte.

»Hallo, Algernon«, flüsterte Violet.

»Oh, Vi, na?« Er verschränkte die Arme vor der Brust.

»Tolles Stück, gratuliere.« Sie hielt den Daumen nach oben.

»Oh, ja? Ach was, danke.« Seine Arme verkeilten sich ineinander, als ob er sie nie wieder lösen wollte.

Als Violet einen Schritt nach hinten machte, stieß sie gegen ein Bein.

»Lässt du dich auch mal wieder blicken?«, flüsterte Max.

»Hallo, ich habe dich gar nicht …«

»Spionierst du, was wir aus deiner Komödie gemacht haben?« In Hemdsärmeln lehnte er an dem Tisch mit den Kabelbindern, eine Tasse Kaffee in der Hand.

»Ich hatte keine Ahnung, dass heute gerade dieses Stück aufgenommen wird.« Sie hob ihre Mappe vor die Brust. »Hast du nachher ein paar Minuten Zeit?«

»Du hättest anrufen sollen. Heute ist der Teufel los.«

»Hier ist immer der Teufel los.«

»Ich kann frühestens in zwei Stunden.«

»Ach so, das ist wirklich …« Violet überschlug, wieviel Arbeit sie in zwei Stunden im Savoy erledigen könnte. Die Organisation von drei verschiedenen Konferenzen lag an, eine Geburtstagsfeier, das Problem mit der Elektrizität und eine menschliche Krise in der Küche. Trotzdem entschied sie, lieber auf Max zu warten.

»Einverstanden. Wo sehe ich dich später?«

»Cafeteria?«

Sonst war die Cafeteria der Ort, an dem Max sie zuallerletzt treffen wollte, denn dort saßen Dutzende Leute, die ihn mit Fragen bombardierten. Doch Violet war mit allem zufrieden. »Bis später also.«

Sie hörte dem Spektakel noch ein paar Minuten zu, bevor sie das Studio B7 verließ.

»Komme ich zu spät?« Violet eilte auf die Cafeteria zu. Hatte sie ihn bereits warten lassen?

»Wir sind gerade erst fertig geworden.« Max fing sie vor dem Eingang ab. »Da drin ist leider alles voll.«

»Warum gehen wir nicht in dein Büro?«

»Besser nicht«, antwortete er, ohne es weiter zu erklären.

Während sie schweigend durch Korridore liefen und einen Raum suchten, wo sie ungestört reden konnten, überlegte Violet, wie sie am besten beginnen sollte. Ihre kleinen Erlebnisberichte taugten nicht dazu, eine ganze Sendung zu füllen, aber sie ließen sich vielleicht als Schnipsel zwischen zwei Programmen einfügen. Violet fand es ungewöhnlich, dass sie überhaupt nach einem Gesprächseinstieg suchen musste, normalerweise kam Max sofort mit Neuigkeiten heraus, erkundigte sich, was bei ihr los war, und erheiterte sie mit seinem Charme.

»Scheinbar haben wir heute kein Glück«, sagte er, nachdem auch das dritte Zimmer besetzt war. »Frische Luft wird uns gut tun.« Er nahm eine Abkürzung in die große Halle, nickte dem Pförtner zu und führte Violet ins Freie.

»Auf der Straße?«, fragte sie enttäuscht.

»Wollen wir eine rauchen?«

»Nein, danke.« Auf den Stufen des Gebäudes machten sie Halt. Vor ihnen floss der Verkehr vorbei. »Du rauchst doch sonst gar nicht.«

»Heute brauche ich eine, fürchte ich.«

»Was ist los?«

Er starrte auf die Automobile, die an der Kurve zwischen Portland Place und Riding House Street bremsten und unter Gestank wieder anfuhren. Fahrradfahrer schlängelten sich dazwischen durch, ein Brauereikutscher feuerte sein Pferd an. Das sah man nur noch selten, Bierfässer, die auf die gute alte Art durch London kutschiert wurden.

»Du hast mir etwas mitgebracht?«, fragte er, während er die Zigarette aus der Packung fischte.

Sie entnahm ihrer Tasche die Mappe wie eine Kostbarkeit. »Es sind ein paar kleine Texte, ich hoffe, dass sie dir gefallen.«

Er nahm die Mappe entgegen. »Ich werde das lesen, sobald ich kann.«

»Ich habe dir ja noch gar nicht gesagt, was es ist«, entgegnete sie irritiert.

»Wie oft habe ich dir das erklärt: Erzähle nie, was in einem Text drinsteht, lass ihn für sich selbst sprechen.« Er lächelte, aber sie spürte, es war Verstellung.

Entferntes Grollen, blauschwarz stiegen Wolken hinter dem BBC-Building empor.

»Heute dürfte noch etwas kommen.« Er ließ das Feuerzeug aufschnappen.

»Vielleicht zieht es aber auch vorbei.«

»Ich wäre froh über eine Abkühlung.« Er betrachtete die Wolken.

Sie beobachtete, wie die Zigarette zu glimmen begann. »Max, irgendetwas ist passiert, seit wir uns das letzte Mal gesehen haben.«

Er nahm den ersten Zug. »Du hast recht.« Er nahm den zweiten Zug. »Susan ist passiert.«

Violet ließ ihre Tasche sinken. In seinen Augen las sie, dass er mit einer Erwiderung, einer Frage rechnete, doch als ob sie den Sinn seiner Worte noch nicht verstanden hätte, starrte sie auf die Glut und auf seine Finger, die nervös mit dem Glimmstengel spielten.

»Ich habe wirklich lange auf dich gewartet, Vi«, fuhr er fort. »Ich habe dir mehr als einmal klargemacht, was ich für dich empfinde und was zwischen uns beiden werden könnte.«

»Ja, das hast du, Max.« Ihre Stimme klang fremd, alles fühlte sich taub an.

»Ich habe mich nicht nach anderen Frauen umgesehen, falls du das glauben solltest, und ganz sicher wollte ich es dir nicht heimzahlen, weil du ein Verhältnis mit einem anderen hast.« Er stieß den Rauch aus. »Das trifft alles nicht zu. Aber Susan trifft zu. Susan hat mich sozusagen ins Herz getroffen.« Er hob die Schultern. »Was soll man da machen?«

Der rollende Donner über ihnen schaffte eine Zäsur.

»Da kann man gar nichts machen«, antwortete Violet höflich, zugleich sonderbar weit von sich entfernt. In diesem Moment hätte sie keine Mühe gehabt, sich in eine der Steinfiguren zu verwandeln, die das BBC-Building zierten. »Susan, welche Susan? Kenne ich sie?«

»Sie ist nicht von hier, nicht aus unserem Stall. Susan hat mit dem ganzen verrückten Gewerbe nichts zu tun.«

»Was macht sie denn?«

»Das wirst du mir nicht glauben.« Er nahm den letzten Zug. »Sie arbeitet im Palast.«

»Buckingham Palace?« Er nickte.

»Eine Hofdame?«

»Ach, was du gleich denkst.« Er lachte. »Nein, sie ist für den Gästetrakt zuständig.«

»Dann hat Susan ja einen ähnlichen Job wie ich«, antwortete Violet und staunte zugleich, wie leicht man am Thema der Endgültigkeit einer Beziehung vorbeiplaudern konnte.

»Ich glaube, dass ihr beide euch gut verstehen würdet.« Max warf die Kippe zu Boden.

Violet wollte mehr wissen, mehr fragen, sich erkundigen, wo er Susan kennengelernt hätte, ob sie schon im Bett miteinander gewesen wären, wie alt Susan sei, sie wollte weiterreden, wollte alles tun, um nicht fortgehen zu müssen von ihm, denn sie spürte, dies war das letzte Mal, dass sie von Max, von der BBC, von allem, was sie liebte und was ihren Traum ausmachte, Abschied nehmen würde. Wenn sie diese Stufen hinunterlief, wäre ihr Traum ein für alle Mal verflogen. Und dann hätte das Savoy gesiegt.

»Mr Hammersmith?«

»Ja?« Max drehte sich um. An der Eingangstür stand

Rudy, der Pförtner. Auch ihn würde Violet nicht so bald wiedersehen. »Was gibt's, Rudy?«

»Die haben gerade angerufen, Sie werden drinnen gebraucht.«

»Wo?«

»Im Orchestersaal.«

»Sagen Sie, ich bin gleich da.«

Rudy verschwand. Max hob die Schultern. »Tja –«

Violet wollte es ihm leicht machen. Seine Gedanken waren bei der nächsten Aufnahme, seine Gedanken waren bei Susan. Violet hatte kein Anrecht mehr auf seine Gedanken.

»Du bist großartig, Max, das warst du immer. Ich danke dir für alles, was ich von dir lernen durfte. Ich danke dir für deine Liebe, deine Geduld und deine Offenheit.«

Er tippte auf Violets Mappe. »Ich schaue mir deine Texte bald an, versprochen. Und dann reden wir darüber, was man damit machen könnte.«

»Es hat keine Eile.« Sie lächelte, so gut sie eben konnte.

»Gottlob braucht man sich um deine Zukunft keine Sorgen zu machen.« Sein Lächeln war um nichts weniger traurig.

»Du hast es mir ja prophezeit: Ich habe das große Los gezogen.«

Sie küsste Max, warum auch nicht? Er umarmte sie. Ohne ein weiteres Wort verschwand er durch die Schwingtür, im nächsten Moment hatte die Spiegelung des Glases ihn verschluckt. Violet schaut hoch, schwarzgrau und drohend kroch das Gewitter näher. Wenn sie bis zur Underground die Beine in die Hand nehmen würde, könnte sie dem Unwetter vielleicht noch entgehen. Aber wozu? Weshalb sollte sie nicht in den Regen kommen? Schritt für Schritt nahm Violet die Stufen auf die Straße, während die ersten Tropfen fielen.

18

Die letzte Ölung

»Da ist der Mann, der mit seiner Frau einen Abend zu Hause verbringt«, rief der Conferencier. »Plötzlich klingelt es, der Ehemann öffnet. Draußen steht ein Kerl und sagt: Ich bin der Würger von Soho. Dreht sich der Ehemann um und ruft: Liebling, es ist für dich.«

Ein deftiges, ehrliches Lachen aus Männerkehlen schlug ihm entgegen, das unverwüstliche Lachen der Schadenfreude. Der Conferencier kommentierte es, indem er einen koketten Spreizfuß machte. In den mit zerschlissenem Samt bespannten Sitzreihen des Broadway Vaudeville, einem der ältesten Varietés von England, saßen ein paar Dutzend Leute, durchweg Männer, fast alle arbeitslos. Entweder ihre Frauen warteten zu Hause oder sie hatten ihre bessere Hälfte aus dem Haus geschickt, damit sie mal auf andere Gedanken kommen sollten. Die Wirtschaftskrise machte auch vor dem einst mondänen Badeort an Englands Südküste nicht Halt und ganz gewiss nicht vor dem Broadway Vaudeville.

Violet wollte sich gar nicht erst setzen. Halb von einer Säule verdeckt, stand sie hinter der letzten Reihe und sah ihrem Vater zu, wie er sein Handwerk ausübte. Souverän spielte er auf der Klaviatur niedriger Empfindungen und stachelte den Kleinmut und die Niedertracht des Publikums durch seine Komik an. Hier, an diesem heruntergekommen Ort, der den Namen Theater nicht verdiente, befanden sich Violets Wurzeln. Dort oben war der Stamm, aus dem sie gesprossen war, das Konglomerat von *halben* Begabungen, das ihren Vater ausmachte. Die Angst, so zu sein wie er, hatte Violet nach Weymouth getrieben. Normalerweise wollte sie damit nicht konfrontiert werden, normalerweise tat sie alles, um diese Wahrheit zu ignorieren. Heute jedoch befand sich die Antwort auf Violets Fragen nur eine Zugreise von London entfernt.

Immer wenn sie spürte, dass ihr Leben den Bach hinunterging, wenn sie sich von Mauern und verschlossenen Türen umgeben glaubte, gab es einen Menschen auf der Welt, der sie verstand. Dieser Mensch hatte sein ganzes Leben lang nur Misserfolge erlebt, sein Maskottchen war die Unmöglichkeit, seine Vision das Schlupfloch. Niemals hatte Ralph Mason es geschafft, den rechten Weg einzuschlagen, und deshalb war er nie an irgendeinem Ziel angelangt. Seine Wirklichkeit war die Lüge, sein Lebenselixier der Gin.

Noch während das Lachen andauerte, holte Ralph zum nächsten Schlag unter die Gürtellinie aus. »Ein Freund hat mir erzählt, seine Frau hätte die Maße neunzig, fünfundvierzig, neunzig. Donnerwetter sage ich, das sind ja Idealmaße. Ja, sagt er, ihr anderes Bein sieht genauso aus.«

Leichtfüßig tänzelte er die Rampe entlang, nahm den roten Hut ab und grinste. Sein aufgeschwemmtes Gesicht wurde vom Rampenlicht fahl beleuchtet. Jetzt hatte er die Leute, wo er sie haben wollte, nun ließ er sie nicht mehr aus den Fingern. Über das Gelächter hinweg rief er: »Wieviel beträgt das Idealgewicht einer Ehefrau? – Drei komma fünf Pfund – ohne Urne!«

Der Pianist im Graben spielte einen Tusch, Applaus setzte ein.

Violet verließ den Zuschauerraum und schlüpfte durch die Bühnentür in die Eingeweide des Broadway Vaudeville. Hier roch es nach Schminke, Schweiß und Fusel. Der Vorhangzieher warf ihr einen Blick zu, im Übrigen kümmerte sich niemand um den Eindringling in diese verlorene Welt.

Auf der Bühne setzte Ralph zum Finale an. »Vielen Dank, Ladys und Gentlemen, Sie waren zauberhaft. Bitte denken Sie auf dem Heimweg unbedingt daran: Wenn du noch eine Schwester hast, die hässlich ist und mager, da kannst du machen, was du willst, da kriegst du keinen Schwager.«

Ein dreifacher Tusch, Ralph sagte die nächste Nummer an und kam von der Bühne getänzelt. Der Abgangsapplaus war bereits verebbt, bevor er den Requisitentisch erreicht hatte, wo seine Flasche stand. Ralph nahm einen kräftigen Schluck.

»Gutes Publikum heute«, sagte er zu einem Mädchen vom Ballett, das sich für den Auftritt bereit machte. »Die Leute gehen mit, sie verstehen sogar die anspruchsvolleren Sachen.« Lachend klatschte er der Kleinen auf den Hintern, sie drehte sich nicht einmal um.

»Hallo, Ralph.« Violet trat aus der Kulisse.

Er zeigte nicht die geringste Überraschung über das

Auftauchen seiner Tochter. »Ach, sieh mal an, mein Mädchen kommt mich besuchen.«

»Ich bin nicht dein Mädchen.«

»Warst du drin?« Er trank einen kräftigen Schluck. »Hast du das Publikum gehört? Ein exzellentes Publikum, und das an einem Dienstag.« Er hob die halbvolle Ginflasche vor seine Augen. »Aaaah, nach so einem Schluck ist man gleich ein ganz anderer Mensch.« Er zwinkerte Violet zu. »Ich geb' dem anderen auch noch was.« Und trank wieder.

»Ich lade dich zum Essen ein, was hältst du davon, Ralph?«

Sie betrachtete seine Hasenscharte, die einen nicht unbeträchtlichen Teil seines komischen Kapitals darstellte. Wenn Ralph sie hochzog, reizte das wirklich zum Lachen.

»Ich bin nicht hungrig.«

»Du musst mal wieder was Anständiges essen.« Auf sein Zögern setzte sie nach: »Zu trinken gibt es natürlich auch etwas.«

»Das lässt sich hören.«

»Brauchst du lange zum Umziehen?«

Schwungvoll setzte er die rote Melone ab. »Schon fertig.« Violet wollte gleich los, er hielt sie am Arm fest.

»In einer Stunde habe ich meinen nächsten Auftritt. Bis dahin müssen wir zurück sein.«

»Schon recht, Ralph.«

Er sagte dem Vorhangzieher, dass er etwas essen gehe. Der versprach, es dem Tourneeleiter auszurichten.

Ralph lief neben seiner Tochter her. »Ich bin in meinem ganzen Leben noch nie zu einem Auftritt zu spät gekommen. Habe ich dir das schon erzählt?«

»Ungefähr hundert Mal.« Während sie die Tür nach draußen aufstieß, begann der Pianist *I love to go swimming with women* zu spielen. Das sechsköpfige Ballett hopste auf die Bühne und wurde johlend empfangen.

Obwohl die Stadt Weymouth in der Grafschaft Dorset lag, galt sie seit hundert Jahren als beliebter Badeort des Londoner Mittelstands. Der Ort besaß einen schier endlosen Sandstrand, der sich bei Ebbe zu einem gigantischen Watt verbreiterte. Tagsüber waren viele Urlauber unterwegs, um Krebse zu fangen, die sich gern im Sand verbuddelten. Hinterher konnte man sich die Krebse in der Hotelküche zubereiten lassen. Nachts stellte die berühmte Jubilee Clock das Zentrum der Stadt dar, das Herzstück der Strandpromenade, über die Ralph und Violet zum Black Dog hinüberliefen, dem Pub, das dem Varieté am nächsten lag.

»Wo brennt's denn?«, fragte er unverblümt, kaum dass sie sich gesetzt hatten. »Was hast du für ein Problem?«

»Wer sagt dir, dass ich ein Problem habe?«

»Weil das der einzige Grund ist, weswegen du bei mir aufkreuzt, hier oder an irgendeinem anderen beschissenen Ort unseres beschissenen Königreichs, wo ich die Ehre habe, die Schwachköpfe und Dumpfbacken zu unterhalten.«

»Nicht so laut«, zischte sie.

»Schämst du dich wieder mal für deinen Dad?« Er feixte. »Dann darfst du mich nicht zum Dinner einladen, Prinzessin.«

Violet kannte keine trostlosere Existenz als Ralph. Er wurde allmählich alt, hatte nie etwas zur Seite legen können, er stand allein, trank, war zynisch und hoffnungslos. Trotzdem hatte ihr Vater noch nie einen Penny von Violet genommen. In all den Jahren war er niemals um Hilfe zu ihr gekommen. »Weil das kein gutes Benehmen wäre«, hatte er erklärt, »dich und deine kranke Mutter im Stich zu lassen und später als Schnorrer wieder bei dir aufzukreuzen.« Umgekehrt war Ralph für Violet so etwas wie ein Prophet des Unglücks. Wenn das Unglück sie nach unten zu ziehen drohte, suchte sie ihn auf, so wie heute, so wie jetzt. Während Ralph erst seinen Whisky und gleich darauf den Hackbraten serviert bekam, schüttete Violet ihr Herz aus. Sie redete von John, von Max und von ihrer eigenen Unentschlossenheit.

»Tja, die Männer«, war Ralphs einziger Kommentar dazu.

Sie erzählte von der BBC und vom Theater. Doch erst als sie auf das Hotel zu sprechen kam, schien sie Ralphs Interesse zu wecken.

»Das ist schlimm.« Er nahm etwas von den Stampfkartoffeln auf die Gabel und betrachtete den Brei so argwöhnisch, als ob er Gift darin vermutete. »Es ist das Schlimmste, was einem passieren kann.«

»Was ist schlimm?«

»Wenn man seinen Abendstern verliert.«

»Welchen Abendstern?«

»Du Landratte. Jeder Seemann würde sofort verstehen, was ich meine. Solange ein Mensch den Abendstern vor Augen hat, vermag er sein Lebensschiff zu navigieren, er kann die Richtung bestimmen und Kurs halten. Wenn er jedoch den Abendstern aus den Augen verliert, ist sein Schiff dem Untergang geweiht.«

»Was ist mein Abendstern, Ralph?«, fragte sie den

Mann, der gerade noch die primitivsten Zoten zum Besten gegeben hatte.

»Du, mein Kind, kannst nicht leben, ohne etwas zu erschaffen. Nur die wenigsten Menschen brauchen das als Lebenselixier, aber du, Prinzessin, brauchst es. Wenn man dir die Schöpferkraft wegnimmt, deinen Abendstern, dann fährt dein Schiff todsicher gegen das nächste Riff.«

»Ist es, weil ich die BBC verlassen muss? Meinst du das?«

»Pfeif auf die BBC.« Er holte ein Stück Knorpel aus dem Mund. »Ich meine, dass du weder als Geldsack leben kannst noch als Bürokrat. Ich meine, scheiß auf das Savoy, schmeiß den ganzen Krempel einfach hin. Du bist für den goldenen Käfig nicht geboren. Wenn es bei der BBC wirklich vorbei sein sollte, wirst du etwas anderes finden, solange es etwas Kreatives ist.« Er legte die Gabel beiseite. »Und deshalb finde ich es gemein von deinem Großvater, dir dein Leben zu verpfuschen.«

»Larry ist nicht gemein.«

»Wieso kennt er dich dann nicht besser? Warum weiß er nicht, dass er dich mit seinem Testament kaputt macht? Wieso vererbt er dir nicht ein paar tausend Pfund, damit du dich auf deine vier Buchstaben setzen und irgendwas Großartiges schreiben kannst, einen Roman zum Beispiel?«

»Mir würde es schon reichen, wenn ich ein Hörspiel zustande bringe.«

»Schreib, was du willst, Hauptsache es kommt von hier, verstehst du?« Mit Inbrunst klopfte er Violet auf die Stirn. »Von da drin muss es kommen und aus deinem Herzen.« Er leerte seinen zweiten Whisky und ließ sich gegen die Stuhllehne fallen. »Mein Gott, wenn ich deine Begabung hätte, was für ein Komiker wäre aus mir geworden! In der Royal Albert Hall hättest du mich bewundern können, aber leider –« Er rülpste. »Leider reicht es nicht für mehr als ein paar Titten- und Arschwitze, und selbst bei denen verhaue ich manchmal die Pointe.«

Violet schwieg nachdenklich, Ralph schien müde zu werden. Das Gemurmel der Gäste rundum lullte die beiden ein.

»Du hast fast nichts gegessen«, sagte sie schließlich.

»Ich kann nicht. Mir wird in letzter Zeit so schnell schlecht.«

»Hast du das öfter?«

»Ständig.«

»Du musst zum Arzt gehen.«

»Wie denn, wenn ich jeden zweiten Tag in einer anderen Stadt auftrete?«

Beinahe scheu zog sie einen Geldschein aus der Tasche. »Ich würde dir gern etwas geben, damit du einen Arzt bezahlen kannst.«

»Lass stecken, Prinzessin.« Er hielt ihre Hand mit dem Geld fest. »Wenn mir nichts fehlt, brauche ich keinen Arzt. Und wenn mir was fehlt, will ich's lieber nicht wissen. Die paar Jahre, die noch vor mir liegen, dürften genauso beschissen sein wie alles, was davor kam. Es gibt keinen Grund, dieses graue Elend noch durch Ärzte zu verlängern.«

»Rede nicht so.«

»Sei nicht so scheinheilig.« Lächelnd zog er die Hasenscharte hoch. »Du weißt, dass es so ist. Für mich kommt nichts mehr nach, im Grunde ist es längst vorbei.« Unvermittelt stand er auf. »War nett, dass du deinen alten Vater mal besucht hast. Das erwärmt mein Herz.«

»Musst du schon los?«

»Mein Auftritt, Prinzessin. Hoppla, jetzt komm ich.« Er schloss den Jackenknopf. »Habe ich dir schon erzählt, dass ich noch keinen Auftritt verpasst habe, in meinem ganzen Leben nicht?«

»Ach, Daddy.« Sie bezahlte das Essen.

Bevor er auf den Ausgang zusteuerte, wandte sich Ralph an die Gäste des Pubs.

»Kennen Sie den von dem Mann, der sich so volllaufen lässt, dass er sturzbetrunken auf der Straße landet?«

Überrascht schauten die Leute von ihrem Essen hoch.

»Dem Mann geht es so dreckig, dass die Passanten einen Priester holen für die letzte Ölung. Da sagt der Mann zum Priester: Um Gottes Willen, nur jetzt nichts Fettiges.«

Unter dem Gelächter der Leute verließ Ralph die Kneipe. Violet folgte ihm, in dem Gefühl, dass ihr Vater ihr tatsächlich hatte helfen können.

19

Siebenundvierzig elf

»Wo warst du?«

»Ich habe den letzten Zug verpasst.«

Miss Pyke stand in der Flügeltür, das Gegenlicht verlieh ihr eine Corona. »Den letzten Zug von wo?«

Violet war Dorothy dankbar, denn ohne Miss Pyke wäre sie noch tiefer im Sumpf der Tagesgeschäfte versunken. Zugleich hielt sie die Akkuratesse dieser Frau nur schwer aus. Stets modisch wie aus dem Ei gepellt entging ihr nicht die kleinste Unregelmäßigkeit, akribisch legte sie den Finger auf jedes Problem. Dabei war Violet froh, dass Miss Pyke gewissermaßen den Vermittler zwischen den Familienhälften spielte. Manchmal kehrte sie zwar mit vor Ärger geröteten Wangen von einer Besprechung mit Henry zurück, doch im Allgemeinen hielt Dorothy die beiden Leitungsebenen des Savoy in einem sensiblen Gleichgewicht.

»Ich war heute Nacht nicht in London«, antwortete Violet.

»Es geht mich nichts an, wo du deine Nächte verbringst, aber ich habe mir Sorgen gemacht. Du warst nicht erreichbar.« Miss Pyke lief zum Schreibtisch voraus.

Violet legte die Jacke ab. »Ich war bei meinem Vater.«

Dorothy drehte sich um. »Alle im Hotel glauben, dein Vater wäre tot.«

»Und das ist auch gut so.«

»Wo wohnt er?«

»Hier und da. Was spielt das für eine Rolle? Er gehört nicht zum Savoy. Er gehört nicht zu diesem Leben.« Violet ließ sich auf den Stuhl fallen. Ein großes neues Büro hatte Miss Pyke einrichten lassen, mit neuen Möbeln, neuen Lampen, sogar einer neumodischen Telefonanlage, mit deren Hilfe man mehrere Gespräche gleichzeitig führen konnte. Insgeheim vermisste Violet ihr muffiges kleines Loch im Erdgeschoss, aber Dorothy hatte natürlich recht, die Direktorin des Savoy brauchte einen Arbeitsplatz, an dem sie repräsentieren konnte. »Weshalb hast du mich gesucht?«

»Larry ist heute früh erwacht.«

Violet erschrak zu heftig, um aufspringen zu können. »Er ist aufgewacht? Wie geht es ihm? Warst du schon bei ihm?«

»Gleich am Morgen, als ich es erfahren habe.«

»Was sagt er? Was sagt Großvater?«

Miss Pyke trat näher. »Vi?«

»Ja, was ist?«

»Larry kann nicht mehr sprechen.«

Violet saß bei ihm. Dorothy hatte sie ins Krankenhaus begleitet, war jedoch draußen geblieben. Das Wiedersehen, die Freude, die Sprachlosigkeit und Rührung, weil ein Wiedersehen überhaupt stattfinden durfte. Nicht an früher denken, nahm Violet sich vor, keine Vergleiche anstellen – vorher Sir Laurence, der kühne Unternehmer, das Gesicht des Savoy, der Mann mit Gravitas, das Einwandererkind, das es bis an die Londoner Spitze geschafft hatte –, sie musste all die Larrys ausklammern, die sie früher gekannt hatte, in Zeiten, die nicht mehr zählten. Jetzt gab es nur noch den grauen Menschen, der vor ihr lag, den eingefallenen Körper, den Gefangenen. Ein anderer existierte nicht mehr.

Es war einige Zeit vergangen, als Larry plötzlich unruhig wurde. Er begann zu zucken, seine linke Hand tastete umher. Violet rief Dorothy und die Schwester herein.

»Was ist mit ihm?«

»Er will schreiben«, antwortete die Schwester.

»Kann er denn … Er kann schreiben?«

Die Schwester legte eine feste Unterlage auf Larrys Schoß und einen Block darauf, von dem sich Zettel abreißen ließen. Dann drückte sie ihm einen Stift in die Hand, ein grober Bleistift mit breiter Mine, die nicht so leicht brechen konnte. Und er begann.

Violet schossen Tränen in die Augen. Alles an dem alten Menschen blieb regungslos, nur diesen einen Ausweg kannte sein Geist aus der Starre, seine linke Hand. Schädel und Gesicht, Schultern und Arme, der ganze Unterleib waren gelähmt, aber in der linken Hand schlummerte ein wenig Leben und Bewegung, in der linken Hand und im rechten Auge. Gespenstisch war das mitanzusehen, die abgestorbenen Züge seines

Gesichts und darin dieses flinke rechte Auge. Der Augapfel huschte hin und her, betrachtete Violet und Dorothy, betrachtete die eigene Hand, das Auge hatte Kontrolle über das, was die Hand schrieb. Diese beiden Teile, die sich aus dem abgestorbenen Rest von Sir Laurence gerettet hatten, nahmen Kontakt zum Leben auf.

Es dauerte eine Weile, schließlich schob Larry den Block zu Violet. Da stand es.

Grüß dich, Vi!

Drei Worte nur. Sie heulte Rotz und Wasser. »Hallo, Großvater. Ich bin so froh.«

Während die Schwester das Zimmer verließ, erhob sich Larrys Hand und zeigte auf die Frau im dunkelblauen Kostüm.

»Ja, ich habe Dorothy mitgebracht«, nickte Violet. »Sie ist dir immer treu gewesen. Und jetzt ist sie mir genauso treu.«

Die Hand wollte den Block zurück, die Hand schrieb.

Ihr zwei! Gut.

»Ja, es ist gut, Larry. Wir kümmern uns um dein Hotel. Mach dir keine Sorgen.«

Die Hand schrieb.

Sorgen um dich.

»Mir geht es gut. Viel Arbeit natürlich.«

Die Hand schrieb.

Danke, Vi.

»Es tut mir schrecklich leid, dass du so krank bist, Larry.«

Die Hand reckte sich ein wenig und streichelte Violets Unterarm.

»Aber du bist wieder wach, nur das zählt. Bestimmt geht es dir bald besser.«

Miss Pyke schob sich ins Blickfeld des rechten Auges. »Wir werden herausfinden, wer schuld daran ist, Sir Laurence.«

»Was machst du denn?«, rief Violet entrüstet. »Lass ihn in Ruhe.«

Dorothys Satz zeigte eine deutliche Wirkung, auf die Hand, auf das Auge.

Die Hand schrieb.

Herausfinden?

»Wir werden herauskriegen, was wirklich geschehen ist, Sir. Es war kein natürlicher Herzanfall, nicht wahr?« Dorothy setzte sich neben Violet an die Bettkante. »Nicht wahr, Sir Laurence?«

Ängstlich erwartete Violet, wie der Kranke darauf reagieren würde. Unschlüssig verharrte die Hand in der

Luft. Dorothy riss den obersten Zettel vom Block und legte Larry ein leeres Blatt zurecht.

»War es ein Herzanfall?«, fragte sie noch einmal.

Die Hand schrieb.

Nein.

Die Hand hielt inne. Die Hand schrieb.

Das Parfum.

Das rechte Auge war bei Violet und Dorothy, das Auge ging hin und her, das Auge sprach zu ihnen. Es schien seine Mitteilung förmlich hinausschreien zu wollen.

»Welches Parfum?«

Die Hand zog den Zettel heran. Die Hand schrieb vier Ziffern darauf.

Beide Frauen beugten sich darüber.

»4711«, las Dorothy. »Was bedeutet das?«

»Kölnischwasser.« Violet riss den Zettel ab. »Meinst du Kölnischwasser, Großvater?«

Mit erhobenem Finger stimmte die Hand zu.

»Man kann sich mit Kölnischwasser nicht vergiften.«

Die Hand schien ärgerlich über diesen albernen Widerspruch und tippte mehrmals auf die Zahlen.

»Hilf uns, Larry. Was willst du sagen?«

Die Hand begann zu schreiben.

Otto.
Die Hand schrieb immer weiter.

Henry Wilder hatte sein faltiges Knabengesicht in einen Vatermörderkragen gezwängt und trug eine beige Krawatte. Er wollte als Respektsperson auftreten, doch sein blonder Haarschopf strafte ihn Lügen. Noch nie hatte Violet diese Haare in einer gebändigten Form gesehen. Irgendwo stand immer ein Büschel zu Berge und verriet Henrys Sehnsucht, eigentlich lieber woanders zu sein. Violet war selten in der Privatwohnung des Ehepaares gewesen, dort pflegte und hütete Henry seine Uhrensammlung. Er musste Tausende haben, Taschenuhren, Pendeluhren, Kaminuhren, Uhrwerke, bei denen die Unruh repariert werden musste. Am liebsten saß er dort mit der Lupe vor dem Auge und hantierte mit winzigen Werkzeugen an seinen Kostbarkeiten. Jedes Mal zur vollen Stunde brach in Henrys Wohnung der Wahnsinn aus, wenn hunderte Uhren zu schlagen begannen.

Judys Fähigkeit lag darin, ihrem Mann durch ihre Präsenz jene Autorität zu verleihen, die ihm selbst fehlte. Violet bewunderte diese Eigenschaft an Judy, stets im Hintergrund zu bleiben und ihn durch ihre Bewunderung eine Ausstrahlung zu verleihen, die er in Wirklichkeit nicht besaß.

»Wir müssen Henry benachrichtigen«, hatte Violet gesagt, nachdem sie und Dorothy das Krankenzimmer des Großvaters verlassen hatten. In Violets Tasche war ein Berg von Zetteln gewesen, darauf die Schrift von Larrys linker Hand, seine Mutmaßung, seine Anklage.

»Wieso willst du ausgerechnet die beiden einbeziehen?« Dorothy war neben Violet den Korridor hinuntergelaufen.

»Henry ist Larrys Sohn.«

»Vielleicht sollte gerade Larrys Sohn nicht erfahren, was Sir Laurence uns anvertraut hat.«

Abrupt war Violet stehengeblieben. »Nein, Dorothy, nein. Um Gottes Willen, das ist absurd. Ich bin nicht bereit, das zu glauben.«

»Siehst du eine andere Lösung?«, fragte Miss Pyke.

»Nein, nein, nein.« Violet lief weiter. »Schau dir Henry doch an. Denkst du, er wäre fähig, so einen Plan zu entwickeln? Oder Judy, die graue Maus, deren einzige Lebensaufgabe es ist, in Bewunderung ihres albernen Mannes zu vergehen?«

»Unterschätze Judy nicht.«

»Hör auf, Dorothy. Ein Mensch, der so eine Tat plant, dem geht es um Macht. Traust du Henry das zu? Henry hat Angst vor der Macht. Fünfzig Jahre lang ist er vor ihr davongelaufen, warum sollte er jetzt danach greifen? Das wäre Vatermord, Dorothy, du redest von Vatermord.«

Am selben Nachmittag hatten sie Henry zusammen aufgesucht und ihm den Verdacht ihres Großvaters offenbart. Es war vereinbart worden, die Angelegenheit zunächst intern zu behandeln. In Anwesenheit von Judy hatten sie darüber diskutiert, ob man Oppenheim hinzuziehen sollte. Das sei eine Familienangelegenheit, lautete Henrys Meinung, und so hatte sich auch Violet dazu bereit erklärt, den Kreis der Eingeweihten klein zu halten.

Sie trafen sich zu viert in Henrys Büro, das bedeutete, sie versammelten sich im Büro von Sir Laurence. Alles war so geblieben, wie man es kannte, der mächtige Schreibtisch, das weißblaue Licht durch die Fensterfront, Larrys Bilder, Larrys Globus, Larrys Hausbar. Young Henry ließ es sich zwar nicht nehmen, im Refugium seines Vaters den Platzhalter zu machen, doch wagte er nicht, an den Räumen auch nur das Geringste zu verändern.

»Guten Tag, Otto«, begann Henry, nachdem Miss Pyke den Liftpagen hereingeholt hatte.

»Guten Tag, Sir.« Otto hielt sein Käppchen in der Hand.

»Zunächst sollst du wissen, dass es bei dieser Befragung nicht um deine Person oder dein Verhalten geht.«

»Ich verstehe, Sir.« Ottos Blick huschte von einem zum anderen.

»Der Zeitraum, um den es sich handelt, liegt schon ein paar Wochen zurück. Genaugenommen war es im Juni.«

»Im Juni, Sir.« Otto nickte ernsthaft.

»Wir interessieren uns für die Tage, bevor mein Vater, Sir Laurence, seinen ersten Herzanfall erlitten hat.«

Es war Otto anzusehen, dass er nach der bestmöglichen Antwort suchte. »Wir vom Personal sind alle sehr traurig, dass es Sir Laurence so schlecht geht«, antwortete er schließlich.

»Das wissen wir zu schätzen.« Henry senkte den Blick, er schien sich zu sammeln. »Was wir erfahren wollen, ist Folgendes …«, er räusperte sich. »Du warst doch derjenige, der …« Henry verstummte.

Mit zwei Schritten war Judy neben ihm. »Was Mr Wilder meint, ist, dass du derjenige warst, mit dem mein Schwiegervater am häufigsten im Aufzug gefahren ist.«

»Das stimmt. Sir Laurence hat meistens Nummer drei benutzt.«

»Und auf dem Weg in den fünften Stock, habt ihr euch da unterhalten?«, fuhr Judy fort.

»Nicht immer. Aber wenn Sir Laurence mich angesprochen hat, habe ich selbstverständlich geantwortet.«

»Hatte mein Schwiegervater irgendwelche Angewohnheiten, während er mit dir im Fahrstuhl fuhr?«

»Gewohnheiten, Mrs Wilder?« Ottos Blick war offen, aber wachsam.

»Tat er während dieser Minuten häufig das Gleiche oder etwas Ähnliches?«

»Ich verstehe nicht ganz.«

»Nun, er hätte zum Beispiel seine Sonnenbrille putzen können«, erklärte Judy. »Oder er hätte sich eine Zigarre anknipsen oder einfach zur Kabinendecke hochsehen können, wie das Leute tun, denen es peinlich ist, auf so engem Raum mit fremden Menschen beisammenzustehen.«

»Sir Laurence war nie etwas peinlich«, gab Otto zur Antwort. »Er hat – ich weiß nicht –, manchmal hat er seine Krawatte vor dem Spiegel gerichtet oder den Hut abgesetzt.«

Dorothy sah Violet fragend an. Die schüttelte den Kopf.

»Doch –«, fiel es Otto plötzlich ein. »Da war wirklich etwas.«

»Was war das?« Judy zog sich wieder hinter ihren Mann zurück.

»Sir Laurence hat meistens ein wenig Kölnischwasser genommen, Sie wissen schon, das Parfum, das wir in der warmen Jahreszeit in den Fahrstühlen aufstellen. Er hat es sich in den Nacken getupft.«

»Jedes Mal?«

»Ich könnte es nicht beschwören, aber während der Hitzeperiode hat er es bestimmt immer getan.«

»Wer befüllt die Flakons mit Kölnischwasser?«, setzte Henry fort.

»Das machen wir, Sir. Die Liftpagen.«

»Habt ihr denn einen Schlüssel zu den Lagerräumen?«

»Nein. Mrs Drake sperrt uns auf.«

»Otto, was ich dich jetzt frage, ist von äußerster

Wichtigkeit. Gab es in den Tagen vor Sir Laurences Erkrankung jemals einen Vorfall, der mit dem Flakon in deinem Fahrstuhl zu tun hatte?«

»Ein Vorfall, Sir?« Otto hob das Kinn.

»Hat sich jemand daran zu schaffen gemacht, während du Dienst hattest?«

»Wie denn?«

Ottos Begriffsstutzigkeit machte Violet ungeduldig. »Das ist doch eine sehr einfache Frage. Gab es jemanden in deinem Fahrstuhl, entweder ein Gast oder einer vom Personal, der den Flakon anders benützt hat als vorgesehen? Der ihn vielleicht geöffnet hat?«

»Davon weiß ich nichts, Miss Mason.« Unwillkürlich trat Otto einen Schritt zurück.

»Könnte jemand so etwas getan haben, während du gerade nicht im Aufzug warst? Manchmal hilfst du den Leuten beim Aussteigen, oder du bringst einer Dame ihre Einkäufe aufs Zimmer, nicht wahr?«

»Das ist meine Pflicht, Miss Mason. Mr Sykes hat uns angewiesen, das zu tun.«

»Das ist auch richtig so«, erwiderte sie. »Aber während dieser Sekunden, manchmal Minuten steht dein Fahrstuhl leer.«

»Wenn ich nicht da bin, ist er leer, natürlich.«

»Es könnte demnach jemand einsteigen und sich an dem Flakon zu schaffen machen?«

»Ich weiß nicht, wozu das gut sein soll«, entgegnete Otto. »Da ist doch nur Kölnischwasser drin. Weshalb sollte irgendjemand etwas mit Kölnischwasser anstellen?«

Henry hob die Hand. »Otto, weißt du noch, du bist einmal zu mir gekommen und hast mir etwas anvertraut.«

»Stimmt, Sir.«

»Erinnerst du dich, was du gesagt hast?«

»Ich habe Ihnen von Mr Brandeis erzählt.«

»Und warum hast du mir von ihm erzählt?«

»Weil er doch gestorben war.«

Während Otto wiedergab, wie Mr Brandeis sich ausführlich nach Sir Laurence erkundigt hatte, nach dessen Charakter und dessen Angewohnheiten, erinnerte Violet sich mit einem Mal an die Szene im Nightingale Room. Es war drei Uhr morgens gewesen, der einsame Pianist, der Mann mit dem ausländischen Akzent, der ein Gespräch mit der Herzogin von Londonderry geführt hatte. Dieser Mann war von Otto dabei gestört worden, als er dem Fremden eine Nachricht überbracht hatte. Darauf war der Mann aufgebrochen.

Einen Tag später war er tot gewesen, aus dem Fenster gestürzt.

»Ist Mr Brandeis häufig mit dir im Aufzug gefahren?«, fragte Henry.

»Mehrmals täglich.«

»Hat auch er den Flakon benützt?«

»Daran erinnere ich mich nicht.«

»Hat er vielleicht irgendetwas damit angestellt?«

»Wirklich, Sir, ich erinnere mich nicht daran.«

»Du kannst durch deinen Spiegel doch sehen, was im Aufzug passiert. Wie hat Brandeis sich benommen?«

»Ganz normal.«

Violet griff zum zweiten Mal ein. »Was hat dich damals veranlasst, deine Beobachtung über Mr Brandeis zu melden? Wieso bist du damit überhaupt zu Mr Wilder gegangen?«

Hilfesuchend sah Otto den Mann hinter dem Schreibtisch an. »Na ja – Ich dachte, weil Mr Brandeis doch so plötzlich gestorben war, und zwar auf unnatürliche Weise ...«

»Unnatürlich?«, ging Violet dazwischen.

»Unglücklich, wollte ich sagen, auf unglückliche Weise.« Otto drehte das Käppchen in seinen Händen.

»Das eine hatte mit dem anderen doch gar nichts zu

tun«, entgegnete Violet. »Mr Brandeis fragte dich nach Sir Laurence aus, und kurz darauf ist Mr Brandeis gestorben. Wo besteht da ein Zusammenhang?«

»Keine Ahnung.«

»Ich meine, ganz allgemein, was hat dich bewogen, diese Geschichte Mr Wilder zu erzählen?«

»Ich dachte, es wäre vielleicht wichtig.« Ottos Blick schweifte zu Judy.

»Warum?«

»Weil Sir Laurence plötzlich erkrankt ist.«

»Das heißt, du hattest einen Verdacht?«, hakte Violet nach. »Den Verdacht, dass Mr Brandeis etwas mit der plötzlichen Erkrankung meines Großvaters zu tun haben könnte?«

»Nein, wieso?«

»Warum solltest du es sonst melden?«

Miss Pyke war der Befragung bisher schweigend gefolgt, nun leistete sie Violet Schützenhilfe. »Du sagst, Mr Brandeis hat sich nach den Gewohnheiten von Sir Laurence erkundigt. Ich kannte Mr Brandeis, er war Tabakimporteur. Weshalb sollten ihn die Angewohnheiten des Hoteldirektors interessieren?«

»Keine Ahnung.«

»Brandeis ist aus einem Hotelfenster gestürzt. Kurze

Zeit später erlitt Sir Laurence einen Zusammenbruch. Fandest du das Zusammentreffen dieser Ereignisse irgendwie ungewöhnlich?«

»Nein, ich …« Otto haspelte. »Ich weiß nicht.«

»Es muss dir aber etwas aufgefallen sein.« Dorothy näherte sich Otto Schritt für Schritt. »Sonst hättest du deinen Verdacht nicht Mr Wilder gemeldet.«

»Ich weiß nicht, was Sie von mir wollen«, stieß Otto hervor. »Ich habe alles gesagt.« Trotzig schaute er Miss Pyke in die Augen. »Tommy rät mir immer, wir sollen besser die Klappe halten. Hätte ich bloß auf Tommy gehört!«

Bevor Miss Pyke weitersprechen konnte, trat Judy einen winzigen Schritt vor. »Ist schon in Ordnung, Otto. Du hast alles richtig gemacht«, sagte sie sanft. »Niemand wirft dir etwas vor. Danke, dass du unsere Fragen beantwortet hast.«

Erstaunt wandte sich Dorothy um. Auch Violet starrte Judy an.

»Wir haben keine weiteren Fragen mehr, nicht wahr?«, sagte Judy zu ihrem Mann.

»Nein. – Ja, so ist es.« Er faltete die Hände auf dem Schreibtisch. »Danke, Otto. Geh zurück an deine Arbeit.«

»Danke, Sir.« Erleichtert verließ Otto das Büro.

Violet sprang auf. »Keine Fragen mehr? Der Junge ahnt offensichtlich einen Zusammenhang zwischen Larrys Erkrankung und …«

»Und Mr Brandeis«, nickte Judy ruhig. »Und genau deshalb gibt es keine weiteren Fragen an Otto. Denn Mr Brandeis ist tot. Er kann uns in der Angelegenheit nichts mehr sagen.«

»Er könnte einen Auftraggeber gehabt haben.«

»Natürlich, vieles ist denkbar. Aber wer sollte uns in diesem Punkt weiterhelfen?« Judy legte Henry die Hand auf die Schulter. »Alles, was wir haben, sind die hingekritzelten Worte eines gelähmten Mannes, der wahrscheinlich selbst nie wieder sprechen wird.« Ein winziger Druck auf Henrys Schulter, er stand auf. »Gehen wir, mein Schatz?«

Während sich die beiden in Bewegung setzten, betrachtete Violet das widerborstige Haarbüschel auf Henrys Kopf.

20

Ein gelähmtes Herz

Violet strich durch Flure, Säle, Räume, wie ein Schloss-
gespenst, das niemanden erschrecken wollte. Den Versuch zu schlafen hatte sie aufgegeben. Neben John mit
seiner ärgerlichen Angewohnheit, die Augen zu schließen und sofort wegzudämmern, hatte sie eine Weile
wach gelegen, bevor sie die Mansarde verlassen hatte.
Korridore, Konferenzräume, Kammern, das riesige
Haus mit seiner verwinkelten Architektur nahm kein
Ende. In der ersten Etage traf sie Tommy, den Schuhputzer. Er hatte schon einige Schuhe in seinem Sack und
sammelte vor den Türen weitere auf.

»Gute Nacht, Miss Mason«, sagte er.

»Guten Morgen, Tommy.«

»Kann ich etwas für Sie tun?«

»Nein, Tommy, danke.«

Unhörbar setzte sie ihre Schritte auf Teppiche, tief wie Gras. Sie vermied die Lobby, dort hätte sich der Nachtportier ebenfalls nach ihren Wünschen erkundigt.

War es die Musik, die Violet vom Weg abbrachte, waren es die Worte?

> *»I can give you the starlight*
> *Love unchanging and true*
> *I can give you the ocean*
> *Deep and tender devotion.«*

Es war das erste Mal, dass sie den Klavierspieler singen hörte. Irgendjemand hatte erwähnt, dass der junge Mann aus Brasilien stammte. Auf der Schwelle zum Nightingale Room blieb Violet stehen – Mr Brandeis hatte das erzählt, in der Nacht vor seinem Tod. Es war nach zwei Uhr morgens, nur ein paar Gäste saßen noch in den Nischen, entfernte Gespräche.

»*I can give you the mountains*«, sang der Pianist. Das Haar war ihm ins Gesicht gefallen. »*Pools of shimmering blue. Call and I can be all you ask of me. Music in spring, flowers for a king, all these I bring to you.*«

Violet setzte sich an den Tresen. Der Mixer lümmelte zwischen Flaschen und Gläsern und schien den Moment herbeizusehnen, wenn die Letzten gehen würden. Ein müder Blick auf die Frau, die um diese Zeit noch etwas bestellen wollte. Als er sie erkannte, fuhr der Barmann hoch.

»Miss Mason«, begrüßte er sie. »Was kann ich für Sie tun?«

»Trinken würde ich gern etwas.«

»Einen Moment, hier ist die Karte.«

»Nicht nötig. Geben Sie mir einen Tanqueray.«

Er hantierte mit flinken Fingern, Sekunden später stand das Gewünschte vor ihr, dazu ein Schälchen mit *Weeds*, den kleinen Käsestangen, die im Savoy erfunden worden waren.

»Kann ich sonst noch etwas …« An ihrem abwesendem Blick erkannte er, dass hier jemand in Ruhe gelassen werden wollte.

Seit Tagen versuchte Violet, die Trennung von Max von sich fernzuhalten. Welche Trennung? Sie waren ja nie zusammen gewesen. Jene eine keusche, zärtliche Nacht verklärte sich in ihrer Erinnerung, seine Umarmung, seine Freundlichkeit, ihr Flüstern bei Kerzenlicht, wie schön und mühelos war das gewesen. Inzwischen traf Max eine andere, die Zeit für ihn hatte und ihn zu schätzen wusste. Violet gehörte der Löwenanteil eines Betriebes, den sie nur zu gerne eingetauscht hätte gegen eine einzige verrückte Idee, eine sinnvolle Arbeit. Ohne zu zögern hätte sie alles, was sie besaß, eingetauscht gegen Max. Nicht, weil sie ihn so sehr liebte, sondern weil Max das wahre, das erhoffte Leben personifizierte, Violets Leben. Sie wollte kein Dasein, in dem der Barmixer erschrak, weil seine Chefin ihn bei einer Nachlässigkeit ertappt hatte. Sie wollte nicht von jedermann wie die Fürstin vom Savoy begrüßt werden, wollte jung sein und unbedeutend. Sie hatte noch so viel zu lernen, wollte kämpfen und sich ihren Aufstieg erarbeiten. Ihr Vater hatte recht gehabt, Violet taugte nicht zum Vogel im goldenen Käfig. Halb betrunken hatte er ihr den besten Rat von allen gegeben: Schmeiß den ganzen Krempel hin.

»Den ganzen Krempel«, murmelte sie.

»Guten Abend.«

Ein Herr im schwarzen Anzug mit nachlässig nach hinten gekämmter Frisur war unauffällig eingetreten. »Darf ich Sie um ein Streichholz bitten?«, sagte er zum Mixer und deutete auf seine Zigarre.

Aus dem Augenwinkel betrachtete Violet ihn. Sie

kannte diesen Gast nicht, trotzdem hatte sie das Gefühl, sein Gesicht schon einmal gesehen zu haben.

Während er sich Feuer geben ließ, bemerkte er Violets Blick.

»Verzeihung, ich habe Sie doch nicht gestört?«

»Natürlich nicht.« Sie wandte sich ab.

»Scotch«, bestellte er. »Pur.«

Es ließ Violet keine Ruhe, sie stellte ihr Glas ab. »Sind wir uns vielleicht schon einmal begegnet?«

Er schmunzelte überrascht. »Ist es nicht gewöhnlich der Mann, der diese Frage stellt?«

»Bitte helfen Sie mir weiter.«

Er winkte nach einem Aschenbecher. »Es stimmt, Sie täuschen sich nicht.«

»Aber wann war das und wo?«

Der Mann bekam seinen Drink. »Sie waren so nett, sich mir für einen Tanz anzuvertrauen. Wenn ich mich recht erinnere, war es eine Rumba.« Er erhob sein Glas.

»Ach ja, der Ball.« Lächelnd prostete sie ihm zu. »Wir haben mutig getanzt, nicht wahr?«

»Wie schmeichelhaft, dass Sie sich daran erinnern. Wie geht es Ihnen, Miss Mason?«

Für einen Moment zuckte sie zurück. »Sie kennen mich?«

»Natürlich nicht persönlich, doch als Stammgast des Hauses habe ich mitbekommen, wer die neue Direktorin ist. Wie geht es Ihrem Großvater?«

»Er macht Fortschritte«, antwortete sie ausweichend. Die Anonymität zweier Leute in einer Bar hatte Violet gefallen. Nun wurde das Gespräch für ihren Geschmack zu persönlich.

Der Mann bemerkte, dass sie sich abwandte. »Verzeihung, wo bleiben meine Manieren? Viktor Kamarowski ist mein Name.«

»Sind Sie häufiger bei uns, Mr Kamarowski?«

»Es sind für mich die schönsten Wochen im Jahr, wenn ich im Savoy absteigen kann.«

Sie trank ihren Tanqueray, er rauchte und nippte am Scotch. Die Unterhaltung zweier Fremder hätte nun zu Ende sein können, aber etwas in Violet lehnte sich dagegen auf. War dieser Unbekannte nicht genau der richtige Gesprächspartner? Ein Mensch, mit dem sie nichts teilte, dem sie nichts schuldete, der das Dilemma, in dem sie steckte, nicht kannte. Ein Fremder, zufällig im Morgengrauen in den Nightingale Room gespült, ein Mann, der einen Whisky trinken wollte und den sie höchstwahrscheinlich nie wiedersehen würde. Wie sollte sie ihm verdeutlichen, dass sie des

Gesprächs noch nicht überdrüssig war? Violet gab dem Mixer ein Zeichen, dass sie das Gleiche noch einmal wollte.

»Sie wirken nachdenklich, Miss Mason«, sagte Kamarowski.

»Nachdenklich trifft es nur zum Teil«, antwortete sie, froh, dass er die Initiative ergriff.

»Was beschäftigt Sie, wenn ich fragen darf?«

»Ich bin todmüde.«

»Was um diese Uhrzeit verständlich ist.«

Der Mann hatte ungewöhnliche Augen. Die Farbe war bei diesem Licht schwer zu bestimmen, auffällig an ihnen war, dass seine Augen nicht nach außen zu schauen schienen, sondern das Bild, das sich ihnen bot, förmlich einsaugten. Entdeckte sie Güte in diesen Augen? Nein, entdeckte sie Weisheit? Auch das nicht, aber Violet glaubte ein Wissen zu erkennen, ähnlich dem wissenden Blick mancher Heiliger auf Renaissancegemälden. Vielleicht wünschte sie sich nur, dass es so wäre, weil sie sich bedrängt fühlte, weil sie Freund und Feind kaum noch unterscheiden konnte und fürchtete, an ihrer Ungewissheit zu ersticken.

Der alte Mann im Krankenhaus, den sie liebte, näherte sich dem Ende seines Lebens. Der dynamische

Mann, den sie liebte, hatte Violet aufgegeben und ging seine eigenen Wege. Der treue Mann, den sie liebte, schien nicht ihr Mann fürs Leben zu sein. Diese Räume, die angeblich ihr gehörten, waren nicht ihre Räume. Der Beruf, den sie erfüllte, entfernte sie mit jedem Tag weiter von ihrer Berufung. In dieser Lage, in der sich alles falsch anfühlte, fühlte es sich richtig an, einem Fremden ihre Gedanken anzuvertrauen.

»Wenn Sie es wirklich wissen wollen …« Violet unterbrach sich sofort. Nein, kein Wort über Liebeskummer, entschied sie, keine Klage über ihr Schicksal, das ihr Reichtum und Luxus beschert hatte, sie aber wusste nichts Besseres, als mit ihrem Los zu hadern.

»Ich habe gerade über Gift nachgedacht«, antwortete Violet stattdessen.

»Gift?« Kamarowski griff nach der erkalteten Zigarre und strich ein Streichholz an. »Das hätte ich allerdings nicht vermutet.«

»Kennen Sie sich mit Gift aus, Mr Kamaroski?«

Für einen Moment glomm ein Funke des Misstrauens in seinem Blick. Oder war es die Streichholzflamme, die er ausblies? »Ich habe mich tatsächlich in meiner Jugend damit beschäftigt.«

»Wie kam das?«

»Mein Vater besaß eine Drogerie in Budapest. Durch seine Hände gingen eine Menge Substanzen, die giftig waren. Falsch angewandt hätte man damit viel Unheil anrichten können.«

Violet schmunzelte. Wer hätte vermutet, dass sie ausgerechnet von ihm eine derart interessante Antwort erhalten würde? »Gibt es ein Gift, das durch die Haut aufgenommen werden kann?«

»Da gibt es sogar eine Menge.«

»Wirklich?« Sie wandte sich ihm vollends zu. »Davon habe ich noch nie gehört.«

»Man nennt sie Kontaktgifte. Wie gesagt, es ist schon eine Weile her, aber auf Anhieb fällt mir Fluorwasserstoffsäure ein, auch Flusssäure genannt. Sie wirkt stark ätzend auf Haut und Schleimhäute und muss wegen ihrer Aggressivität in Edelstahlbehältern aufbewahrt werden.«

»Nein, das wäre zu offensichtlich«, erwiderte Violet. »Ich denke eher an ein Gift, das heimtückisch und schleichend wirkt. Eines, das schwer nachzuweisen ist.«

Kamarowski musterte sie mit einem Ausdruck von Neugier und Skepsis. »Eisenhut«, antwortete er nach kurzem Bedenken. »Eisenhut gilt als die giftigste Pflanze in Europa, eine wahrlich heimtückische Substanz.« Er sah dem aufsteigenden Zigarrenrauch hinterher. »Das Gift befindet sich in fast allen Pflanzenteilen, deshalb ist es für Kinder so gefährlich. Der Wirkstoff heißt, wenn ich mich recht erinnere, Aconitin. Selbst durch die unverletzte Haut wird es aufgenommen. An kleinen Wunden oder wenn es in Berührung mit der Schleimhaut kommt, wirkt es noch schneller. Wenige Gramm konzentrierten Eisenhuts genügen, um Herzversagen und Atemstillstand auszulösen.« Kamarowski legte die Zigarre beiseite und verschränkte lächelnd die Arme. »Was für ein ungewöhnliches Gesprächsthema in einer Bar um zwei Uhr früh. Weshalb interessieren Sie sich dafür?«

Violet spürte ihren zweiten Drink schon ziemlich stark. Sie umging Kamarowskis Frage mit einer Gegenfrage. »Wenn Sie jemanden vergiften wollten, würden Sie dann Eisenhut verwenden?«

»Ach, du liebe Zeit.« Lauernd sah er sie an. »Ich möchte eigentlich niemanden vergiften.«

»Natürlich nicht. Doch wenn es unbedingt sein müsste, wenn es keinen anderen Weg für Sie gäbe, für welches Gift würden Sie sich entscheiden?«

Kamarowski trank sein Glas leer und nahm wortlos die Zigarre.

»Habe ich Sie beleidigt?«, fragte Violet, da er Anstalten machte, aufzubrechen.

»Nein, Miss Mason, aber ich möchte Ihre Frage nicht beantworten, solange ich nicht weiß, worauf Sie abzielen.«

»Sie haben recht, Entschuldigung.« Sie schüttelte den Kopf. »Es war dumm von mir.«

Er zögerte. »Schlangengifte sind noch gefährlicher«, sagte Kamarowski schließlich. »Wenn ich üble Absichten gegen einen Menschen hätte, ich glaube, ich würde konzentriertes Schlangengift verwenden. Es lähmt das Herz, und das Leben schwindet in kürzester Zeit aus diesem Menschen.«

»Ein gelähmtes Herz.« Violet starrte in ihr leeres Glas. »Ein gelähmtes Herz. Das ist es.«

21

Das Ende des Liedes

Kamarowski stand in der Tür. »Zieh dir was an.«

Gemma Galloway drehte sich langsam um. »Wozu? Hier ist nichts, was du nicht schon gesehen hast.«

Er ging zum Fenster und zog die Vorhänge auf. »Ich hatte heute auf ein bisschen Sonne gehofft, aber es dürfte wieder so ein verregneter Dreckstag werden.« Er betrachtete die nackte Frau im Bett. »Wie siehst du denn aus?«

Sie zog das Laken über den Kopf. »Ich habe mich noch nicht geschminkt.« Ihr nackter Fuß blieb unverhüllt. »Tu ne sais pas comment traiter une femme.«

»Lass den Quatsch.« Sein Blick schweifte über die Themse. Am Ufer lagen die ersten Blätter, der Herbst war nicht mehr fern. »Jeder, der Ohren hat, hört, dass du nicht aus Frankreich kommst. Steh auf.«

Sie tauchte unter der Decke hervor und zog eine Haarsträhne vors Gesicht. »Ich mag dich nicht. Weißt du das?«

Kamarowski ließ sich in den Fauteuil fallen. »Wie lange ist der Junge schon fort?«

»Otto? Seit Stunden. Glaubst du, ich lasse ihn die Nacht hier verbringen?«

»Was hat er dir erzählt?«

»Nichts Gutes. Er ist nervös.«

Ein verächtliches Lächeln. »Ich bin sicher, dass du Wege gefunden hast, ihm seine Nervosität zu nehmen. Was hat er dir erzählt?«

»Sie haben ihn ins Kreuzverhör genommen.«

Kamarowski nickte. »Wegen Brandeis. Ich habe davon gehört. Das ist bedauerlich.«

»Otto wusste gar nicht, was er darauf sagen soll.«

Nachdenklich nahm Kamarowski eine Zigarre aus dem Etui, zündete sie aber nicht an. »Es heißt, Sir Laurence hätte angefangen zu sprechen. Es heißt, dass er gefährliche Dinge von sich gibt.«

Gemma streckte die Beine unter der Decke hervor. »Unbegreiflich, dass der Alte immer noch lebt, nach der Dosis, die ich ihm verabreicht habe.«

»Ich hatte eigentlich vor, den alten Mann von nun an in Ruhe zu lassen. Es wäre mir tatsächlich lieber gewesen, wenn er von selbst das Zeitliche segnet. Aber leider ist das jetzt nicht mehr möglich.«

»Weshalb?«

»Weil seine Enkelin anfängt, von Gift zu phantasieren.« Er öffnete eine Flasche Wasser. »Sie fragt sich, wie man jemanden am sichersten vergiften könne.« Kamarowski trank aus der Flasche. »Sobald der Hoteldetektiv davon Wind bekommt, ist es zu spät, um einzugreifen. Oppenheim ist Sir Laurence blind ergeben. Als Nächstes hätten wir die Polizei im Savoy. Das muss verhindert werden.«

Gemma stand auf. »Willst du, dass ich es mache?« Nackt lief sie an ihm vorbei ins Bad.

»Du, im Krankenhaus? Das wäre zu riskant.«

»Wen willst du dann schicken?«, rief Gemma von drüben.

»Mach dir keine Sorgen.« Kamarowski hörte die Klospülung.

»Und was soll mit dem Jungen geschehen?«

»Otto? Er ist verlässlich und macht seine Sache gut. Das soll er auch weiterhin tun.« Kamarowski war die Lust zu rauchen vergangen, er steckte die Zigarre ins Etui zurück.

John stand vor dem neuen Bild. Seine Hand schmerzte, er hatte seit Stunden gemalt. Draußen war es längst hell, er musste zur Arbeit. Letzte Nacht hatte er mitgekriegt, wie Violet die Mansarde leise verlassen hatte. Danach war er nicht mehr eingeschlafen und hatte mit diesem Bild begonnen. John trank Bier. Er hatte immer Bier vorrätig, nicht in Flaschen, jede Woche stieg er mit einem Eimer in den Schankraum, ließ sich den Eimer befüllen und trank eine Woche lang davon. Zum Malen trug er seine Monteurshosen. Die Hosenträger klebten an den Schultern, er schwitzte. Draußen herrschte ein kühler Morgen, aber John war heiß. Er fühlte Violets Verzweiflung, ihren Zwiespalt, die Ausweglosigkeit. Sie war unglücklich und zugleich ungeschickt darin, ihr Unglück vor ihm zu verbergen. John malte Violet, wie er sie sah, ein grelles Bild in Indigo und Schwefelgelb, mit Zinnober, Purpur und allen Schattierungen von Schwarz. Auf Johns Bild sah Violet sich nicht ähnlich, und doch war sie es durch und durch. Sie spielte Geige. In Wirklichkeit konnte Violet nicht Geige spielen, John war nur an dem Ausdruck ihrer Hingabe gelegen. Sie war ein hingebungsvoller Mensch. Weil sie zur Zeit keinen Ausdruck für ihre Hingabe fand, war sie so unglücklich. Auf dem Bild verblasste die Geige in Violets Hand, sie drohte durch das Schwarz verschluckt zu werden.

John dachte über den Bildhintergrund nach. Was war Violets Hintergrund? Er malte einen roten Hut und hatte keine Erklärung dafür. John hatte Violet nie gesagt, dass er wusste, wie ihr ums Herz war, die meiste Zeit schwieg er. Früher war ihr gemeinsames Schweigen ein Mantel gewesen, den sie umeinander legten und der sie beschützte. In letzter Zeit stieg das Schweigen aber wie eine Mauer zwischen ihnen empor. Kommende Nacht würde er Violet das Bild zeigen, das war sein Ausdruck von Liebe. John spürte, dass sie beide im Herbst ihrer Liebe standen. Irgendwann würde Violet nicht mehr zu ihm kommen, vielleicht wenn der erste Schnee des Winters fiel, vielleicht schon früher.

Das Bild war fertig, John tauchte die Pinsel in Terpentin und reinigte sie mit einem Lappen, den er aus einem alten Laken gerissen hatte. Man sollte annehmen, dass sich irgendwann alle Farben auf diesem Lappen wiederfinden würden, doch das Ergebnis war ein schmutziges Braun. Wenn man zu viele Farben zusammenmischte, war das Ergebnis nicht bunt, sondern schmutzig. Violets Leben war schmutzig geworden. Aber das hätte John ihr niemals sagen können.

Er stellte die Pinsel ordentlich zusammen, ließ die Hosenträger herunter und wusch sich. John zog Hemd und Jacke an, nahm die Werkzeugtasche und ging zur Arbeit.

Geräusche, Worte oder ein Lied? Ohne Zweifel, das war ein Lied. Woher? Larry hörte ein Lied an einem Ort, an dem man normalerweise nichts hörte, nichts erkannte, nichts unternahm. Er befand sich in einem Vorhof, besser hätte er es nicht beschreiben können. Niemand blieb für alle Ewigkeit in einem Vorhof, es war eine Zwischenstation, dahinter begann besetztes Gebiet. Der Tod hielt es besetzt. Sir Laurence hielt Ausschau nach dem Tod. War der Tod eine Vorstellung, war er konkret, steckte er vielleicht in diesem Lied? Es war ein altes deutsches Lied, Larry hatte es seit Jahrzehnten nicht mehr gehört. Seine Großmutter hatte es ihm vorgesungen. Er sah ihre ernsten braunen Augen vor sich. Als junges Mädchen hatte sie an Kinderlähmung gelitten, ihr linkes Bein war dünner als das rechte. Der Großvater hatte sie im wahrsten Sinn des Wortes nach England getragen, erst mit dem Zug, dann mit dem Schiff und immer weiter, bis nach London. Der Großvater und die Großmutter hatten gelernt, ihren deutschen Namen englisch auszusprechen, sie hatten hart gearbeitet und waren britische Staatsbürger geworden. Als die Großmutter älter wurde, hatte sie die meiste Zeit auf einer Ottomane gelegen und Besuch empfangen. Während Larry bei ihr war, hatte auch er auf die Ottomane gedurft, von dort aus hatten sie beide Hof gehalten. Die Großmutter war früh gestorben, man hatte Larry ihre Todesstunde verheimlicht. Nach ihrem Tod hatte der Großvater zu trinken begonnen, er hatte Spiegel mit seiner Stirn eingeschlagen und sich mit den Scherben die Arme aufgeschnitten.

»Ich bin nicht einsam«, hatte er zu seinem Enkel gesagt. »Nur so schrecklich allein.« Diese tränenreichen Umarmungen waren Larry unangenehm gewesen. Genau ein Jahr nach dem Tod der Großmutter war der Großvater gestorben, am gleichen Tag des Monats September. Sir Laurence hatte das Grab der beiden schon lange nicht mehr besucht. Nun würde das nicht mehr nötig sein, bald würden sie ihn mit allem nötigen Respekt zu den Großeltern hinaustragen.

Es gab nur zwei Arten, zu sterben, dachte Larry, entweder das Herz hörte auf zu schlagen oder der Atem setzte aus. Herz oder Lunge, dachte er, alle anderen Todesarten waren untergeordnet. Er konnte sich nicht vorstellen, mit dem Atmen aufzuhören, lieber wollte er noch ein bisschen singen. Dieses Lied ging ihm nicht aus dem Sinn. Larry war der deutschen Sprache kaum noch mächtig. Zwar begrüßte er deutsche Gäste immer noch in ihrer Landessprache, doch darüber hinaus fand er keine deutschen Gedanken mehr in sich. Dieses Lied aber war ihm wohl vertraut. Er sang es wie ein Kind, das nichts verstand und doch spürte, was es ausdrückte.

Es war, als hätt der Himmel die Erde still geküsst, dass sie im Blütenschimmer von ihm nur träumen müsst. Die Luft ging durch die Felder, die Ähren wogten sacht. Es rauschten leis die Wälder, so sternklar war die Nacht.

Larry lauschte dem Lied hinterher. Eigentlich hätten sie ihn hier hören müssen, denn er sang aus voller Kehle. Das ganze Krankenhaus sollte es hören.

Er senkte sein Auge, bis er die Hand entdeckte. Die

Finger seiner Hand zitterten. Das war das Zeichen. Es bedeutete, die Hand hatte das Lied gehört. Er war nicht allein, er war nicht stumm, er sang aus voller Kehle und mit allem Glück, das ihm möglich war. Er wollte es von nun an öfter tun. Das Ende des Liedes war das Schönste überhaupt. Etwas Schöneres war vielleicht noch nie gesungen worden.

Und meine Seele spannte weit ihre Flügel aus, flog durch die stillen Lande, als flöge sie nach Haus. Die Hand war herabgesunken. Das Auge schloss sich. So war es gut. Ja, so war es endlich gut.

DRITTER TEIL

22

Paulo

Violet betrat den Speisesaal, nicht den eleganten Salon der Gäste mit seinen bronzefarbenen Tapeten, den kobaltblauen Vorhängen und den Blumengedecken auf den Tischen, sondern die Personalkantine. Die Angestellten des Savoy mussten schließlich auch irgendwann essen. Ihre Dienstzeiten waren in Schichten eingeteilt und sahen je eine halbstündige Pause vor. Da nie die ganze Belegschaft gleichzeitig Pause machte, war es der Küche möglich, die Angestellten sozusagen nebenbei zu bedienen. Während die Gäste im Salon Lachs an Wacholdersauce serviert bekamen, mariniertes Roastbeef mit Orangenvinaigrette und Tatar vom Kalbsfilet mit Kaviar, erhielten die Hausdiener und Zimmermädchen, die Pagen, Sekretärinnen und Türsteher ein einfaches Menü, Gemüsesuppe, Fleisch mit Beilage und Obst.

Selten war der Speiseraum überfüllt, auch heute nicht. Man hatte Violet gesagt, wo sie Paulo Campos de Melo um diese Uhrzeit finden würde, und so war es auch.

»Guten Abend.« Vor einem Tisch in der Ecke blieb sie stehen. »Darf ich mich zu Ihnen setzen?«

Als er erkannte, wer ihn ansprach, ließ der junge Pianist den Löffel sinken. »Miss Mason.« Er nahm die Serviette aus dem Hemdausschnitt und stand auf. »Natürlich, bitte, nehmen Sie Platz.«

Violet zog sich einen Stuhl heran. »Danke, Paulo. Ist es Ihnen recht, wenn ich Sie Paulo nenne?«

»Habe ich irgendetwas falsch gemacht, Miss Mason?«, fragte er besorgt. »Liegt es an meinem Repertoire? Es ist zu düster, nicht wahr?«

»Ihr Repertoire, wieso? – Aber bitte, essen Sie doch weiter.«

»Mein Programm könnte fröhlicher sein, ich weiß.« Pflichtschuldig griff er nach dem Löffel.

»Ich finde, was Sie spielen, ist wunderschön«, beruhigte ihn Violet. »Leider komme ich nur selten dazu, Ihnen zuzuhören.«

»Neulich waren Sie da.« Der Schimmer eines Lächelns. »Sie saßen an der Bar.«

»Ja, ich erinnere mich. Sie haben ein neues Lied gespielt, wie ging das noch? – *Deep and tender Devotion* …«

»Es heißt *I Can Give You The Starlight.*«

»Sie haben es sehr gefühlvoll gesungen.«

»Ivo Novello hat es geschrieben.«

»Der Filmstar?«

Paulo nickte. »Weshalb wollten Sie mich sprechen, Miss Mason?«

»Es geht um Mr Brandeis.«

»Wen?«

»Er war einer unserer Gäste. Im Frühsommer ist er hier abgestiegen. Er hat behauptet, sie würden einander kennen.«

Paulo überlegte einen Augenblick. »Tut mir leid, ich erinnere mich nicht an diesen Mann. Wissen Sie, während einer langen Nacht am Klavier sprechen mich eine Menge Gäste an. Ich rede mit ihnen und wenn sie einen Wunsch haben, spiele ich ihr Lieblingslied.«

Violet nickte enttäuscht, aber sie gab noch nicht auf.

»Mr Brandeis hatte einen Akzent. Ein dunkelhaariger Mann, recht gutaussehend. Sie müssen eingehender mit ihm gesprochen haben, denn er wusste einiges über Sie.«

»Was zum Beispiel?«

»Dass Sie aus Brasilien stammen und in Wirklichkeit Konzertpianist sind.«

Paulo aß einen Löffel Suppe, dann senkte er schweigend den Kopf.

»Was haben Sie?«

»Miss Mason, ich möchte ehrlich zu Ihnen sein. Ich bin kein Konzertpianist. Ich war auch nie einer.«

»Haben Sie Mr Brandeis denn nicht erzählt, Sie wären in Ihrer Heimat fast verhungert und seien glücklich gewesen, die Stellung im Savoy zu kriegen?«

»Ja, ich bin froh über diesen Job. Aber in Wirklichkeit bin ich weder verhungert, noch war ich in meinem ganzen Leben je in Brasilien.«

Halb amüsiert, halb irritiert stieß Violet ein kurzes Lachen aus. »Was?«

»Mein Vater stammt von dort, daher mein Name, ich selbst wurde in East London geboren. Mein Vater ist inzwischen gestorben. Ich besuche meine Mutter einmal die Woche.«

»Das verstehe ich nicht. Weshalb erzählen Sie dann den Leuten …? »

»Ich weiß auch nicht, warum ich das tue.« Er schob den Teller von sich. »Doch, ich weiß es. Seit ich den Gästen von meiner traurigen Kindheit erzähle, wurden meine Trinkgelder üppiger. Es ist, als ob die Herrschaften, die den Nightingale Room besuchen, ein schlechtes Gewissen hätten, weil sie im Luxus schwelgen und ich die ganze Nacht Klavier spielen muss.« Er richtete sich auf. »Es tut mir leid, Miss Mason. Es wird nicht wieder vorkommen.«

Kopfschüttelnd musterte sie den Pianisten. »Sie sind ein geschäftstüchtiger junger Mann, der das Mitleid unserer Gäste ausnutzt?« Mit gespieltem Ärger schlug sie auf den Tisch. »Paulo, das ist schändlich. Das ist …« Sie lachte. »Das ist phänomenal. Was für eine brillante Idee.« Mit einem Mal hatte sie gute Laune, weil in ihrem noblen Hotel Dinge passierten, die fröhlich, verrückt und vor allem verboten waren.

»Wirklich?«, erwiderte er ein wenig eingeschüchtert.

»Wer hat Sie bei uns eingestellt? Mr Sykes?«

»Nein, Ihr Großvater persönlich. Ich musste Sir Laurence vorspielen. Ich glaube, es hat ihm gefallen.«

»Mein Großvater.« Violet wurde ernst. »Paulo, wir

müssen noch einmal auf Mr Brandeis zu sprechen kommen. Bitte versuchen Sie sich zu erinnern: Er hat erzählt, dass er auf Hochzeitsreise sei.«

»Ach, diesen Gentleman meinen Sie. Ja, an ihn erinnere ich mich.« Paulo stand auf. »Bitte entschuldigen Sie, aber mein Dienst beginnt in ein paar Minuten, und ich habe noch nicht fertig gegessen.«

»Natürlich, verzeihen Sie, dass ich Sie aufhalte.«

»Nur einen Moment.« Paulo lief mit dem Suppenteller zur Anrichte, bekam sein Hauptgericht und eilte zurück.

»Was gibt es heute?«, fragte Violet mit großen Augen.

»Gekochtes Rindfleisch mit Rosenkohl.«

»Sieht gut aus.«

»Wollen Sie vielleicht eine Portion?«

»Ich glaube, das geht nicht.« Sie betrachtete seinen Teller.

»Warum?«

»Die Portionen sind abgezählt.«

»Bitte erlauben Sie mir, Miss Mason …« Noch einmal lief er zur Durchreiche und erklärte der Küchenhilfe, wer an seinem Tisch sitze. Sekunden später kam er mit einer großen Portion Fleisch und Gemüse zurück.

»Danke, Paulo, das ist sehr zuvorkommend. Ich

glaube, ich habe seit dem Frühstück nichts gegessen.«
Hungrig griff Violet zu. Wie gut es tat, ein solches Essen
zu genießen, in diesem Raum. Eine Mahlzeit wie diese
passte zu ihr. Bei Rindfleisch und Rosenkohl fühlte sich
Violet auf besondere Weise zu Hause.

Paulo schnitt sein Fleisch klein. »Dieser Mann – ich
wusste nicht, dass er Brandeis heißt – war ein komischer
Kauz. Er war an diesem Abend schon ein bisschen betrunken und hat verrücktes Zeug geredet. Er sagte, dass
er im Savoy ein Geschäft im großen Stil vorbereiten
würde.«

»Ein Geschäft? Ich dachte, er war auf Hochzeitsreise.«

»Er sagte, die Hochzeitsreise sei seine Tarnung«, antwortete Paulo zwischen zwei Bissen. »Ob das stimmt,
weiß ich nicht, wie gesagt, er hatte schon einiges getrunken.«

»Nur weil jemand ein Geschäft machen will, braucht
er doch keine Tarnung.«

»Er sagte, bald würde eine atemberaubende Blondine
zu ihm kommen, dann sei seine Tarnung perfekt.«

»Und dann haben Sie ihm Ihre rührende Geschichte
aufgetischt, von dem hungernden Konzertpianisten aus
Brasilien?«

»Ich fürchte, so war es.«

Nachdenklich spießte Violet eine Kohlsprosse auf. »Also sind an diesem Abend zwei geschickte Lügner aneinandergeraten.«

»Lügner?« Das Wort irritierte ihn.

»Schon gut, Paulo, Sie haben mir sehr geholfen.«

»Miss Mason, Sie haben da ...« Er tippte auf die Oberlippe.

Mit der Serviette wischte Violet ein bisschen Sauce weg.

Es war noch nicht spät. Violet hatte das meiste erledigt und wollte an die frische Luft. Lau und behaglich wehte eine Brise über die Themse, aber die Tage wurden spürbar kürzer. Zum ersten Mal seit dem Frühling trug Violet ihren hellen Trenchcoat, den BBC-Trenchcoat, wie sie ihn nannte, weil sie ihn damals während der täglichen Hetzerei meistens das alte Ding übergeworfen hatte. Seufzend steckte sie die Hände in die Taschen. Sie schien etwas darin vergessen zu haben, es fühlte sich klebrig an, war nicht besonders ansehnlich, ein altes Stück Schokolade. In der Sommerhitze hatte es seine Form verloren. Violet ließ den hässlichen

Klumpen auf den Grasstreifen neben dem Bordstein fallen.

Einen Augenblick später schnappte ein schwarzweißes Bündel danach. Das Bündel fraß den Schokoladeklumpen in einem Haps. Es hetzte Violet nach, hielt vor ihr und schaute bettelnd zu ihr hoch.

»Was bist du denn für einer?«

Schwer festzustellen, aus welchen Rassen sich die Promenadenmischung zusammensetzte, am ehesten war es ein Scotchterrier, der sich mit einem Beagle gekreuzt hatte. Schwarz, Weiß, auch Braun war dabei, die Ohren klappten unkontrolliert auf und ab, der Schwanz war rund und nach oben gebogen. Als Violet ihn ansprach, machte der Hund Männchen.

»Du bist aber ein schlauer Bursche. Es war nett, dich kennenzulernen.« Sie ging weiter.

Er sprang ihr nach.

»Ich habe nichts mehr, tut mir leid.«

Der Hund glaubte ihr nicht und winselte.

»Das war mein einziges Stück Schokolade.« Zum Beweis klappte sie ihre Manteltaschen nach außen. »Mach's gut.«

Vor der Blackfriar's Bridge bog Violet in die Temple Avenue ein, der kürzeste Weg zum Krankenhaus. Der

Hund blieb einen Augenblick sitzen, dann lief er ihr wieder hinterher. Violet tat, als ob sie ihn nicht bemerkte. Schließlich drehte sie sich um. »Du wirst dich verlaufen. Dein Herrchen sucht dich bestimmt.« Sie bemerkte, dass der Hund zwar ein Halsband, aber keine Marke trug. »Wo ist deine Hundemarke?«

Er kam näher, sie bückte sich und berührte ihn. Unter dem Halsband fühlte sich das Fell verfilzt an. Dabei sah er weder verwahrlost noch schmutzig aus.

»Bist du ein Streuner, der gar keinen Herren hat? Oder bist du ausgerückt?«

Das Tier legte den Kopf schief, als ob er Violet so besser verstehen könnte.

»Es ist gefährlich, ohne Marke durch die Straßen zu laufen. Es gibt erbarmungslose Leute, die heißen Hundefänger. Wenn die dich kriegen, wirst du zu Dosenfutter verarbeitet.«

Als ob er wüsste, von wem sie redete, winselte er wieder.

Violet streichelte ihn und stand auf. »Jetzt sei brav und lauf nach Hause.« Sie machte ein paar schnelle Schritte und glaubte, ihn abgeschüttelt zu haben.

Die Fleet Street war nicht mehr weit. Als sie sich umsah, hatte der Hund die Straßenseite gewechselt und

rannte parallel zu ihr auf die große Verkehrsachse zu.
Violet bemühte sich, ihm keine Aufmerksamkeit mehr
zu schenken.

23

Trudy

»Ich weiß, dass Hunde hier verboten sind.«

»Sie verstehen das also? Ihr Hund muss draußen bleiben«, bekräftigte die Schwester.

»Er ist nicht mein Hund.« Violet beobachtete, wie der Hund die Krankenschwester skeptisch musterte.

»Sie haben ihn mitgebracht.«

»Er ist mir nachgelaufen. Von der Themse bis hierher.«

»Das sind fast zwei Meilen.«

»Er ist ein ausdauernder Hund.«

Die Schwester setzte ihr Autoritätsgesicht auf, das

seine Wirkung selten verfehlte. »Ich muss Sie bitten, den Hund jetzt hinauszuschaffen.«

Jemand kam den Korridor entlang. »Miss Mason?«

Violet drehte sich um. »Hallo, Doktor Hobbs.« Sein Blick fiel auf den Hund. Sie hob bedauernd die Hände. »Ich weiß. Es tut mir leid.«

»Ich habe Miss Mason ausdrücklich gesagt, dass Hunde bei uns verboten sind«, schaltete sich die Schwester ein.

Dr. Hobbs nahm von dem Straßenköter kaum Notiz. »Kann ich Sie eine Minute sprechen?«

»Natürlich. Wie geht es meinem Großvater?«

»Hier entlang bitte.« Er öffnete eine Tür.

»Und der Hund?«, rief die Schwester.

Dr. Hobbs winkte unwillig und ließ Violet und ihren neuen Begleiter eintreten.

Violet wollte den Schock abschütteln. Sie saß bei Larry, der Hund saß neben Larrys Bett. Es dämmerte. Ihr Großvater war tot gewesen. Dr. Hobbs hatte es ihr mit aller gebotenen Einfühlsamkeit mitgeteilt. Drei Minuten lang hätte sein Herz nicht mehr geschlagen, trotzdem hatte Dr. Hobbs die Wiederbelebung fortgesetzt. Wenn das Gehirn eine gewisse Zeit nicht mit Blut versorgt würde, seien Schäden zu befürchten. Nach drei Minuten hätte das Herz wieder zu schlagen begonnen.

»Wir wissen nicht, wie es jetzt in ihm aussieht«, hatte Dr. Hobbs gesagt.

»Ist er wach?«

»Er war mehrere Stunden bewusstlos, seit Kurzem ist er wieder erwacht.«

Violet war mit Dr. Hobbs ins Krankenzimmer gegangen. Wegen des Hundes, der ihr nicht von der Seite wich, hatte der Arzt kein Wort verloren.

»Ihr Großvater war eigentlich auf dem Weg der Besserung«, hatte Dr. Hobbs erklärt. »Seine Lähmung lässt sich zwar nicht rückgängig machen, aber der Gesamtzustand hatte sich verbessert.«

»Und sein Herzstillstand?«

»In so einem Fall ist nicht immer alles medizinisch zu erklären. Viel hängt auch vom Lebenswillen des Patienten ab.«

»Larrys Lebenswille ist unbändig«, hatte Violet widersprochen.

»Reden Sie mit ihm.« Dr. Hobbs war gegangen, ohne einen Blick auf den Hund zu werfen.

Larrys Auge war geöffnet, aber sein Blick schien weit weg zu sein. Die linke Hand wirkte leblos. Violet begann zu erzählen, Alltagsgeschichten aus dem Hotel. Dass sie überrascht gewesen sei, wie gut das Essen für das Personal schmecken würde, sie erzählte von der Konsistenz des Rindfleisches, der Frische des Gemüses. Sie nannte Larry die Auslastungszahlen, erwähnte, dass sich Lady Edith bereits zum dritten Mal im Savoy angesagt hätte. Man habe diesmal ein wenig jonglieren müssen, um die Erkersuite für die Herzogin freizuhalten.

Eine halbe Stunde war vergangen, und Larry hatte sich noch kein einziges Mal bewegt. Violet drohte der Gesprächsstoff auszugehen. Dem Hund schien langweilig zu werden, er streckte sich und gähnte laut. Es klang wie ein helles Quietschen, unverhältnismäßig in einem Krankenzimmer.

Als ob Larry einen Stromstoß erhalten hätte, kam Leben in ihn. Das Auge rollte zur Seite und suchte nach dem Grund des Geräusches.

»Was ist denn, Großvater?«

Das Auge wurde unruhig, weil es nicht entdecken konnte, was es sehen wollte. Die linke Hand kam ins Spiel, sie winkte.

Violet stand auf. »Was meinst du?«

Die Hand gab ein Zeichen. Der Zeigefinger streckte

sich. Violet verstand, was er wollte, sie umrundete das Bett und legte Larry den Block zurecht. Sie schob den Stift zwischen seine Finger.

Die Hand schrieb.

Ist das Trudy?

»Wer ist Trudy?«

Die Hand wollte wieder zu schreiben beginnen, als der Hund bellte. Violet hatte ihn noch nie bellen hören. Ein bellender Hund im Krankenhaus war undenkbar, sie wollte es ihm verbieten. Larry dagegen schien das Geräusch zu freuen. Die Maske, zu der sein Gesicht verfallen war, nahm einen aufmerksamen und neugierigen Ausdruck an.

Die Hand schrieb.

Trudy Trudy Trudy.

»Meinst du den Hund? Es ist ein Rüde. Ich glaube nicht, dass er Trudy heißt.«

Die Hand schrieb.

Ich war fünf. Trudy

»Du hattest einen Hund?«

Der Zeigefinger verneinte. Die Hand schrieb.

Großmutter.

»Deine Großmutter hatte den Hund?« Violet wurde klar, dass Larry das Tier aus seiner Position schwerlich

sehen konnte. Sie bückte sich und hob den schwarzweiß-
braunen Kerl hoch. Mit den Vorderpfoten tappte er auf
die Decke.

In diesem Moment ging eine ungewöhnliche Verän-
derung in Larrys Auge vor sich. Das leblose Gesicht,
die aschfahle Haut, das graue, zerstrubbelte Haar, alles
blieb wie bisher, doch in das rechte Auge trat ein Leuchten, eine Wärme, alle Freude, die in dem Kranken
schlummern mochte, schien aus dem Auge zu strahlen.
Violet wartete sekundenlang, ob sie sich täuschte. Ihr
Großvater war tot gewesen, man hatte ihn gleichsam
ins Leben zurückgezwungen. Nun phantasierte er von
einem Hund aus seiner Kindheit. Was sah er, was fühlte,
was erkannte er in Wirklichkeit?

Der Hund auf Violets Arm wurde unruhig. Sie versuchte ihn festzuhalten. Mit den Pfoten krallte er sich
in der Krankenhausbettwäsche fest. Violet betrachtete
Larrys Auge. Lass ihn, sagte das Auge, lass ihn doch
los. Der Wunsch des Auges war unmissverständlich.
Violet ließ den Hund los. Augenblicklich sprang er aufs
Bett, rutschte mit den Hinterbeinen ab, krallte sich mit
den Vorderläufen am Laken fest, er zappelte und krab-
belte und versetzte den Gelähmten in Bewegung. Sir
Laurence wurde von dem kleinen Hund regelrecht

durchgeschüttelt. Schließlich kam er zur Ruhe. Halb auf Larrys Bauch, halb daneben legte er sich hin und guckte zu dem lebendigen Auge hoch. Die Blicke der beiden begegneten einander.

Niemand, der es nicht gesehen hatte, hätte es geglaubt, doch Larry schien im Blick des Hundes Frieden zu finden. Der warme struppige Körper, die feuchte Schnauze, das Bett mit seiner blütenweißen Wäsche und der gelähmte Mensch – nein, hier war nicht der Tod, dachte Violet, hier zog Frieden ein. Etwas Neues wurde hier geboren.

Es dauerte eine Weile, bevor Larrys Hand den Hund berührte. Die Finger eroberten sich den struppigen Rücken nach und nach und strichen darüber, mehrmals, immer wieder. Schließlich deutete der Zeigefinger auf den Schreibblock. Larrys Finger ruhte auf dem Namen Trudy.

»Wenn das für dich deine Trudy ist, dann soll der Hund meinetwegen Trudy heißen«, sagte Violet. »Ihm ist es wahrscheinlich egal.«

Das Auge schloss sich. Die linke Hand lag auf dem Rücken des Hundes.

24

Wie Wasser in den Händen

»Gratuliere.«

Dorothy Pyke blieb stehen. »Wozu?«

»Gratuliere, dass du wieder bei uns angefangen hast«, sagte Oppenheim. »Das Savoy war unvollständig, seit du uns verlassen hattest.«

»Danke, Clarence.« Sie wollte an ihm vorbei.

»Viel zu tun, ja?« Er trat ihr in den Weg.

»Ich muss ins Büro.« Sie deutete auf die Akten in ihrem Arm.

»Ich habe dich vermisst.«

Sie wollte ihn umgehen. Oppenheim war schneller.

»Du siehst wunderbar aus in diesem Licht, weißt du das?«

»Clarence, bitte.« Zum zweiten Mal versuchte sie, an ihm vorbeizukommen.

»Ich will dich wiedersehen, Dotty.«

»Nicht diese Walze, Clarence. Das hatten wir doch schon.«

Er öffnete die Tür zum nächsten Korridor. »Nur ein einziger Drink.«

»Danke, nein.«

»Was soll schon passieren, wenn wir einen Drink zusammen nehmen?«

Ohne Antwort lief sie weiter.

Er blieb an ihrer Seite. »Du bist noch hübscher geworden, weißt du das?«

Sie versuchte, ihn abzuhängen.

»Wir hatten wunderbare Wochen zusammen. Ich erinnere mich gern daran.«

Sie blieb stehen. »Wunderbar? So siehst du das? Du hast mich in Anwesenheit von Sir Laurence ins Kreuzverhör genommen.«

»Das musste ich tun – um dich zu entlasten.«

»Du hast mich verdächtigt, ihn vergiftet zu haben.«

»Es war ein Irrtum, wie sich herausgestellt hat.«

Miss Pyke lief weiter, zusammen erreichten sie das Treppenhaus. Es war umständlich für Oppenheim, vor Dorothy rückwärts die Stufen hochzulaufen. »Ich war so froh, als ich gehört habe, dass du Miss Masons neue Assistentin bist. Ich konnte dir das bisher bloß nicht sagen, weil wir uns kaum gesehen haben.«

»Wir haben uns nicht gesehen, weil ich dich nicht sehen will.« Auf dem Absatz blieb sie stehen. »Die Sache zwischen uns war damals keine gute Idee, Clarence, und sie ist heute eine noch schlechtere Idee.«

»Ich fand es schön.« Mit hängenden Schultern stand er vor ihr.

»Mach kein Liebesdrama daraus.«

Plötzlich umfasste Oppenheim Dorothys Taille und beugte sich zu ihr.

»Hör auf.« Sie wandte den Kopf ab. »Lass mich los.«

»Dorothy.« Er versuchte, sie zu küssen.

Körperlich hatte sie gegen den Gusseisenmann keine Chance. Miss Pyke richtete sich auf. »Du glaubst, weil man dich in einen Anzug gesteckt hat, wärst du was Besseres als ein Affe. Du bist aber bloß ein dummer Gorilla, und ich habe keine Lust mehr auf die Leibesübungen in deinem Bett.«

Oppenheim mochte ein Gorilla sein, aber in seiner

Brust schlug ein sensibles Herz. Sie hatte ihn verletzt, er wollte es ihr heimzahlen. »Ich habe damals meinen Mund gehalten, Dotty.«

»Was?«

Er betrachtete die Frau in seinen Armen. »Sir Laurence wollte nicht glauben, dass du etwas gegen ihn im Schilde führst, deshalb hat er die Untersuchung eingestellt. Bis jetzt habe ich mich an seinen Wunsch gehalten.«

»Wovon redest du?«

»Von dem bewussten Zeitraum nach Sir Laurences erstem Zusammenbruch. Damals sind zwei volle Stunden vergangen, Dotty, und du kannst keine Erklärung dafür geben, wo du warst.«

»Du drohst mir?«, fragte sie fassungslos. »Du drohst mir, weil ich keine Lust mehr habe, mit dir zu schlafen?«

»Dotty, hör mal …« Seine Züge wurden weicher.

»Halt's Maul.« Sie stemmte sich gegen die Umarmung. »Lass mich los!«

Ein Stockwerk unter ihnen wurde eine Tür geöffnet, jemand kam die Treppe hoch. Miss Pyke löste Oppenheims Hände von ihrer Taille. Sie standen voreinander, Auge in Auge. »Du bist für mich das Letzte«, zischte sie.

Tommy, der Schuhputzer, kam ihnen entgegen. »'N Abend, Miss Pyke. 'N Abend, Mr Oppenheim.«

»Na, Tommy? Wie geht's?«, fragte sie.

»Heute Nacht dürfte es eine ziemliche Schufterei geben.« Er präsentierte seinen Schuhsack.

Oppenheim legte die Arme auf den Rücken. »Wieso?«

»Weil es geregnet hat. Draußen ist alles voller Matsch. Da habe ich die doppelte Arbeit.«

»Ich komme gleich mit dir, Tommy.« Dorothy nahm die Treppe nach oben. Oppenheim sah ihr nach, bis sie und der Schuhputzer im dritten Stock verschwunden waren.

Violet erkannte das Gefühl wieder. Es war schon eine Weile her, aber genau so musste sich das anfühlen, wenn man von einer Idee gestreift wurde. Eine Idee stellte sich nicht großspurig in den Raum und trompetete: Hallo, ich bin brillant! Eine gute Idee war schüchtern, unauffällig, sie tauchte nur für Momente auf wie jemand, der in ein Zimmer kam, weil er jemanden suchte und die Tür gleich wieder schloss. Diesen Augenblick, bevor die Tür sich schloss, musste man ergreifen.

Damals in Pimlico hatte Violet das Gefühl häufig erlebt. Während dieser herrlich verantwortungslosen Zeit waren ihr die Ideen an allen möglichen Orten zugeflogen, im Bett, am Waschbecken, auf der Toilette. Violet hatte ihre Idee betrachtet, die Idee hatte Violet betrachtet, gemeinsam waren sie ins Arbeitszimmer geeilt und hatten ein Blatt Papier in die Maschine gespannt. In der darauffolgenden Zeit hatte die Idee geduldig auf Violets Schulter gesessen und zugesehen, wie sich eine Geschichte aus ihr formte, manchmal ein Drama, manchmal nur eine Notiz. Das Entscheidende war, dass man sich der Idee komplett auslieferte. Es durfte keine Ablenkung geben, jedes Geräusch störte, jede Stimme, man sollte am besten weder essen noch trinken. Violet verachtete Autoren, die beim Schreiben Kaffee in sich hineinschütteten und eine nach der anderen qualmten. Sie glaubte an die Reinheit des Schreibens, an seine Ausschließlichkeit.

Sie war allein. Kein Laut drang an ihr Ohr, keine dringende Angelegenheit lenkte sie ab. Die Tür war verschlossen, das Telefon abgestellt. Seit die Idee aufgetaucht war, hatte Violet sie vorsichtig vor sich hergetragen, wie man Wasser in den Händen trug, von dem man keinen Tropfen vergeuden wollte. Violet war in ihr früheres Büro im ersten Stock geflohen. Dort stand die

Imperial. Nirgends sonst hätte die Maschine auf sie warten können als in der düsteren Bude ohne Ausblick. Violet glitt auf den Stuhl, spannte Papier ein und begann.

Es gab kein Zaudern und kein Überlegen, kein unruhiges Wippen, keinen Blick aus dem Fenster. Wenn sich die Idee einmal eingestellt hatte, war alles klar, vorherbestimmt und einfach. Violet brauchte nur aufzuschreiben, was sich in ihrem Kopf abspielte, eine farbenprächtige Geschichte über einen Lügner. Dieser Lügner war kein böser Mensch, er wollte niemandem mit seinen Lügen schaden, es war eher so, als ob ihm jemand die Lügen in den Mund legen würde. Es war ein Spiel für ihn, meistens bedachte er die Konsequenzen nicht. Der Lügner spielte Klavier in einer Bar, wo er unterschiedliche Menschen kennenlernte, er spielte Melodien für sie und belog sie. Er führte ein ruhiges, aber zugleich schillerndes Leben, denn der Lügner erfand die großartigsten Geschichten, mit denen er die Menschen in der Bar erstaunte, erschreckte und unterhielt. Eines Tages – hier machte Violet die erste Pause, nicht weil sie Erholung brauchte, sondern weil sie sich auf diesen Teil der Geschichte so sehr freute –, eines Tages begegnete ihrem Lügner ein anderer Lügner, der viel gerissener war in seinem Fach. Dieser Lügner hatte Böses im Sinn, er spielte die Menschen gegeneinander aus, verbreitete Leid, streute Missgunst, er zog Profit aus seinen Lügen.

Violet tippte und tippte immer weiter, sie konnte nicht mehr aufhören. Ein Blatt Papier nach dem anderen füllte sich, wurde schwungvoll aus der Maschine gezogen, ein neues wurde eingespannt, und schon ging es weiter. Sie hatte kein Gefühl mehr für die Zeit, sie bemerkte weder Hunger noch Müdigkeit. Sie unterwarf sich ihrer Idee, sie sollte Form gewinnen und sich zu einer guten Geschichte verdichten.

Es war bereits dunkel, als sie das letzte Blatt aus der Imperial zog, ehrfürchtig diesmal, liebevoll legte sie es auf den Stapel. Violet atmete durch und rieb sich die Augen. Der Rausch war verflogen, die Euphorie verschwunden, rund um sie war wieder das schmucklose Büro und die Dunkelheit. Schließlich brachte Violet den Stapel in eine ordentliche Form, nahm eine Mappe aus der Schublade und legte ihre Geschichte hinein. Sie schloss die Mappe noch nicht gleich, sondern betrachtete den Titel und lächelte.

Im BBC-Building sagte man Violet, dass Max Hammersmith bereits nach Hause gefahren sei. Sie wollte

ihn nicht stören, zugleich musste sie ihn stören. Sie hatte
Sorge, ob seine neue Freundin bei ihm sei, aber anrufen
wollte sie nicht, aus Angst, er könnte Nein sagen. Sie
fürchtete, dass er sie nicht sehen wollte, sie aber musste
ihn sehen, sofort, noch diese Nacht, es duldete keinen
Aufschub. Violet lief zu Fuß nach Regent's Park.

Sie klingelte an seiner Tür und lauschte. Jetzt hätte
er die Treppe herunterkommen und öffnen müssen.
Alles blieb still. Sie klingelte ein zweites Mal, wieder
passierte nichts. Ein drittes Mal traute sie sich nicht zu
klingeln.

Während Violet ein paar mutlose Schritte die Straße
hinunter machte, ging hinter ihr die Tür auf.

Als Silhouette vor hellem Hintergrund stand er da.
»Vi? Was willst du?«

»Max.« Sie drehte um.

»Was machst du hier?«

Er trug Hemd und Weste, trug Krawatte, also konnte
er noch nicht lange zu Hause sein. Er sah nicht aus wie
jemand, der Besuch hatte und sich ertappt fühlte. Er sah
aus wie Max, den sie vermisst hatte. Ein warmer Tropfen fiel in Violets Bauch und breitete sich aus. Deshalb
getraute sie sich, ihre Frage zu stellen.

»Darf ich dir meine Geschichte vorlesen?«

»Vorlesen?« Er lächelte überrascht. »Seit ich dreißig bin, lese ich eigentlich alles selbst. Komm herein.«

Sie betraten die Küche, in der er einmal Rührei für sie gemacht hatte. Sie betraten das Zimmer mit der Couch, wo er seine Arme um sie gelegt hatte. Violet war angespannt, aufgeregt und fragte sich, ob das Ganze nicht ein dummer Fehler sei. Max sagte, sie solle sich auf die Couch setzen, er setzte sich ihr gegenüber.

Ein Blick in die Runde, nichts an dem Zimmer verriet die Anwesenheit einer Frau. Hier wohnte ein Mann allein, sagte das Zimmer. Das beruhigte Violet. Sie begann, ihre Story vorzulesen, die Geschichte von einem notorischen Lügner, der in einem anderen Lügner seinen Meister fand.

»Wir alle erzählen unser Leben in zahllosen Geschichten. Das Wunderbare daran ist, dass man ein einziges Leben in unterschiedlichen Geschichten erzählen kann. Dabei kommt es auf den Erzähler an, ob er eine Komödie aus dem Leben macht oder eine Tragödie. – Was für eine Geschichte möchtest du mit deinem Leben erzählen, fragte Gregory. – Ich hoffe, dass es eine Komödie wird, antwortete Emily. Ich fürchte allerdings, dass wir gerade im Begriff sind, eine Kitschgeschichte daraus zu machen.«

Violet hob den Blick, in ihren Augen lagen Angst und Zweifel. »Das ist der Schluss«, sagte sie leise, legte das letzte Blatt auf den Stapel und wartete.

Max hob die Hände. Er seufzte. »Das ist ...« Er schüttelte den Kopf.

»Du kannst es mir offen sagen. Das will ich ja. Sag mir, was du denkst.«

»Es ist großartig«, antwortete Max. »Ich schwöre, ich bin sprachlos. Ich war vorhin ... Ich habe einen blöden Tag hinter mir und war nicht in der Stimmung, mir das Ganze anzuhören.« Er stand auf und lief im Zimmer umher. »Ich weiß nicht, was ich sagen soll, ich bin total betäubt. – Das ist keine Beleidigung, ich bin nur so verblüfft, dass du so etwas zustande gebracht hast.«

Darauf war es eine Weile still.

»Wirklich?« Ein unbeschreibliches Lachen brach aus Violet hervor. »Wirklich, Max?«

»Ich finde es warmherzig, tief und fröhlich, es ist wundervoll.« Schwungvoll setzte er sich neben sie. »Wie ist dir nur die Szene mit dem kleinen Hund eingefallen, der den Rauch bemerkt, der aus der Bar quillt, bellend den Pianisten weckt und ihm das Leben rettet?«

»Das ist mir ... Ich weiß nicht, es ist mir eben so

zugeflogen.« Violet musste tief durchatmen, sonst wäre
sie vor Freude ohnmächtig geworden. Es konnte auch
daran liegen, dass sie seit vielen Stunden nichts gegessen
hatte. »Du glaubst wirklich, dass es etwas taugt?«

Er nahm ihr das Manuskript aus den Händen. »Vielleicht gibt es hie und da noch ein paar Stellen, die ich
anders machen würde, aber das sind Kleinigkeiten.« Als
er ihr ungläubiges Gesicht bemerkte, musste er lachen.
»Ich meine es ernst, Vi. Ich bin beeindruckt. Wirklich,
du hast den Tag für mich gerettet. Ich war darauf gefasst, mich zu Tode zu langweilen.«

»Wollen wir etwas essen?«, fragte Violet, ohne lange
nachzudenken. War ihr Verhalten übergriffig? Zuerst
hatte sie Max in seiner Wohnung überfallen, dann
drängte sie ihm ihre Arbeit auf, und jetzt wollte sie es
sich auch noch gemütlich machen. »Entschuldige. Ich
nehme an, du hast schon etwas vor.«

»Essen wir was, von mir aus.« Mit der Mappe in den
Händen kam er hoch. »Vor allem möchte ich aber über
deinen Text reden. Daraus sollten wir etwas machen.«

»Gut – ja, gerne.«

Sie folgte ihm in den Flur. Erst jetzt dachte Violet
daran, wie sie überhaupt aussah. Vorhin war sie losge-
stürmt, so wie sie war, dunkler Rock, heller Sweater

und ihr alter Trenchcoat. Konnte sie mit Max in diesem Aufzug essen gehen? »Entschuldige, ich habe dich noch gar nicht gefragt, wie es dir geht, ich meine, wie es dir ergangen ist, seit wir …«

Sie konnte nicht an sich halten, es brach einfach aus ihr hervor, all ihre Freude, ihre Erleichterung, sogar ihr Stolz. »Es hat dir also wirklich gefallen?!« rief sie so laut, als sollten es alle Leute in Regent's Park hören.

25

Heimkehr

Clarence Oppenheim war kein kluger Mann. Er war auf der Polizeischule gewesen, hatte die Prüfungen durch verbissenen Fleiß bestanden und war Constable geworden, mit der Aussicht, es nach Jahren der Pflichterfüllung bis zum Sergeant zu bringen.

Schon als Kind war Oppenheim stets der Größte und Kräftigste gewesen. Während die anderen Kadetten auf der Polizeischule körperlich ertüchtigt worden waren, hätte Oppenheim das nicht nötig gehabt. Er besaß erstaunliche Kräfte und eine nicht enden wollende Ausdauer. Er konnte rennen, ohne müde zu werden. Bisher hatte es noch kein Dieb, dem er auf den Fersen gewesen war, geschafft, ihm zu entkommen. Der Griff seiner Hand war aus Stahl, ein Schlag seiner Faust betäubte. Oppenheim war kein jähzorniger Mensch, aber dumm anreden ließ er sich nun mal nicht. Der Officer, mit dem Clarence im ersten Dienstjahr Streife gegangen war, hatte sich als Zyniker entpuppt. Clarence hatte ihn mehrmals gebeten, sich Bemerkungen über Oppenheims bulligen Körperbau zu verkneifen, doch der andere hatte nicht hören wollen. Clarences Anfall kam unvorhergesehen und war nach wenigen Sekunden vorüber. Er hatte weitreichende Folgen gehabt. Jener Kollege würde seinen Unterkiefer nie wieder normal gebrauchen können. Sein Arm war dreimal gebrochen gewesen, durch den Sturz über eine Böschung war sein Becken zerschmettert worden. Man hatte Oppenheim unehrenhaft aus dem Dienst entlassen. Ein ganzes Jahr lang hatte er sich mit Gelegenheitsjobs durchgeschlagen, unter anderem als Möbelpacker. Die Firma, für die er Anrichten aus Massivholz von einem Ort zum anderen hievte, belieferte auch das Savoy. Oppenheim gefiel die Hotelatmosphäre, er stellte sich in der Personalabteilung vor und wurde als Mann fürs Grobe eingestellt. Jedes Mal wenn enorme Körperkräfte erforderlich waren, holte man den Neuen.

Eines Tages wünschte sich Sir Laurence, dass sein Bett aus der nördlichen Ecke des Kuppelzimmers in die südliche Ecke verlegt werden sollte, da er die Morgensonne nicht leiden konnte.

»Ich fürchte, da werden wir mehr als einen Mann brauchen«, sagte Sir Laurence, als Oppenheim allein ins Schlafzimmer trat.

Clarence verstand nicht, was der Boss meinte, und nahm sicherheitshalber die Mütze ab.

»Sehen Sie sich das Bett an«, fuhr Larry fort. »Das ist massive Ulme. Die Fundamente der London Bridge wurden auf Stämmen aus Ulmenholz errichtet und haben siebenhundert Jahre lang gehalten.« Er verschwand hinter seinem Seidenparavent, um sich umzuziehen.

»Verzeihung, Sir«, war alles, was Oppenheim erwiderte. Er trat in die Mitte des Bettgestells, von dem man die Matratze abgenommen hatte, hievte es über seinen Kopf und stellte es punktgenau dort ab, wo Sir Laurence es haben wollte. Als dieser hinter dem Paravent hervorkam, war alles schon erledigt.

Die beiden waren ins Gespräch gekommen. Larry

hatte erfahren, dass der muskelbepackte Riese über das Wissen und den logischen Verstand eines Polizisten verfügte, und fand es Vergeudung, ihn nur Möbel schleppen zu lassen. Als der unangenehme Mr Bleach krankheitsbedingt aus dem Hoteldienst schied, wurde Clarence Oppenheim dessen Nachfolger. Der neue Hoteldetektiv war äußerlich zwar auffällig, in seiner Arbeit jedoch feinfühlig und wachsam, er besaß einen erstaunlichen Spürsinn, wo eine Übeltat schlummerte, und sei sie noch so unbedeutend. Oppenheim hatte einen Juwelendiebstahl aufgeklärt, der sich als Versicherungsbetrug entpuppt hatte. Er entlarvte insgesamt drei Heiratsschwindler. Durch seine Nachforschungen war ein Hausdiener aufgeflogen, der im Savoy einen florierenden Rauschgifthandel betrieben hatte. Oppenheim hielt auswärtige Damen des Rotlichtgewerbes vom Hotel fern, beschützte aber Miss Rachel, weil ihn die dünne Person rührte und er einsah, dass man vom Tippen allein nicht leben konnte. Oppenheim war unverheiratet, er wohnte im Personaltrakt des Hotels und war damit zufrieden. Dorothy Pyke hatte sein Leben erschüttert. Er empfand es als Schwäche, dass er sie liebte, denn sie war kalt und gefährlich, er traute ihr nicht über den Weg und begehrte sie darum umso mehr.

Oppenheim fragte sich, was er zu finden hoffte, obwohl er schon hundertmal gesucht hatte. Er suchte Beweise gegen Dorothy, nicht weil es sie gab, sondern weil er ihr wehtun wollte. Seine schlimmste Untugend war es, nichts vergessen zu können, nicht das kleinste Detail, selbst wenn es Jahre zurücklag. Er erinnerte sich noch genau an den Moment, als er zum ersten Mal die Lust in Dottys Augen entdeckt hatte, wie sie ihm aus der Hose helfen wollte, aber mit seiner Gürtelschnalle nicht zurechtgekommen war. Bilder ihrer gemeinsamen Leidenschaft machten ihn jetzt, da Dotty nichts mehr von ihm wissen wollte, rasend. Oppenheim handelte aus niedrigen Beweggründen, und er wusste es. Deshalb strich er durch die Privaträume von Sir Laurence, mit jenem besonderen Blick eines Polizisten, der gelernt hatte, wer finden wollte, musste wissen, wie man versteckte. Das Gift, das Sir Laurence zur Strecke gebracht hatte, war nie entdeckt worden. Oppenheim wusste einiges über Gifte, die bitter schmeckenden, die geruchlosen, die gasförmigen. Vor Jahren hatte er eine Ehefrau überführt, die ihren Mann durch Rizin ins Jenseits befördern wollte. Heute saß sie in einer Strafvollzugsanstalt in Manchester. Nach wie vor glaubte Oppenheim nicht daran, dass Sir Laurences erster Anfall ein

Herzversagen gewesen war. Sein Spürsinn sagte ihm, in diesen Räumen hatte ein Verbrechen stattgefunden. Inzwischen war ihm auch die Kölnischwasser-Theorie zu Ohren gekommen. Oppenheim glaubte nicht an die Manipulation eines Parfumzerstäubers, weil sie zu kompliziert war. Nach seiner Erfahrung erwiesen sich die einfachsten Verbrechen als die wirkungsvollsten.

Auf knarrenden Sohlen, die das Gewicht des Gusseisenmannes tragen mussten, setzte Oppenheim Schritt vor Schritt. Er wusste nicht, was er suchte, er wusste nur, warum er es tat. Er musste ständig an sie denken, Miss Pyke, die schöne gefährliche Eisblume.

Im Krankenhaus durfte der Hund nicht bleiben. Selbst mit Hilfe von Dr. Hobbs hatte Violet das nicht durchsetzen können. Sir Laurence dagegen musste im Krankenhaus bleiben, nur hier erhielt er die nötige Behandlung und eine vierundzwanzigstündige Überwachung. Tagsüber lag Larry apathisch da. Er wollte kaum noch schreiben, und obwohl man seinem rechten Auge Bücher und Zeitungen vorlegte, interessierte es ihn nicht, zu lesen. Sein allgemeiner Zustand wirkte, als ob er rasch wieder dorthin aufbrechen wollte, woher man ihn gewaltsam zurückgeholt hatte.

So früh sie es schaffte, verließ Violet jeden Abend das Hotel. Den Hund hatte sie an der Leine. Tagsüber blieb er im Verwaltungstrakt. Ein Hausdiener führte ihn mehrmals aus, wenn er mit den Hunden reicher Gäste spazieren ging. Ein Besitzer hatte sich nicht eruieren lassen. Jeder Angestellte im Hotel kannte das Tier mittlerweile unter dem Namen Trudy. Obwohl es ein Rüde war, riefen alle ihn so und behandelten ihn als den Hund von Sir Laurence.

Allabendlich beobachtete Violet, wie sehr sich ihr Großvater über Trudys Besuch freute. Auch der Hund schien den Augenblick ungeduldig zu erwarten, bis er den alten Mann wiedersah. Die Begrüßung der beiden war stürmisch, Trudy sprang auf das Bett, drehte sich im Kreis, leckte Larrys Hände und benahm sich unbändig. Larry genoss Trudys Aufregung, seine linke Hand kam in Schwung und streichelte den Hund. Nach einer Weile kehrte Ruhe ein. Violet erzählte ihre Erlebnisse aus dem Hotel, mit denen sie Larrys Interesse zu wecken hoffte, doch kaum machte der Hund nur einen Mucks, schwand Larrys Aufmerksamkeit, er hatte nur noch ein Auge für Trudy. Das Krankenhaus tolerierte die besondere Therapie für einen besonderen Patienten. Man sah über die Hundebesuche stillschweigend hinweg.

An einem Donnerstag machte sich Violet mit Trudy wieder auf den Heimweg vom Hospital, als sie sich auf der Fleet Street plötzlich stehen blieb und eine entscheidende Frage stellte. »Muss Larry wirklich im Krankenhaus bleiben?«, fragte sie laut, da der Verkehr auf der großen Straße um diese Uhrzeit lärmte. Trudy hob abwartend den Kopf.

Was im St. Bartholomew's für Larry getan wurde, war nichts weiter, als die vegetativen Funktionen eines vollständig hilflosen Menschen in Gang zu halten. Dazu waren bestimmte Medikamente nötig, außerdem wurde er mehrmals am Tag umgelegt, damit das Wundliegen vermieden wurde. Man wusch ihn morgens und abends und wechselte seine Windeln, man fütterte, rasierte und kämmte ihn. Im Übrigen überließ man den Gelähmten sich selbst. Man überantwortete ihn den vielen endlosen Stunden, in denen er mit sich, seinen Gedanken und seinen Gefühlen allein war. Gegen die Qual der Untätigkeit, gegen das Gefängnis seiner Erstarrung konnte man nichts tun. Man wusste nicht, ob er innerlich vor Einsamkeit und Verzweiflung schrie, ob er dem Leben entfliehen wollte, aber nicht konnte. Man hatte von gelähmten Selbstmördern gehört, die sich umgebracht hatten, indem sie ihre Zunge abgebissen hatten und daran erstickt waren, aber so etwas würde Sir Laurence nicht tun. Er würde weiter leiden. Es gab keinen Ausweg für ihn.

Es gab einen Ausweg, dachte Violet. Wieso sollte Larry nicht nach Hause zurückkehren, wo Trudy Tag und Nacht bei ihm bleiben könnte, der kleine Hund, der sich als unerwartetes Geschenk des Schicksals entpuppt hatte? Wenn Larry Trudy um sich spürte, schien er mit seinem Dasein zufrieden zu sein. Weshalb sollte man die Voraussetzung für diesen Frieden nicht schaffen, für das kleine Glück, das ihm noch blieb?

Violet war die Direktorin des Hotel Savoy. Sie war eine wohlhabende Frau und hatte vor, ihren Reichtum richtig einzusetzen. Sie wollte Geld in die Hand nehmen, eine Menge Geld, damit es ihrem Großvater besser ging. Am nächsten Tag begann sie mit den Vorbereitungen. Sie bat Dr. Hobbs ins Savoy und zeigte ihm, während Henry gerade Mittagspause machte, die Räumlichkeiten im fünften Stock. Sie erkundigte sich, wie viele Schwestern und Ärzte nötig sein würden, um Sir Laurence im Hotel die gleiche Behandlung zuteil werden zu lassen wie im St. Bartholomew's. Sie zer-

streute die medizinischen Bedenken von Dr. Hobbs,
indem sie ihm mitteilte, dass sie es in jedem Fall so
machen würde, mit oder ohne seine Zustimmung.
Schließlich versprach er die nötige Hilfe. Was noch zu
tun blieb, war, mit Young Henry zu sprechen, denn er
würde Larrys Büro wieder räumen müssen. Dort sollte
der Bereitschaftsdienst einquartiert werden, der sich
rund um die Uhr um Sir Laurence kümmern würde.

Violet machte sich auf, Henry um seine Einwilligung
zu bitten. Sie war zuversichtlich, dass er zustimmte,
schließlich konnte er seinem kranken Vater die Rückkehr in dessen angestammtes Reich schwerlich verweh-
ren.

26

Das Bildnis

»Henry war zunächst dagegen«, sagte die Frauenstimme am anderen Ende der Leitung. »Mein Mann ist manchmal so ein Kindskopf.«

»Ein Kindskopf nicht«, entgegnete Kamarowski. »Ihr geschätzter Gatte denkt nur manchmal nicht weit genug.«

»Unser Gespräch mit Violet war schwierig«, gab die Stimme zu. »Zunächst habe ich mich natürlich auf Henrys Seite gestellt und sagte, dass man ihn nicht einfach aus seinem Büro ausquartieren könnte.«

»Das war klug von Ihnen.«

»Vi hielt dagegen, dass man die kommende Zeit für Larry so angenehm wie möglich machen müsse, man wisse schließlich nicht, wieviel ihm noch bleibe. Es gebe andere schöne Büros, sagte sie, es gehe um das Wohl ihres Großvaters und so weiter und so fort.«

Kamarowski streckte sich, er liebte seinen schwarzen Schlafanzug und hätte den ganzen Tag darin verbringen können. Vom Bett seiner Suite aus hatte er Blick auf das rote Sofa im Nebenzimmer. Er erinnerte sich an den netten Juden, der dort gefrühstückt hatte. Wie mochte es Herrn Lilienthal wohl ergangen sein?

»Hallo, Viktor, sind Sie noch dran?«, fragte die Stimme.

»Natürlich«, gab er zurück. »Verraten Sie mir, wie Sie das Gespräch zum richtigen Ende hin manövriert haben.«

»Durch weibliche Solidarität«, antwortete die Stimme. »Ich zog mein Taschentuch und habe mir die Nase geputzt. Dann bin ich hinter Henry getreten und sagte: Vi hat recht. Wir wissen nicht, wie lange Larry noch lebt. Er soll die Zeit genießen. Darauf hat mich mein süßer Henry angesehen, hat begriffen, was ich meinte, und wandte sich zu Violet. – Vielleicht geht es meinem Vater sogar eines Tages besser, sagte er.«

»Glänzend.« Kamarowski wälzte sich auf die andere Seite.

»Ja, wenn Henry das richtige Stichwort kriegt, ist er durchaus nicht auf den Mund gefallen«, bestätigte die Stimme.

»Dann dürfen wir uns also bald auf die Rückkehr des Königs freuen«, lächelte Kamarowski. Ein Blick aus dem Fenster, er beschloss, heute gar nicht aus dem Haus zu gehen.

»Sobald Larry wieder im Hotel ist, wird alles einfacher«, antwortete Judy.

»Erheblich einfacher.« Kamarowski verabschiedete sich und legte auf. Für einen Augenblick überlegte er, Gemma noch auf einen Drink zu sich zu bitten, doch eigentlich fehlte ihm die Lust dazu.

Einige von denen, die im Foyer Spalier standen, erschraken, als sie Sir Laurence zum ersten Mal nach dem Zusammenbruch wiedersahen. Das war nicht mehr der elegante König, den man im Cutaway oder Frack kannte, der seine Gäste in allen möglichen Sprachen der Welt begrüßt hatte. Das war ein regungsloser alter

Mensch, dessen Körper die Decke auf der Bahre kaum noch wellte. Trotzdem wurde Sir Laurence wie ein König ins Savoy hineingetragen. Seine Angestellten klatschten Beifall, als ihr alter Herr an ihnen vorbeizog. Larrys Auge ging staunend über die vertrauten Gesichter hin, seine linke Hand war halb erhoben, er winkte leicht, er winkte schwach, doch wer es sah, fand, er winkte wie ein Fürst.

Violet hatte zunächst vorgehabt, ihren Großvater bei Nacht und Nebel ins Hotel zu schleusen, um ihm zu ersparen, angestarrt zu werden. Sie hatte die Rechnung ohne ihn gemacht. Larrys linke Hand war energisch dagegen gewesen. *Nein*, schrieb die Hand. *Sie sollen mich sehen*, schrieb die Hand. *Wir verstecken uns nicht.*

»Recht hast du«, hatte Violet geantwortet. »Sie sollen sehen, dass du wieder da bist.«

Violet ging voran, hinter ihr wurde Larry durch das Foyer getragen. An seiner Seite tänzelte Trudy. Noch nie hatte man den Hund so stolz gesehen, fast als ob er sagen wollte: Seht her, ich bringe euch mein Herrchen nach Hause. Der kleine Tross erreichte Fahrstuhl Nummer drei, Otto hatte die Tür geöffnet und ließ die Sanitäter mit ihrer Fracht eintreten. Danach kamen Violet und Trudy. Das Personal umringte den Aufzug, während Otto das Scherengitter schloss.

»Fünfter, Sir Laurence?«, fragte er. Die Zustimmung der linken Hand erfolgte, Otto drückte den Knopf, unter dem Applaus der Belegschaft schwebte Sir Laurence himmelwärts.

Oben angekommen, wartete das nächste Empfangskomitee auf ihn und geleitete Larry in seine Räume. Young Henry, im hellen Anzug mit optimistisch grüner Krawatte, küsste seinen Vater auf beide Wangen. Judy wartete respektvoll, schließlich trat auch sie heran und legte ein Sträußchen Dahlien auf Larrys Bahre. Das Auge musterte die beiden, die Blumen schienen ihn zu freuen.

Larrys Büro hatte sich stark verändert. Sauerstoffflaschen standen bereit, ein Medizinschrank war befüllt, ein ambulanter Operationstisch herbeigeschafft worden, samt Leuchten und dem nötigen Besteck. Dr. Hobbs erwartete seinen Patienten und stellte einen jüngeren Kollegen vor, der von nun an ständig im Savoy bleiben und rund um die Uhr zur Verfügung stehen würde. Drei Schwestern waren engagiert worden, sie begrüßten Sir Laurence, indem sie ihre Namen sagten – Sarah, Joanne und Ingeborg. Der Zug mit der Bahre bewegte sich weiter und erreichte das Schlafzimmer, in dem das Meiste unangetastet geblieben war. Sir Laurence sollte nicht von einem Krankenzimmer ins nächste wechseln. Hier war die Reise des kranken Mannes zu Ende. Dr. Hobbs bat die Anwesenden nach draußen. Der Moment, wenn Larry umgebettet werden sollte, war nicht für aller Augen bestimmt. Einer ließ es sich nicht nehmen, als Letzter auf Sir Laurence zuzutreten, das war Oppenheim. Da er nicht hoch über seinem Herrn stehen wollte, ging der mächtige Kerl neben der Bahre auf die Knie.

»Sir …«, begann er und wusste schon nicht weiter. »Alles wird jetzt wieder gut, das verspreche ich Ihnen, Sir.« Oppenheim wandte den Blick ab, der Kranke sollte seine feuchten Augen nicht sehen. Erleichterung, Glück und alle Liebe, zu der der Gusseisenmann fähig war, lagen in seinem Blick. Larrys linke Hand bewegte sich, Clarence griff danach und drückte sie voll Inbrunst. Im Hinausgehen fiel sein Blick auf Dorothy, die mit ihrer Chefin redete. Oppenheim nickte Miss Pyke höflich zu.

Violet war müde bis auf die Knochen. Es gab so etwas wie eine emotionale Müdigkeit, die mit nichts anderem zu vergleichen war. Es kam ihr vor, als hätte sie in letzter Zeit all ihr Gefühl aufgebraucht. Sie saß im Halbdunkel. Nur ein kleines Licht brannte an Larrys Bett. Sie wusste nicht, ob er schlief oder ob dies sein normaler Dämmerzustand war. Die anderen waren gegangen, Judy und Henry als Erste, bald darauf Dorothy. Die Schwestern hatten ihre Pflicht getan, zwei saßen draußen, eine ruhte. Oppenheim war als Letzter aufgebrochen. Er ähnelt dem Hund, dachte Violet, am liebsten würden Trudy und der Detektiv sich gar nicht von Larry trennen.

Sie zwang sich, aufzustehen. Wenn sie noch länger hier sitzenblieb, würde sie einschlafen. »Komm, wir gehen noch mal raus.«

Es war dem Hund anzusehen, dass er in Frieden gelassen werden wollte. Doch Violet brauchte einen Grund, um die bleierne Schwere abzuschütteln. »Komm schon, mein Junge.« Sie trat vor Trudys Körbchen und befestigte die Leine an seinem Halsband. Missmutig trottete er mit.

Vor dem Zimmer redete Violet ein paar Worte mit den Schwestern, bestätigte, dass es dem Patienten recht gut gehe, verließ Larrys Reich und fuhr in die Lobby. Der Türsteher sah sie kommen und öffnete, Violet und der Hund traten ins Freie.

Als sie nach zehn Minuten wiederkamen, waren beide durchnässt von Kopf bis Fuß. Der Regen hatte sie hinterrücks überfallen. Da Violet keine Lust gehabt hatte, sich unterzustellen, waren sie im strömenden Regen ins Hotel zurückgelaufen. Man konnte Trudy ansehen, dass sie der Frau am anderen Ende der Leine diesen Ausflug übel nahm.

»Darf ich Ihnen ein Handtuch bringen, Miss Mason?«, fragte der Rezeptionist. Sie winkte ab. Der Hund schüttelte sich aus Leibeskräften, ein Ehepaar sprang zur Seite. Violet beschloss, ihre Sachen bei John trocknen zu lassen, und betrat Aufzug Nummer eins. Der Liftpage war neu und stand stocksteif da, während er seine Direktorin beförderte.

Erschöpft lehnte Violet sich gegen die Kabinenwand. Plötzlich überkam sie die Überzeugung, dass sie sich endlich von John trennen musste. Hatten die letzten Wochen ihr nicht gezeigt, dass sie nur noch aus Gewohnheit mit ihm zusammen war, dass sie seine Bude nur deshalb allabendlich betrat, weil sie keinen anderen Ort hatte, wo sie hinkonnte? Alles fühlte sich falsch an.

Violet hatte kein Gefühl mehr, sie wollte kein Gefühl mehr haben. Als der Fahrstuhl im vierten Stock hielt, blickte sie zu Boden. Ihre nassen Kleider hatten eine dunkle Pfütze hinterlassen.

»Vierter, Miss Mason«, sagte der Liftboy, da sie keine Anstalten machte, auszusteigen. Trudy schaute abwartend zu ihr hoch. Violet hielt die Leine stramm, verließ den Aufzug und lief in die oberste Etage. Sie sah den Lichtstreifen unter der Tür, John war zu Hause.

Was hatte sie vorgehabt? Trennen wollte sie sich von dem Menschen, der das gemalt hatte? Violet stand vor dem Bildnis. Die Ehrlichkeit darin erschütterte sie, die Tiefe seines Blickes, die Kompromisslosigkeit. Niemand kannte Violet so gut wie John, niemand bot ihr diese allumfassende Umarmung. Da die Sprache nicht sein Medium war, da er ihr nicht sagen konnte, wie sehr er sie liebte, hatte er es gemalt. Das war kein zartes Bild. Grob und grell und schreiend hatte er sie dargestellt. Die Geige in Purpur, Violets Arme und Finger in leuchtendem Indigo, das Schwefelgelb ihrer Angst, das Zinnober ihrer Auflehnung, die Violine, die sich im Schwarz verlor, wo Violet sie niemals wiederfinden würde. Und als ob der farbige Aufschrei noch nicht genügte, erhob sich hinter dem Ganzen ein großer roter Hut. Woher hatte John das wissen können? Wie konnte er ahnen, dass Violets Vater stets mit einer roten Melone vor das Publikum trat? Egal, wodurch John die Eingebung gehabt hatte, die Person auf diesem Bild war Violet Mason, ihre Wirklichkeit, ihre Herkunft und die Gefahr, in der sie schwebte.

Sie konnte das Bild nicht aus den Augen lassen. Mit der linken Hand tastete sie nach John, der hinter ihr stand.

»Oh Gott«, seufzte sie. »Ach du lieber Gott.« Sie wollte seine Arme spüren und zog ihn an sich. In zwei Tagen war Violet mit Max verabredet, es gebe Neuigkeiten, hatte er am Telefon gesagt, seine Stimme hatte verheißungsvoll geklungen. »John, ich liebe dich.«

Es war kein Weinen, das aus Violet hervorbrach. Das war die schreckliche Scham, weil sie ihn eben noch hatte von sich stoßen wollen. Aber er war doch John, ihr wunderbarer John, von dem sie vielleicht eines Tages fortgehen musste, nur wie sie das anstellen sollte, blieb ihr unbegreiflich.

27

Eccentric Club

Oppenheim fühlte sich schwach, er hatte getrunken. Wenn er getrunken hatte, wurde er sentimental. Es brauchte nicht viel Alkohol bei ihm, der riesenhafte Kerl vertrug so gut wie nichts.

»Entschuldige«, sagte er. »Du hast recht, das war gemein von mir.« Vor Oppenheim stand sein zweiter Whisky. Paulo spielte mit düsterer Miene *The Land Of Might Have Been*, zuckersüß, wehmütig, ahnungsvoll. Und da saß sie, die ernste bleiche Liebe bei ihrem dritten Gin und war so unveränderlich schön und klar und rein, dass er kaum wagte, sie anzusehen.

»Weißt du, was ich mir wünsche?«, fragte Dorothy.

»Was denn?« Oppenheim saß ganz still. Er fürchtete, sein Gewicht würde den Barhocker sonst zum Einsturz bringen.

»Dass wir uns wieder besser verstehen.«

Er hob den Blick in ihre kühlen Augen. In diesem Moment sprach Freundlichkeit, Verständnis und die Hoffnung auf Versöhnung aus ihnen. »Ja, das fände ich auch schön«, sagte Oppenheim.

»Es ist schrecklich, wenn wir uns nur Verachtung entgegenbringen, wenn wir uns zerfleischen, kaum dass wir einander begegnen.«

Wie gern hätte er jetzt ihre Hand genommen oder seinen Kopf an ihre Brust gelegt, aber Clarence verstand, dass sie es anders meinte. Sie meinte, mit der Liebe hatte es zwischen ihnen nicht geklappt, also sollten sie besser damit aufhören und nur noch gute Kollegen sein. Das widersprach zwar seinen Wünschen, war aber ein Schritt in die richtige Richtung. Wenn Dorothy ihn nicht mehr ablehnen würde, wenn man einander auf neutralem Terrain begegnete, bestand die Möglichkeit, dass alte Gefühle wiederkehrten und neue aufflammten.

Oppenheims Entschuldigung von vorhin bezog sich

darauf, dass er ihr seine Untersuchung gebeichtet hatte. Sein Verdacht gegen sie war von dem Gedanken fehlgeleitet gewesen, dass er etwas finden wollte. Mit klarem Kopf bereute Oppenheim seine Nachforschungen zwar nicht, doch im Moment war sein Kopf benebelt, der Alkohol setzte seine Wehleidigkeit frei und sein schlechtes Gewissen. Immerhin versetzte ihn der Umstand, dass er gebeichtet hatte, in die Lage, mit Dorothy in der Bar zu sitzen. Diesmal hatte sie seinen Drink nicht ausgeschlagen. Der Nightingale Room war gut besucht, der Mixer hatte viel zu tun, die Kellner flitzten umher.

Dorothy legte ihre feine Hand auf seinen Unterarm. »Du wirst nichts finden, Clarence«, sagte sie, »weil es nichts zu finden gibt.«

Er genoss die Wärme, die er durch den Anzugstoff spürte. Er wollte dieser Frau nicht schaden, im Gegenteil. »Wenn wir früher schon miteinander geredet hätten, wäre alles einfacher gewesen.« Impulsiv rutschte er vom Hocker und wollte sie umarmen.

»Nicht«, sagte sie leise. »Die Leute schauen schon.«

»Sollen sie schauen.«

Sanft schob sie ihn zurück. »Nein, Clarence. Du bist der Hoteldetektiv, ich bin die Assistentin von Miss

Mason. Dies ist der Nightingale Room. Wir müssen uns benehmen.«

»Hast recht.« Clarence winkte dem Mixer. »Noch einen.« Der Barmann griff zur Flasche. »Wollen wir also wieder Freunde sein?«

Sie zögerte. »Ich habe damals mein Vertrauen zu dir verloren. Die Sache mit dem Gift war schrecklich. Es hat mich so verletzt.«

Er bekam seinen Drink und leerte ihn in einem Zug. »Ich war ein Idiot. Ich bin ein Idiot. Wie konnte ich wirklich glauben, dass du Sir Laurence etwas antun willst?«

»Mr Oppenheim?«, sagte jemand hinter ihnen.

Unpassender hätte kein Moment sein können. »Ja?«

Ein Hausdiener war es. »Im zweiten Stock wird geschrien.«

»Na und?«

»Das Zimmermädchen hat Schreie aus Zimmer zwei eins vier gehört. Sie sagte, es wäre besser, wenn Sie kommen.«

»Zweihundertvierzehn?« Oppenheim wandte sich zu Dorothy.

»Geh nur.« Wie zart sie lächeln konnte, wie mädchenhaft.

»Die Pflicht ruft«, antwortete er und kam sich im Moment äußerst wichtig vor. »Finde ich dich später hier?«

»Nein, ich gehe gleich zu Bett.« Sie gab ihm die Hand. »Danke für den Drink. Es war nett.«

»Das finde ich auch.« Er drückte die weißhäutige Hand, nicht zu fest, und schritt hinter dem Hausdiener her. Auf knarrenden Sohlen und mit geschwellter Brust verließ Oppenheim den Nightingale Room.

»Sie reisen früher ab?«, fragte Violet.

»Man ist eben nicht Herr seiner Zeit.« Kamarowski küsste ihr die Hand.

Violet begleitete den Stammgast, mit dem sie einmal getanzt und ein andermal über Gift geplaudert hatte, zum Ausgang. Kamarowski reiste mit leichtem Gepäck, ein Hausdiener folgte ihm mit zwei Koffern. Der Doorman öffnete die Schwingtür, sie traten ins Freie.

»Geht es nach Hause?«

»Ich wünschte, es wäre so.« Kamarowski schloss den Mantel. »Ich habe noch einen letzten Termin in London, dann setze ich nach Ostende über.« Er bemerkte, dass Violet die Arme verschränkte. »Sie frieren, Miss Mason.

Bitte gehen Sie wieder hinein. Ich will nicht schuld daran sein, dass das Savoy einen Schnupfen kriegt.«

Sie nickte lächelnd. »Es ist früh kühl geworden in diesem Jahr.«

»Jedes Jahr gibt es im Herbst noch einige schöne Tage, die uns an den Sommer erinnern.« Bevor er den Handschuh anzog, gab er ihr die Hand. »Good bye, Miss Mason. Wenn Sie mögen, grüßen Sie Ihren Großvater von mir. Meine besten Genesungswünsche.«

»Danke, Mr Kamarowski. Alles Gute für Ihre Unternehmungen.«

»Oh, da bin ich zuversichtlich.« Er nahm die ersten Stufen. »Ein bestimmtes Unternehmen entwickelt sich gerade ganz in meinem Sinn.«

Kamarowski erreichte das Taxi, Violet winkte noch einmal und machte kehrt. Der Doorman, der ihr öffnen wollte, sah sich in der Zwickmühle, ob er zuerst die Direktorin hinein oder einen Gast hinauslassen sollte. Violet deutete an, dass der Kunde König sei und trat zur Seite. Eine hübsche junge Frau verließ das Hotel, auffällig nicht durch ihre Schönheit, sondern durch die Art, wie sie ihre Weiblichkeit präsentierte. Wasserstoffblondes Haar, kräftig umrandete Augen, leuchtend rote Lippen. Der Pelzmantel wirkte kostbar, trotzdem ging

etwas Billiges von ihr aus. Die Frau nickte Violet zu,
der Doorman eilte zum Taxi voraus. Während der
Hausdiener mit dem Gepäck folgte, warf Violet einen
Blick auf ihre Koffer. Auf jedem fand sich das Monogramm G. G. Violet kehrte in die Halle zurück und näherte sich den Fahrstühlen. Otto machte eine Verbeugung. Sie wollte nicht mit ihm fahren und nahm Aufzug
Nummer eins.

In welchem Londoner Gentlemen's Club, der auf Tra-
dition hielt, würden ein Ausländer, ein Jude und eine
Frau Zutritt erhalten? Natürlich im Eccentric Club. Er
existierte bereits seit 1781 und war zuerst in Covent
Garden angesiedelt gewesen. Unter seinen Mitgliedern
befanden sich Persönlichkeiten der literarischen, philo-
sophischen und politischen Welt. Zweimal geschlossen
und wiedereröffnet, residierte *The Third Eccentric Club*
seit 1893 in den Räumen des früheren *Dieudonné's
Hotel* in der Ryder Street. Der Club führte die Nacht-
eule als Symbol. Seine Mitglieder waren für ihre Phil-
antropie bekannt, so hatten sie 25.000 Pfund für Am-
putationsopfer des Ersten Weltkriegs gespendet. Zu
Weihnachten durften sich die Armen des Viertels vor
dem *Eccentric Club* für eine freie Mahlzeit anstellen.

Kamarowskis Fahrt war von kurzer Dauer. Als sein Taxi in der Ryder Street hielt, wurde er von seinem Freund, Sir Gerald Busson du Maurier in Empfang genommen. Sir Gerald gehörte einer alteingesessenen Künstlerfamilie an. Seine Popularität ging so weit, dass eine Zigarettenmarke nach ihm benannt worden war. Sir Gerald rauchte die Du Maurier nicht selbst, er gestattete nur die Verwendung seines Namens. Er hatte drei Töchter, deren mittlere, Daphne, gerade ihren ersten Roman veröffentlicht hatte.

Auf Empfehlung von Sir Gerald fand Kamarowski Eingang in den Eccentric Club. »Konntest du den Elephant Room für mich reservieren?«, fragte er, während die beiden die Clubräume betraten.

»Er steht zu deiner Verfügung.« Du Maurier war ein drahtiger Mann, der Kamarowski stets um zwei Schritte vorauseilte.

»Hat das Menü auch die gewünschte Raffinesse?«

Du Maurier lächelte. »Die Küche hat sich etwas einfallen lassen. Eine Consommé Duse, darauf ein Filet de Merlan au Gratin und als Hauptgang gibt es Chateaubriand à la Shakespeare.«

»Prächtig.« Kamarowski rieb sich die Hände.

Sie ließen die Salons mit zeitungslesenden Gentlemen

vor knisternden Kaminfeuern hinter sich und erreichten den Elephant Room, wo der präparierte Schädel eines Elefantenbullen inklusive Stoßzähne fast zwei Yards in den Raum ragte.

»Dein Gast ist bereits angekommen.« Sir Gerald schüttelte den Kopf. »Unverständlicherweise hat er Holunderlimonade bestellt.«

»Tja, die Deutschen«, antwortete Kamarowski. »Wer wird sie je verstehen?«

»Sobald die Dame eintrifft, werde ich dich benachrichtigen. Sie muss sich allerdings damit abfinden, dass ich sie über den Seiteneingang hereinschleuse. Wir sind zwar der Eccentric Club, aber eine Frau in unseren Räumen …« Er hob die Schultern. »Alles hat schließlich seine Grenzen.«

Nachdem du Maurier gegangen war, zog Kamarowski sein Taschentuch und tupfte sich die Stirn ab. Er war nervös, von dieser Unterredung hing eine Menge ab.

Eine halbe Stunde später betrat Lady Edith den Salon an der Seite von Sir Gerald, der sich sofort verabschiedete. Kamarowski bot der Herzogin einen Platz an der Stirnseite des Tisches an.

»Hatten Sie eine angenehme Reise?«

»Ich werde erwartet«, antwortete sie mit der ihr eigenen Kühle. »Daher wäre ich Ihnen dankbar, wenn wir es kurz machen könnten. Eigentlich hatte ich keine Notwendigkeit für eine weitere persönliche Unterredung gesehen. Wir sollten unseren Austausch besser dem Telefonapparat anvertrauen.« Unwillig warf sie ihre Handschuhe auf den Tisch.

»Ein Glas Wein?« Kamarowski griff zur Karaffe.

»Nicht für mich.«

»Kaffee?«

»Wollen Sie bitte zum Punkt kommen, Viktor?«

»Ich möchte Sie jemandem vorstellen.« Kamarowski trat vor eine Tür, die in die Wandvertäfelung eingelassen war.

»Noch ein Gast?« Sofort stand sie wieder auf. »Das war nicht vereinbart.«

»Der Gentleman ist einen weiten Weg gereist, nur um Sie kennenzulernen.« Kamarowski drückte die Tür nach innen auf, verschwand in der Öffnung und kehrte nach Sekunden mit einem Herrn von unauffälligem Aussehen zurück. Er war leicht untersetzt, trug einen dunklen Gehrock, hatte einen kahlrasierten Schädel und einen kurz gehaltenen Schnäuzer.

»Darf ich vorstellen?« Kamarowski trat zwischen die beiden. »Das ist Herr Paul Silverberg aus Köln. Herr

Silverberg hat eine maßgebliche Funktion im deutschen Braunkohlebergbau. Und das ist …«

»Silverberg?«, fragte die Herzogin, ohne die weitere Vorstellung abzuwarten. »Sagten Sie – Paul Silverberg?«

Der Mann machte eine steife Verbeugung. »Sehr angenehm, Herzogin.«

Durch eine Geste deutete Kamarowski an, dass man sich doch setzen könnte. »Ich bin sicher, Herr Silverberg und Sie haben eine Menge zu besprechen, Lady Edith.«

»Paul Silverberg …« Bereitwillig nahm die Herzogin als Erste Platz. »P. S.«, setzte sie kaum hörbar hinzu.

Kamarowski bediente den Klingelknopf. In wenigen Minuten würde der erste Gang serviert werden, die Consommé Duse, eine Suppe zu Ehren der großen Künstlerin.

28

Eine Frage der Liebe

»Früher sind Sie einander also nahegestanden?«, fragte Violet.

»Mehr als das.« Oppenheim säbelte an seinem Stück Fleisch herum, als ob es aus Leder wäre. »Für mich war es mehr. Viel mehr.«

Violet betrachtete ihren Detektiv voll Anteilnahme. Wenn man mit seinen Gefühlen nicht zurechtkam, wenn man bangte, hoffte oder fürchtete, wünschte man sich ein geduldiges Ohr, das bereit war, sich diese Seelenqualen anzuhören. Früher hatte Violet für solche Momente ihren Großvater gehabt, manchmal auch John, aber wen gab es für Oppenheim? Jeder sah in ihm die wandelnde Verkörperung von Kraft, einen Mann, den nichts umhauen konnte. Dabei hatte es nur des strengen Blicks und der Sprödigkeit von Dorothy Pyke bedurft, um den Riesen zu bezwingen.

Er warf sein Besteck hin. »Das ist einfach nicht zu beißen.«

»Die Küche gibt sich Mühe«, entgegnete Violet. »Es ist nicht leicht, ein Roastbeef stundenlang saftig zu halten.« Sie nahm einen Bissen Püree. Seit sie mit dem Barpianisten hier gesessen hatte, aß Violet häufiger in der Personalkantine. Diese Menschen waren ihr näher als die mondänen Ladys und gelangweilten Gentlemen, die sich auf der noblen Seite des Savoy tummelten.

Als Violet Oppenheim vorhin hier bemerkt hatte, fand sie es angebracht, mit ihm ein persönliches Gespräch zu führen.

»Wie soll das zwischen Ihnen beiden jetzt weitergehen?«, fragte sie, weil sie wusste, nichts besprach der unglücklich Liebende lieber als seine unglückliche Liebe.

Oppenheim starrte auf die Reste seines Essens. »Das Gift hat uns auseinandergebracht.«

»Das Gift?«

»Sir Laurence ist überzeugt gewesen, dass er vergiftet worden war. Also musste ich Dorothy verhören.« Oppenheim suchte Zustimmung in Violets Blick. »Ich konnte gar nicht anders handeln. Das hat sie so gekränkt, dass sie nichts mehr von mir wissen will.«

»Ganz ehrlich, Clarence, glauben Sie denn, dass meinem Großvater etwas Unnatürliches zugestoßen ist?«

»Ich weiß es nicht.« Oppenheim strich seine Krawatte glatt. »Ich habe die Zimmer von Sir Laurence wieder und wieder durchsucht. Da war nichts, nicht das Geringste. Zumindest konnte ich es nicht finden.«

Sie zögerte. »Es gibt einen Verdacht, dass Mr Brandeis etwas damit zu tun hatte.«

»Die Kölnischwasser-Theorie?« Eine seltene Ironie schlich sich in Oppenheims Blick.

»Ich weiß, es klingt abwegig, aber mein Großvater selbst hat uns darauf gebracht. Auch Dorothy war der Meinung, dass Mr Brandeis die Finger im Spiel hatte.«

»Dorothy?« Oppenheim straffte das Kreuz.

»Es gab eine Befragung von Otto, dem Liftpagen. Dabei hat Dorothy den Jungen ziemlich ins Schwitzen gebracht.«

»Dorothy ist dabei gewesen?«

»Sie ist meine Assistentin.«

»Was hat sie zu Otto gesagt?«, fragte Oppenheim in verändertem Ton.

»Sie sagte, dass Mr Brandeis Tabak importiert hätte, weshalb sollte er sich also nach den Gewohnheiten eines Hoteldirektors erkundigen?«

»Wollen Sie sagen, Dorothy kannte Brandeis?«

»So habe ich sie verstanden. Sie wollte wissen, welchen Zusammenhang Otto zwischen dem Verhalten von Mr Brandeis und dessen Sturz aus dem Fenster gezogen hätte.«

»Dorothy wusste, wie Brandeis gestorben ist?«

»Wieso?«

»Weil sie das Hotel bereits verlassen hatte, als der Tod von Mr Brandeis bekannt wurde.«

»Die ganze Küchenbelegschaft wusste davon. So etwas lässt sich unmöglich geheim halten.«

»Dem Personal wurde absolutes Stillschweigen auferlegt.«

»Was schließen Sie daraus?«

Oppenheim legte das Besteck ordentlich zusammen. »Ach, nichts. Wahrscheinlich bedeutet es gar nichts.« Er stand auf. »Nach diesem Roastbeef brauche ich unbedingt ein Stück Pflaumenkuchen. Wie sieht es mit Ihnen aus?«

Nur ein Licht brannte auf dem Nachttisch. Auf der Bettdecke des alten Mannes lag der Hund und träumte. Von Zeit zu Zeit regte sich Larrys linke Hand, berührte Trudy und wurde beschnüffelt. Die Stunden, die Stille, die Nacht brach herein.

»Na, du Schöner«, sagte eine Stimme von der anderen Seite des Schlafzimmers.

Trudy hob den Kopf.

»Ich habe dir etwas mitgebracht.«

Dem Hund war nicht danach, seinen Lieblingsplatz aufzugeben, aber dem Geruch konnte man immerhin nachgehen.

»Ist das was Feines?«, sagte die Stimme. »Ja, so etwas Feines habe ich für dich.«

Der Hund schnupperte und kroch an den Bettrand.

»Willst du das, ja?« Die Stimme hatte sich bewegt und erreichte das Hundekörbchen. Willst du es haben?«

Der Hund sprang vom Bett, folgte seiner Nase und schnappte nach dem, was die Hand ihm anbot. Es war ein Leckerbissen.

»Brav, sehr brav, ja, ein ganz Braver bist du.« Die Hand streichelte ihn. »Lass es dir schmecken.«

Der Fleischbrocken war rasch vertilgt, mit dem Knochen ließ Trudy sich Zeit. Er grunzte und genoss die Abwechslung, die den Abend mit seinem Herrchen unterbrochen hatte.

»Guten Abend, Sir Laurence«, sagte die Stimme freundlich.

Während seiner Mahlzeit blickte der Hund auf. Der Spender des Knochens trat ans Bett des alten Mannes. Nur dessen Kopf war noch zu sehen. Vor ihm stand eine Silhouette.

»Die Rückkehr nach Hause tut Ihnen sichtlich gut.« Die Silhouette nahm einen Gegenstand aus der Tasche. »Es würde mich nicht wundern, wenn Sie eines Tages wieder ganz gesund sein werden. Ich stelle mir vor, dann fangen Sie sogar an, wieder zu sprechen und verlassen dieses Bett.«

Während Trudy an dem Knochen nagte, um an das Mark zu kommen, legte die Silhouette den Gegenstand auf Sir Laurences Nachttisch.

»Ehrlich gestanden finde ich das besorgniserregend«, sagte die Stimme. »Jeder kennt Ihren außergewöhnlichen Spürsinn. Sollte in Ihrem Kopf erst wieder Klarheit herrschen, werden Sie die Zusammenhänge sicher bald durchschauen, davon bin ich überzeugt.«

Die Silhouette zeigte auf Trudy. »Bevor der Hund mit dem Knochen fertig ist, muss ich Sie wieder verlassen, Sir Laurence. Schwester Ingeborg ist eine reizende Person, sie hat angeboten, Tee für uns zu holen. Ich habe ihr versprochen, so lange auf Sie aufzupassen.« Die Silhouette strich das weiße Haar aus der Stirn des alten Mannes. »Wenn jemand dem Tode so nahe ist wie Sie, Sir Laurence, stellt der tatsächliche Tod keine Überraschung mehr dar, weder für Sie noch für Schwester Ingeborg, die Ihren Tod gleich feststellen wird.«

Die Silhouette nahm den durchsichtigen Gegenstand vom Nachttisch, setzte sich an den unteren Bettrand und schlug die Decke zurück.

»Warum konnten Sie nicht das Zeitliche segnen, Larry, so wie jeder anständige Mensch das getan hätte?«

Zwei weiße Füße kamen zum Vorschein. Die Silhouette hob den Gegenstand vor das Licht der Lampe. »Wissen Sie, wieviel von dem Zeug wir bereits in Sie hineingepumpt haben? Es würde ausreichen, um das Herz eines jungen Mannes stillstehen zu lassen. Bei Ihnen hat es leider nicht genügt. Sie klammern sich an dieses Leben.«

Die Silhouette nahm den leblosen Fuß des Patienten und legte ihn auf ihren Schoß.

»Zu Beginn hatten Sie den richtigen Riecher, Larry. Das Zeug war tatsächlich im Tee. Die einfachste Methode ist meistens die wirkungsvollste. Wissen Sie, von wem ich das gelernt habe? Von Ihrem Liebling Oppenheim. Immerhin sind wir in London, Sir. Wo sollte man das Gift wohl sonst vermuten, wenn nicht im Tee?« Ein Lächeln. »Leider habe ich zu wenig davon genommen, das war unverzeihlich. Durch meinen Fehler habe ich all die Ereignisse erst in Gang gesetzt.«

Die Hand spreizte den zweiten und dritten Zeh von Sir Laurence auseinander.

»Danach konnte ich nichts anderes tun, als das Hotel zu verlassen. Früher oder später hätten Sie mich durchschaut.«

Sie hielt die Nadel senkrecht und ließ einige Tropfen hervorquellen.

»Übrigens war Ihr Verdacht mit dem Kölnischwasser nicht aus der Luft gegriffen. Nachdem ich gescheitert war, musste Mr Brandeis sich etwas Neues einfallen lassen. Bedauerlicherweise hat er die Verwirklichung seiner Idee nicht mehr erlebt.«

Während sie sprach, hatte die Silhouette nicht auf den

Hund geachtet. Das Tappen kleiner Füßen zeigte ihr, dass Trudy seinen Knochen im Stich ließ und in den hinteren Teil des Zimmers lief. Dort stand der Paravent von Sir Laurence.

»Wo willst du denn hin?«, rief sie, während sie die Spritze zwischen den Zehen in die Haut stach.

»Weg damit«, sagte eine andere Stimme, die bis jetzt nichts gesagt hatte.

Miss Pyke erschrak so sehr, dass sie einen Schrei ausstieß.

»Weg damit, Dotty«, wiederholte die Stimme, während eine riesenhafte Erscheinung hinter der seidenen Wand hervortrat.

Miss Pyke wollte die Enttäuschung nicht hinnehmen, dass es ihr nicht einmal gelingen sollte, einen Wehrlosen zu töten. Sie versuchte, den Inhalt der Spritze trotz allem in den Fuß zu pumpen.

Kraft, Wille und Ausdauer traute man Oppenheim zu, Schnelligkeit nicht unbedingt. Diesmal war er schneller als der Blitz. Oppenheim riss Miss Pykes Hand mit der Spritze empor und brach ihr den Arm. Mit der anderen Hand schlug er sie so heftig ins Gesicht, dass sie ohnmächtig war, bevor ihr Kopf auf dem Boden aufschlug. Der Hass, den Clarence in diesem

Moment hegte, hätte ausgereicht, um sie zu töten. Doch gerade jetzt begann der kleine Hund, verwirrt durch die Ereignisse, aufgeregt zu bellen. Trudy sprang an dem bebenden Oppenheim empor, Trudy umsprang die leblose Miss Pyke. So bekam Clarence Gelegenheit, zur Vernunft zu finden und sich zu beruhigen. Er bückte sich, fühlte Dorothys Puls und stellte fest, dass sie lebte.

Clarence trat an das Bett seines Herren. »Alles in Ordnung, Sir Laurence«, sagte er mit brüchiger Stimme. »Es ist ausgestanden.«

Das rechte Auge des alten Mannes musterte den Detektiv. Die linke Hand zitterte heftig.

»Haben Sie alles mitangehört?«

Der Zeigefinger der linken Hand nickte Zustimmung.

»Manchmal täuschen wir uns in den Menschen, die wir lieben.« Clarence senkte den Kopf. »Jedem passiert das. Nicht nur Ihnen«, sagte er leise.

Die linke Hand lag bewegungslos auf der Decke. Das rechte Auge schloss sich.

Oppenheim zog den Hund von Miss Pyke fort und nahm Trudy auf den Arm. Er ging nach draußen, zum Telefon, rief die Rezeption an und ließ sich mit Scotland

Yard verbinden. Als Schwester Ingeborg mit dem Tee zurückkam, bat Oppenheim sie, das Zimmer des Patienten nicht zu betreten, bevor die Polizei eintreffen würde.

29

Dover — Ostende

Kamarowski freute sich auf die Erfolgsmeldung von Miss Pyke, die er nach seiner Ankunft in Ostende telegrafisch zu erhalten hoffte. Er hatte Frauen immer für die besseren Mitarbeiter gehalten. Wenn es darauf ankam, waren Frauen kälter und geschickter. In diesem Punkt übertraf Miss Pyke sogar die vulgäre Gemma Galloway. Kamarowski verachtete vulgäre Frauen, vulgäre Männer verachtete er noch mehr, zum Beispiel Mr Brandeis. Der eitle Faun, der seinen Johnny nicht in der Hose behalten konnte, hatte Lady Edith gegenüber den falschen Ton angeschlagen. Unhöflichkeit musste in

jedem Fall bestraft werden, und so war Mr Brandeis'
früher Tod gerechtfertigt.

Kamarowski summte leise vor sich hin, er fühlte sich
fast schon im Besitz des Hotels. Von nun an würde es
nur noch geringer Anstrengungen bedürfen, bis das
renommierte Savoy ihm für die Durchführung seiner
Pläne zur Verfügung stehen würde. Wer sollte ihn jetzt
noch aufhalten, Violet Mason? Seit sie Miss Pyke zu
ihrer Assistentin gemacht hatte, war sie eine schwache
Gegnerin. Wie lautete der schöne Spruch? Halte deine
Freunde in deiner Nähe, aber deine Feinde halte noch
näher.

Kamarowski sah aus dem Fenster. Es fühlte sich ungewöhnlich an, in einer Eisenbahn zu sitzen, die nicht
stampfte und rauchte, sondern mit leichtem Schwanken
dahinschwamm. Die Passagiere im Salonwagen hatten
nicht einmal auszusteigen brauchen, während der Zug
in Dover von der Schiene auf die Fähre umgesetzt worden war. Einige Minuten lang hatte es kein elektrisches
Licht gegeben, doch inzwischen liefen die Conducteure
wieder durch die Abteile und präsentierten den Passa-
gieren die Menükarte. Kamarowski hatte die Forelle
angekreuzt und sich vor dem Lunch einen Aperitiv
kommen lassen. Er trank genussvoll, während er sich

die gestrige Begegnung zwischen dem englischen Hochadel und der deutschen Großfinanz in Erinnerung rief.

Lady Edith hatte sich von der Persönlichkeit Paul Silverbergs nicht besonders angetan gezeigt. Wen wunderte es, der Mann war nicht mehr als ein Buchhalter, den das Geld seiner Eltern auf die Spitze eines riesigen Braunkohleberges gehievt hatte. Braunkohle gab es in Deutschland für Jahrhunderte, Silverberg und die Seinen würden nie Not leiden müssen. Die politischen Ansichten Silverbergs hatten das Eis bei Lady Edith ebenfalls nicht gebrochen, obwohl er seine Suada über die heraufziehende Epoche, in der Deutschland eine führende Rolle spielen würde, anständig abgespult hatte. Das Einzige, was Lady Edith beeindruckt hatte, waren die Initialen seines Namens.

Kamarowski lachte in sein stilles Abteil hinein. Selbst wenn dieser Mann der gehörnte Teufel gewesen wäre, war der okkulte Glaube der Herzogin stark genug, um an die Worte der Weissagung zu glauben: P. S. bedeutete das Schicksal für Lady Edith, P. S. sollte auf geheimnisvolle Weise mit ihrer Zukunft verwoben sein. Dabei teilte sie die Ansichten ihres Gatten keineswegs, der im britischen Oberhaus die anglo-deutsche Freundschaft vorantrieb und wegen seiner Nähe zu den Nazis bereits den Spitznamen Herr Londonderry erhalten hatte. Sie anerkannte allerdings, dass Deutschland vierzehn Jahre nach dem Krieg zum wichtigsten Partner der Engländer geworden war, wichtiger als die Franzosen.

Kamarowski hatte Silverberg bewundert, dem es gelungen war, das eigentliche Thema der Begegnung, die Freundschaft der Herzogin zum britischen Premierminister, kein einziges Mal so direkt anzusprechen, dass er sie damit in Verlegenheit gebracht hätte. Bei Chateaubriand und Rotwein hatten sich die beiden angeregt über Deutschland unterhalten, bis die Herzogin eine bestimmte Frage nicht länger für sich behalten konnte.

»Verzeihen Sie, Mr Silverberg, es gibt da etwas, das ich nicht verstehe. Sie sind doch hebräischen Glaubens, wenn ich nicht irre?«

»So ist es, Mylady.«

»Wie können Sie sich dann so stark für diesen Mann einsetzen?«

»Ich setze mich nicht für den Mann, sondern für seine Idee ein, das ist etwas anderes«, erklärte Silverberg. »Ganz Europa suhlt sich im Sumpf der alten Monarchien und der verlorengegangenen kaiserlichen Herrlichkeit. Dieser eine Mann wird den Sumpf trockenlegen. Er steht für wahren Aufbruch und echte Erneuerung.«

»Aber dieser Mann hasst die Juden.«

Silverbergs Gesicht bekam einen heiteren Ausdruck.
»Sehen Sie, es ist doch die ewig alte Geschichte, Lady
Edith. Die Weißen hassen die Schwarzen, die Moslems
hassen die Juden, und jede neue politische Bewegung
muss sich zuerst als Opposition zu erkennen geben, um
wahrgenommen zu werden. Wenn die Leute einmal an
der Macht sind, ändert sich das Lied ganz von selbst.
Vorurteile gibt es überall. Man soll nicht heimzahlen,
Lady Edith.«

Erstaunlicherweise hatte die Herzogin Silverbergs hu-
manistisches Credo überzeugt. Danach hatten sie nicht
mehr nur von *diesem Mann* gesprochen, sondern ihn
ungeniert beim Namen genannt.

Es war nicht abzusehen, ob Hitler das Zeug hatte, die
Erwartungen, die Silverberg und die anderen in ihn setzten, zu erfüllen, dachte Kamarowski. Andererseits war
auf der derzeitigen politischen Bildfläche niemand zu
erkennen, der so gefährlich, so hinterhältig und skrupellos war wie er. Die eine Hälfte Deutschlands träumte
von der Wiederkehr des Kaiserreiches, die andere warf
sich dem roten Fiebertraum in die Arme. Dabei war
bereits abzusehen, dass dem Kommunismus bald ein
Katzenjammer beschieden sein würde. Inmitten dieser

vergeblichen Träumereien lauerte dieser Mann auf seine Chance. Die Mächtigen in Ost und West konnten sich noch nicht vorstellen, dass jemand, der auf legitimem Weg nach der Macht in Deutschland griff, von einer derartig kleinbürgerlichen Ruchlosigkeit durchdrungen war. Von einem Deutschen erwartete die Welt Steifheit und Organisationstalent. Sollte dieser Mann wirklich Deutschland regieren, würde die Welt noch ganz andere Talente an ihm kennenlernen.

Kamarowski lehnte sich zurück. Die Fahrt war angenehm, zugleich schien sie endlos. Von Ostende würde der Zug noch den ganzen Rest des Tages brauchen, bis er in Berlin eintraf. Kamarowski liebte Berlin. Nach seiner Meinung war diese Stadt London bei Weitem vorzuziehen. Natürlich besaßen die Berliner nicht die Grandezza der Londoner, die auf ihrer dummen Hochnäsigkeit beruhte, irgendwann ein Weltreich beherrscht zu haben. Die Berliner waren bodenständig. Sie hatten den Krieg verloren, so etwas machte demütig und rachsüchtig zugleich. Die Berliner lebten in den Tag hinein, mit ihrer verrückten neuen Mode, den verrückten Tänzen und ihrem unbezwingbaren Drang, nach oben zu kommen. Gelassen warteten sie auf die Zeit, bis einer auftauchte, der sie wieder groß machen würde. Bis es so weit war, tanzten sie und soffen sie und hurten und amüsierten sich. Kamarowski konnte es kaum erwarten, wieder in Berlin zu sein.

Wahrscheinlich würde Gemma vor ihm dort eintreffen. Endlich durfte sie wieder ihren naturgegebenen Dialekt quasseln, die Berliner Pflanze, die sich Gemma Galloway nannte. Was für eine Übertreibung, wenn man Berta Schuster hieß. Kamarowski bewunderte an ihr, dass es buchstäblich nichts gab, was Berta zu dreckig und verkommen war. Dabei lächelte das blonde Biest bei ihren Schandtaten, stöckelte frech daher und ging mit jedem ins Bett, von dem sie sich einen Vorteil versprach. In punkto Gewissenlosigkeit war Berta Schuster Miss Pyke vorzuziehen, dachte Kamarowski. Heute jedoch erwartete er die Nachricht von Dorothy Pyke voll Spannung. Er beschloss, in den Speisewagen zu gehen, zum Lunch einen Brandy zu nehmen und hinterher ein wenig zu schlafen.

30

Zur Lage der Dinge

Violet erinnerte sich, einmal hatte sie flüchtig mit John Gielgud über das Thema gesprochen. Sie hatten in der Kantine der BBC gesessen, ihm war der Tee zu stark gewesen, er hatte Wasser zugegossen. Damals hatte er es ausgesprochen, das berühmte Wort Shakespeares, dass einer lächeln kann und immer lächeln und doch ein Schurke sein. Violet hätte auf ihn hören sollen, als er sagte, der Schurke würde nicht mit unheilvoller Miene um die Ecke spähen, er erschien im Gewand eines Freundes. Gielgud hatte es vorausgesagt.

Miss Pyke war in Gewahrsam genommen worden.

Sie schwieg hartnäckig. Sie nannte weder ihre Gründe noch ihre Auftraggeber. Die Polizei hatte das Präparat untersucht, mit dem Miss Pyke zu Werke gegangen war, es handelte sich um ein hoch ausgereiftes Toxin pflanzlichen Ursprungs. Es wirkte auf die Nervenzellen und führte nach qualvollen Stunden zu spastischer Paralyse. Ein geschwächter Mensch wie Sir Laurence hätte die Injektion nur kurze Zeit überlebt.

Violets Schritte klangen auf dem Pflaster, daneben hörte man das rasche Trappeln von Trudys Pfoten. Sie zog den Hund vom Bordstein zurück, er wollte den Grünstreifen auf der anderen Straßenseite erreichen.

Wie ein Kind, dachte sie, wie ein einfältiges Kind war sie in dem Gewirr von üblen Absichten umhergestolpert und hatte nichts davon bemerkt. Hatte es sie nie gewundert, weshalb der Kampf um das Savoy nie wirklich ausgebrochen, warum jeglicher Erbfolgestreit ausgeblieben war? Alles hatte sich doch direkt vor ihren Augen abgespielt. War sie so mit anderen Dingen beschäftigt gewesen, dass ihr die Zusammenhänge entgangen waren? Der alte König hätte sterben sollen, damit andere seinen Platz einnehmen konnten. Dabei gab es nur zwei Menschen, die vom Tod Sir Laurences profitierten. Einer davon war sie selbst. Der andere war

Young Henry, und genau das machte die Angelegenheit so unglaubwürdig. Henry war nicht fähig, einen Plan wie diesen auszuhecken. Außerdem war es durch Larrys neues Testament sinnlos geworden, den alten Mann umzubringen. Trotzdem hatte Miss Pyke es versucht. Zu welchem Zweck, in wessen Auftrag?

Violet lief schneller und schneller, bis sie am Zug der Leine spürte, dass der Hund nicht mehr Schritt halten konnte. »Entschuldige.« Sie ging vor Trudy in die Hocke. »Kannst du mir sagen, wer dahinter steckt? Wer bringt so etwas fertig, hm, was glaubst du?«

Trudys Augenbrauen erstarrten in höchster Konzentration.

»Wenn es bei der ganzen Sache nur um das Hotel ging, hätte man nicht Larry umbringen müssen, sondern …« Sie blickte in das aufmerksame Hundegesicht. »Sondern mich.«

Und genau in diesem Augenblick nahm Violet Mason die Vogelperspektive ein. Sie sah sich selbst. Eine junge Frau mit brünettem Haar, das der Herbstwind zauste, hockte in einem knitterigen Trenchcoat an der Kreuzung Whitehall Place und Northumberland Avenue, mit einer Promenandenmischung an der Leine. Und was tat die junge Frau? Sie ging mit dem Hund spazieren. *Sie ging mit dem Hund spazieren?* Es war weder die Zeit für Spaziergänge noch für Gedankenspielereien. Auf den Großvater dieser jungen Frau waren Mordanschläge verübt worden. Die junge Frau besaß ein Hotel, vielleicht das schönste in London, aber irgendjemand wollte ihr dieses Hotel streitig machen. Jemand wollte das Gefüge des Savoy zerstören. Eine Täterin war gefasst worden, doch sie war nicht der Drahtzieher. Violet hatte keine Zeit, den Hund spazieren zu führen, sie musste handeln – sie musste endlich handeln! Zu lange hatte sie ihr Schicksal beklagt, in eine Position geworfen zu sein, die ihr nicht behagte. Wehleidig hatte sie sich an den Wunsch geklammert, Schriftstellerin zu sein, und dabei den einen Wunsch übersehen, auf den es ankam: den Wunsch ihres Großvaters. Larry hatte sich und sein Leben in die Waagschale geworfen, damit das Savoy überlebte. Es war sein Wille, dass nicht Henry das Hotel führen sollte, sondern Violet. Monatelang hatte sie seinen Wunsch nur halbherzig erfüllt und darauf gehofft, dass jenes Intermezzo bald vorbei sein möge. Es war kein Intermezzo, es würde nicht so bald vorbei sein. Violet war die Direktorin, sie war das Savoy, das war ihre Wirklichkeit, die Gegenwart und die Zukunft. Die Zeit davonzulaufen war endgültig vorüber. Sie hob den Blick, hinter Whitehall Gardens konnte sie schon Waterloo Bridge sehen. Violet zog den Hund Richtung Norden, ließ ihn auf dem Grünstreifen sein Geschäft verrichten und kehrte ins Hotel zurück.

»Danke, dass Sie so rasch gekommen sind«, sagte Violet. »Ich weiß, dass Sie Ihre Arbeit nicht lange im Stich lassen können, daher werde ich mich kurz fassen.«

Sie stand der Belegschaft nicht in ihrem Büro gegenüber, auch nicht in Larrys früherem Büro, wo neben dem ärztlichen Personal mittlerweile ein Constable der Polizei zum Schutz von Sir Laurence abkommandiert worden war. Violet begrüßte ihre Angestellten im Krankenzimmer ihres Großvaters. Mancher hätte diese Gegenüberstellung pietätlos gefunden, aber Violet war der Überzeugung, dass sie den Menschen des Hotels die Gefahr, in der das Savoy schwebte, demonstrieren musste. Jeder dieser Leute kannte Sir Laurence stark und fröhlich, streng und gütig und stets modisch perfekt. Sie waren dazu aufgefordert, ihn in seinem jetzigen Zustand zu sehen. Manche waren ihm treu ergeben, manche verehrten ihn, anderen war er im

Grunde egal. Aber sie alle waren gekommen, weil Violet sie gerufen hatte, von der Stenotypistin zum Chefbutler, vom Tellerwäscher bis zum Maître, von den Liftpagen zum Dirigenten des Salonorchesters. Violet bestand darauf, dass alle hören sollten, was sie zu sagen hatte.

»Vor vierzig Jahren hat mein Großvater das Schicksal des Hotel Savoy zu seinem eigenen gemacht. Er stellte seine Familie in den Dienst dieses Hauses.«

Sie vermied es, Henry und Judy anzusehen. Die beiden standen nahe genug beim Krankenbett, um ihre Anteilnahme zu demonstrieren, doch in deutlicher Distanz zu Violet.

»Obwohl es im Hotel nicht offen diskutiert werden soll, weiß jeder von euch, was geschehen ist. Jemand hat versucht, Sir Laurence umzubringen.« Violet wartete das Gemurmel unter den Anwesenden ab. »Insgeheim redet ihr natürlich darüber, ihr macht euch Sorgen und fragt nach dem Grund für dieses Verbrechen. Das Motiv ist, dass jemand die Grundfesten des Hotels erschüttern will.« Sie trat neben Larry und ergriff seine linke Hand. »Heute sage ich euch, dass ich das nicht zulassen werde. Ich bin seine Enkelin, wir sind vom gleichen Blut. Ich allein werde in Zukunft das Hotel

Savoy führen. Ich bin seine Leiterin, und niemand sonst.«

Der Moment war gekommen. Jetzt sah Violet Henry an, mit aller Offenheit und aller Kälte. Sie schleuderte ihm ihre Kriegserklärung ins Gesicht, sie ohrfeigte Henry mit diesen Worten, und er war nicht darauf vorbereitet. Das war ihre Absicht. Wenn er wirklich hinter allem steckte, musste Henry reagieren, coram publico, vor der gesamten Belegschaft.

Henry Wilder war in einem gewöhnlichen Anzug erschienen, mit lindblauer Krawatte und seiner üblichen wirren Frisur. Judy trug Grau und stand wie stets etwas hinter ihm. Henrys erste Reaktion war, Violet antworten zu wollen. Er öffnete schon den Mund. Doch etwas hinderte ihn daran. Hatten sich Judys Lippen bewegt, oder war es Violet nur so vorgekommen?

»Das versteht sich von selbst«, antwortete Henry. »Es ist der Wille meines Vaters, und der steht für mich über allem.« Er reichte Judy seinen Arm. »Es kann nur eine Person geben, die dem Savoy vorsteht, und das bist du, Violet. Wenn ich dir dabei irgendwie helfen kann, darfst du hundertprozentig auf mich zählen. Judy und ich versprechen dir das hier und jetzt, vor allen unseren Mitarbeitern.«

»Das tun wir«, pflichtete Judy bescheiden bei.

Violet hatte mit so manchem gerechnet, mit schlauen Ausreden oder schwammigen Beschwichtigungen – dies war die einzige Antwort, die sie nicht erwartet hatte. Da stand der unglückliche Kronprinz des Savoy, der die Krone nicht tragen wollte, und gelobte Violet seine Treue. Ihre Annahme, dass der Krieg um das Hotel nun ausbrechen würde, hatte sich nicht bewahrheitet.

»Danke, Henry«, antwortete sie einigermaßen überrascht. »Ich danke auch dir, Judy.« Violet wusste nichts Besseres, als zu den beiden zu gehen und ihnen die Hände zu schütteln. Sie entdeckte in den Augen des Paares nichts als Ehrlichkeit, Anteilnahme und sogar Wärme. Von Henry und Judy ging keine Gefahr aus, davon hatte Violet sich überzeugt.

Sie trat wieder vor das Personal. »Die Polizei braucht unsere Hilfe, um die Schuldigen hinter den Mordanschlägen aufzuspüren. Ich bitte um eure Unterstützung der Detectives, die ins Hotel kommen und euch Fragen stellen werden.« Violet atmete tief durch und wandte sich nach rechts. »Und dann möchte ich euch noch etwas verraten.«

Er stand neben dem Paravent, der mächtige Mensch,

den man scheinbar in einen zu engen Anzug gesteckt
hatte.

»Ich will euch verraten, dass wir es einem einzigen
Mann zu verdanken haben, dass mein Großvater noch
lebt. Er ist der treueste Diener seines Herrn, und ich
möchte ihm aus ganzem Herzen meinen Dank aussspre-
chen. Danke, Clarence, dass Sie Sir Laurence gerettet
haben.«

Oppenheim wusste nicht recht, wie ihm geschah, als
sich plötzlich hunderte Hände regten und die Belegschaft zu applaudieren begann. Er trat vor, machte eine
leichte Verbeugung und trat sofort wieder zurück, als
ob er sich hinter dem Paravent verstecken wollte. Violet
wandte sich zu ihrem Großvater. Sir Laurence beobachtete das Geschehen durch sein rechtes Auge. Violet
nickte ihm zu, dann schloss sie sich dem Applaus für
Oppenheim an.

31

Die Lady vom Savoy

Ein junger Schauspieler trat vor das Mikrofon, drahtig, intensiv, er hielt sich auffallend stramm.

»*Wir erzählen unser Leben in zahllosen Geschichten*«, sagte er mit heller, ein wenig näselnder Stimme. »*Das Wunderbare daran ist, dass man ein einziges Leben in unterschiedlichen Geschichten erzählen kann. Es kommt nur auf den Erzähler an, ob eine Komödie oder eine Tragödie daraus wird.*«

Er ließ die Textseite fallen, sie segelte zu Boden wie ein spätes Herbstblatt.

Eine Schauspielerin trat neben ihn. »*Und was für eine*

Geschichte möchtest du erzählen?«, sagte sie ins Mikrofon.

»Ich hoffe, dass es eine Komödie wird.« Er lächelte. *»Ich fürchte allerdings, dass wir gerade im Begriff sind, eine Kitschgeschichte daraus zu machen.«*

Beide schwiegen und blickten neugierig zu der großen Glaswand, hinter der die Aufnahme mitgeschnitten wurde.

Es knackte im Lautsprecher. »Danke, das war perfekt«, sagte der Aufnahmeleiter. »Danke, Larry, Merle, das hätten wir.«

Der junge Schauspieler griff nach seiner Jacke und zog die Krawatte zurecht.

»Wollen wir in die Cafeteria?«, fragte die Schauspielerin.

»Ich bin verabredet. Sonst gerne.« Er strich sich durch sein dunkles Haar.

»Mit wem?«

Ohne zu antworten, eilte er mit kurzen, abgehackten Schritten aus dem Aufnahmeraum. Draußen stieß er fast mit Violet zusammen.

»Mr Olivier.« Auch sie wollte das Studio gerade verlassen. »Darf ich Ihnen sagen …«

»Larry«, unterbrach er sie.

»Larry.« Sie suchte nach Worten. »Ich habe mir beim Schreiben natürlich vorgestellt, wie meine männliche Hauptfigur aussehen soll, wie sie spricht und sich gibt. Ich habe diesen Mann deutlich vor mir gesehen.«

»Bin ich Ihren Ansprüchen gerecht geworden?«, fragte er forsch.

»Sie haben es anders gemacht, als ich dachte.«

»Das tut mir leid.« Er stülpte die Unterlippe vor.

»Aber nein, Sie waren wunderbar«, ging Violet dazwischen. »Es ist viel besser, so wie Sie es gesprochen haben.«

»Ihr Text ist exzeptionell«, gab er das Kompliment zurück. »Ganz anders als der Kram, den wir sonst vorgesetzt bekommen.«

Als die junge Schauspielerin ebenfalls zu ihnen treten wollte, stellte er sich mit dem Rücken zu ihr. »Woran schreiben Sie gerade?«, fragte er Violet. »Wann kriegen wir ein neues Manuskript von Ihnen?«

Gemeinsam traten sie vor die Tür. Mit Kreide stand *Der Lügner* hingemalt am Eingang von Studio 5.

»Ich fürchte, nicht so bald«, antwortete Violet.

»Aber Sie schreiben wunderbar«, erwiderte er. »Sie müssen weitermachen.«

»Ich habe zur Zeit andere Dinge zu tun.« Da sie nicht

wusste, wie sie es ihm erklären sollte, verstummte Violet.

»Haben Sie Lust, essen zu gehen?«, fragte er spontan. »Es interessiert mich, was Sie machen.«

»Essen – mit Ihnen?«, erwiderte sie erstaunt.

»Hätten Sie denn Zeit?«

»Zeit habe ich eigentlich nie, aber Hunger immer.«

»Bestens.«

»Wir müssten allerdings in ein Lokal meiner Wahl gehen«, sagte sie mit einem feinen Lächeln.

»Wie Sie wollen, es darf nur nicht zu teuer sein. Mit dem, was die hier zahlen, kann ich mir ein schickes Restaurant nicht leisten.«

»Sie sind mein Gast.«

»Wie komme ich zu dem Vergnügen?«

»Weil es so am einfachsten für mich ist.« Violet bedeutete ihm, dass sie noch mit jemandem sprechen wolle. »Nur einen Augenblick.« Sie lief zu Max Hammersmith.

»Danke«, rief sie ihm entgegen. »Ich danke dir, mein Lieber, dass du den Lügner mit diesen exquisiten Schauspielern produziert hast.«

»Wie es aussieht, hast du dir von den Schauspielern den Exquisitesten bereits herausgepickt.«

»Mr Olivier und ich gehen einen Happen essen.«

Max umarmte Violet. »Es war schön, dass wir wieder etwas zusammen gemacht haben. Hoffentlich nicht zum letzten Mal.«

»Wir werden sehen, Max.« Sie küsste ihn auf die Wange.

»Alles Gute für dich.«

»Für dich auch, Vi.«

Sie kehrte zu dem Schauspieler zurück. »Wir können los.«

Olivier fuhr sich mit der Zunge über die Oberlippe. »Sind Sie beide ein Paar?«, fragte er direkt.

»Da muss ich Sie enttäuschen.«

»Im Gegenteil, ich bin erfreut.«

Sie bummelten durch den Korridor Richtung Ausgang. »Ich verdanke Max viel, eigentlich so ziemlich alles«, sagte Violet und ließ sich von Olivier die Tür aufhalten.

Mit staunenden Augen sah er die beleuchtete Fassade hoch. »Sie wollen ins Savoy? Das hätte ich mir nie im Leben leisten können.«

»Bei Ihrem Talent prophezeie ich Ihnen, dass sich das

bald ändern wird.« Violet lief auf die Schwingtür zu. Wie von Geisterhand wurde sie geöffnet, der Doorman machte eine Verbeugung. Die beiden traten in die Lobby.

»Guten Abend, Miss Mason«, begrüßte sie ein grauhaariger Herr im Cutaway. »Darf ich fragen, wie die Aufnahme gelaufen ist?«

»Bestens, lieber Sykes, dank diesem Gentleman ist sie ganz hervorragend geworden.«

»Wir freuen uns schon alle auf den Sendetermin.« Mr Sykes zog sich zurück.

»Man kennt Sie hier?« Der Schauspieler blieb an ihrer Seite.

Ein Liftpage nahm Haltung an. »In den Fünften, Miss Mason?« Er öffnete das Scherengitter.

»Danke, Otto, ich gehe vorher etwas essen.«

Irritiert lief Olivier neben ihr her. »Man kennt Sie hier scheinbar ziemlich gut.«

An den Eingängen zu zwei unterschiedlichen Sälen blieb Violet stehen. »Mögen Sie es lieber ruhig, oder wollen wir ein bisschen Musik beim Essen?«

»Haben wir denn die Wahl?«, fragte er mit wachsendem Staunen.

»Wir sind schließlich im Savoy.« Bevor er sich entscheiden konnte, betrat Violet den großen Saal, wo das Salonorchester mit dem Abendprogramm begonnen hatte.

Als der Dirigent Violet eintreten sah, brach er die Nummer mittendrin ab und gab den Musikern ein Zeichen, andere Noten aufzulegen. Gleich darauf erklang *The Land Of Might Have Been*.

»Oh, wie nett«, lachte Violet und winkte Arturo Benedetti zu. »Das ist mein Lieblingslied.«

»Das Orchester spielt Ihr Lieblingslied, sobald Sie den Speisesaal betreten?« Verwirrt und amüsiert zugleich ließ sich Olivier vom herbeieilenden Oberkellner zu einem Tisch führen. Mehrere Damen und Herren grüßten Violet. Sie nickte ihnen zu.

»Wollen Sie mich nicht allmählich in Ihr Geheimnis einweihen?«

»Noch nicht, Larry. Es macht mir so viel Freude, als Gast in diesem Haus zu sein.«

»Sind Sie das denn sonst nicht?«

Während der Oberkellner ihnen die Menükarten vorlegte, entdeckte Violet Oppenheim, der im Hintergrund auftauchte. Er gab ihr ein dezentes Zeichen, dass er sie sprechen müsse. Violet winkte, er solle näherkommen.

Der Hoteldetektiv trat an den Tisch. »Verzeihen Sie die Störung, Miss Mason.«

»Was ist denn, Clarence?«

»Darf ich Sie unter vier Augen sprechen?«

»Ich habe vor Mr Olivier nichts zu verbergen.«

»Es wäre mir aber lieber, wenn wir zu zweit …«, beharrte Oppenheim.

»Seien Sie nicht so steif, Clarence. Trinken Sie ein Glas mit uns. Ich habe heute etwas zu feiern. Mein Hörspiel wurde von der BBC aufgenommen.«

»Gratuliere, Miss Mason.« Widerwillig nahm Oppenheim auf einem freien Stuhl Platz.

»Was gibt es denn?«

»Die Polizei ist im Haus.«

Für einen Moment wurde ihr Gesicht ernst. »Das ist doch keine Neuigkeit. Die Officers gehen ihrer Arbeit nach.«

»Sie sind nicht deshalb hier, sondern wegen Mr Mankievicz«, erklärte Oppenheim.

»John?«, fragte sie verblüfft. »Was wollen sie denn von John?«

»Es handelt sich um Miss Rachel.«

»Die Stenotypistin?«

Oppenheim senkte die Stimme. »Miss Rachel wurde

heute festgenommen, und zwar wegen eines … eines Sittlichkeitsdelikts.«

Violet warf Olivier einen entschuldigenden Blick zu. »Und weiter?«

»Wie es aussieht, hat sie mit der Behörde einen kleinen Handel abgeschlossen. Sie hat der Polizei bestimmte Informationen gegeben.«

»Informationen?«

»Sie hat der Polizei erzählt, was sich damals in Zimmer dreihundertsieben tatsächlich abgespielt hat.«

Violet brauchte einen Augenblick, um den Zusammenhang herzustellen. »Die Sache mit Brandeis?« Oppenheim nickte. »Wo ist John jetzt?«

»Man hat ihn mitgenommen.«

»Auf welches Revier?«

»Ich versuche, es gleich in Erfahrung zu bringen.« Mit einem kurzen Gruß zu dem jungen Mann stand Oppenheim auf und ging.

Olivier hatte das Gespräch aufmerksam verfolgt. »Ist es möglich, dass Ihre Story *Der Lügner* mit Ihrem eigenen Leben verwoben ist, Violet?«, fragte er.

»Ich gebe zu, dass ich Ihnen nicht die ganze Wahrheit gesagt habe, verspreche aber, ich werde es wiedergutmachen.« Entschlossen stand sie auf. »Aber nicht jetzt.«

»Wo wollen Sie hin?«

»Auf das Polizeirevier.«

»Sie sagten, Sie hätten Hunger.«

»Einen Riesenhunger sogar. Aber vorher muss ich meinen Freund auslösen. Er ist unschuldig.«

Mit kühlen, ein wenig ironischen Augen musterte sie der Schauspieler, als ob ihm sonnenklar wäre, was sie sagte. »Wie heißt es so schön in Ihrem Hörspiel: Wir erzählen unser Leben in zahllosen Geschichten. Es kommt nur auf den Erzähler an, ob eine Komödie oder eine Tragödie daraus wird. Was wird es bei Ihnen, Violet?«

»Fragen Sie mich das beim nächsten Mal.« Sie legte die Serviette auf den Tisch. »Bestellen Sie sich etwas Leckeres. Der Maître empfiehlt heute den Seeteufel.«

Olivier gab ihr die Hand. »Alles Gute. Retten Sie Ihren Freund, Violet.«

Sie lief nicht zum Haupteingang, sondern auf das Orchester zu. Neben der Bühne befand sich eine Tür. Violet schlüpfte in den Raum, wo sich die Musiker umzogen. Von dort erreichte sie den Lastenaufzug und den Personalausgang. Die verwinkelten Flure mochten kompliziert erscheinen, in Wirklichkeit war dies der schnellste Weg ins Freie. Vor dem Hotel wartete ein Taxi, Oppenheim öffnete ihr die Tür.

Violet warf einen Blick zum Himmel. »Mr Kamarowski hat recht behalten«, sagte sie lächelnd. »Jedes Jahr im Herbst gibt es noch einige schöne Tage.« Sie schlüpfte auf den Rücksitz.

Während das Taxi sich in Bewegung setzte, tauchte über ihr die hell erleuchtete Fassade des Savoy auf. Wie elegant das aussah, wie rank und schwerelos das Hotel über der Themse schimmerte. Die Stromkosten für die Pracht waren allerdings enorm. Erst gestern hatte John davor gewarnt, dass die Elektrik des Hauses rettungslos überlastet sei. Etwas musste getan werden, aber nicht heute, dachte Violet. Gleich morgen, wenn John wieder auf freiem Fuß war.

NACHBEMERKUNG

Das historische Hotel Savoy in London verdankte sein Flair unter anderem den vielen Prominenten, die dort seit jeher abgestiegen sind. Einige dieser Persönlichkeiten – der Schauspieler John Gielgud, Lady Edith, die Marchioness of Londonderry, Premierminister Ramsey MacDonald, Sir Gerald du Maurier, Paul Silverberg –, um nur einige zu nennen, erscheinen auch in diesem Buch. Ihre Handlungen, Meinungen und Beziehungen untereinander sind jedoch frei erfunden.

LESEPROBE

— 1 —

BERLIN, JULI 1917

Luise blickte staunend aus dem Zugfenster. So hatte sie sich Berlin immer vorgestellt: breite Straßen mit mehrgeschossigen, herrschaftlichen Häusern, die Bürgersteige genauso belebt wie die Fahrbahnen, auf denen sie neben vielen Kraftdroschken auch einige Automobile fahren sah. Diese Stadt würde also in den nächsten Jahren ihre Heimat werden. Oder besser gesagt, das direkt angrenzende Neukölln, wo sie in wenigen Tagen ihre Ausbildung zur Hebamme beginnen würde.

Wieder spürte sie die Aufregung, die sie in den letzten Tagen und Wochen begleitet hatte. Dann musste sie an ihre Großmutter Else denken, von der sie sich heute Morgen tränenreich verabschiedet hatte. Als sie auf das Fuhrwerk ihres Nachbarn gestiegen war, das sie zum nächsten Bahnhof bringen sollte, war die alte Frau, die zwar Mühe beim Gehen hatte und doch ständig in Bewegung war, noch lange vor dem alten Holzhaus mit den grüngestrichenen Fensterläden stehen geblieben, die Hand schützend gegen die Sonne erhoben, und hatte ihr nachgeblickt. Es war das erste Mal, dass Luise ihre Heimat, das kleine Dorf Eckersberg in Ostpreußen, verließ. Seit sie ihre Eltern im Alter von vier Jahren nach einem Unfall verloren hatte, lebte sie im Haus ihrer Großmutter. Von ihrer Mutter hatte sie das kastanienbraune Haar geerbt und die etwas zu breite Nase. Von ihrem Vater den Sturschädel, wie ihre Oma behauptete.

Else war die einzige Hebamme in der Umgebung. Da sie alleinstehend war und es niemanden gab, der auf Luise hätte aufpassen können, nahm sie ihre Enkelin immer mit. Bereits als kleines Mädchen war sie mit stöhnenden Frauen über Äcker gelaufen, hatte sie winseln und schreien gehört und ihnen zur Beruhigung nächtelang all die Kinderlieder vorgesungen, die sie kannte. Wie hatte sie sich jedes Mal gefreut, wenn ein kleiner Erdenbürger das Licht der Welt erblickt hatte! Und wie stolz war sie gewesen, als sie zum ersten Mal hatte helfen dürfen, ein Neugeborenes zu baden. Und doch hatte ihre Großmutter ihr eines Tages einen Zeitungsartikel unter die Nase gehalten, in dem von dem Bau einer großen Hebammenlehranstalt in Neukölln berichtet worden war. Dorthin sollte sie gehen, hatte sie gesagt, und eine anständige Ausbildung bekommen mit Zeugnis und allem, was dazugehörte. Anfangs hatte Luise sich geweigert. Sie war doch bereits Hebamme, fuhr inzwischen häufig allein zu den Frauen und kümmerte sich problemlos auch um die schwierigen Fälle. Doch ihre Oma war stur geblieben. Die Zeiten änderten sich, und es gebe viele neue Dinge, die eine Hebamme lernen müsse. Als sie von Professor Doktor Hammerschlag erzählt hatte, dem ärztlichen Leiter der Schule, war sie richtig ins Schwärmen geraten. Sein guter Ruf war sogar bis in die Provinz vorgedrungen.

Wochenlang hatten sie gestritten und diskutiert. Den Ausschlag hatte schließlich die schwierige Geburt von Charlotte Sieglers Tochter Maria gegeben. Sie waren in der Nacht gerufen worden. Ihre Großmutter hatte ein Hexenschuss geplagt, weshalb sie nicht hatte mitkommen können. Auf dem alten Gutshof hatte sich die Geburt in die Länge gezogen, und Luise hatte Mühe gehabt, den quer liegenden Säugling im Bauch der Mutter zu drehen. Beinahe hätte die kleine Maria es nicht überlebt. Blau angelaufen, die Nabelschnur mehrfach um den Hals gewickelt, erblickte sie schließlich das Licht der Welt, und es dauerte qualvoll lange Minuten, bis sie ihren ersten Atemzug tat. Luise weinte, als sie das kleine Mädchen ihrer Mutter schließlich in die Arme legte. Als sie erschöpft am frühen Morgen nach Hause fuhr, hatte sie erkannt, dass ihre Großmutter recht gehabt hatte. Sie musste nach Berlin fahren und mehr lernen.

Nach der Ausbildung würde sie heimkehren und Elses Lebenswerk weiterführen.

Eine Durchsage kündigte die baldige Ankunft des Zuges am Schlesischen Bahnhof an. Hier musste Luise aussteigen. Jetzt galt es, dachte sie und holte ihren Koffer aus dem Gepäcknetz.

Auf dem Bahnsteig sah sie sich erst einmal um. Es herrschte reges Treiben. Da waren Soldaten, die von hier aus an die Ostfront fuhren, und die Frauen, Mütter und Kinder, die sich tränenreich von ihnen verabschiedeten. Ein junges Pärchen küsste sich ungeniert mitten auf dem Bahnsteig. Luise beschleunigte ihre Schritte. Sie kannte das Gesicht des Krieges zur Genüge. Auch bei ihr in der Nähe war ein Lazarett eingerichtet worden, in dem sie häufig ausgeholfen hatte. Sie wusste, was den jungen Männern an der Front blühte. Anfangs waren noch alle euphorisch gewesen, Weihnachten sei man wieder zu Hause, hatte es geheißen. Doch schnell war die Ernüchterung gekommen. Hunderttausende waren gestorben, einige von ihnen auch unter ihrer Hand. Wie Johannes, ein junger Leutnant aus Bremen. Ihm hatte sie kurz vor seinem Tod einen Brief seiner Verlobten vorgelesen und dabei seine Hand gehalten. Ihre letzten Worte hatte er jedoch nicht mehr gehört. Bald drei Jahre tobte nun dieser unsägliche Krieg, in dem es nur Verlierer geben würde. So sagte es jedenfalls ihre Oma, wenn sie unter sich waren. Laut durfte man das nicht aussprechen, sondern man musste an der Überzeugung festhalten, dass der Sieg kurz bevorstand.

Am Ende des Bahnsteigs sah sich Luise suchend um. Sie musste zur sogenannten Ringbahn, die sie in die Hermannstraße nach Neukölln bringen sollte. Schließlich entschied sie sich, die ältere Dame zu fragen, die in der Bahnhofshalle an einem klapprigen Holzstand Blumen verkaufte.

»Nach Rixdorf wollen Sie. Da müssen Sie da raus und dann links.« Sie deutete zu einem Seitenausgang.

Luise sah die Frau verwundert an: »Nein, nicht nach Rixdorf. Ich möchte nach Neukölln.«

»Das ist doch dasselbe, Mädchen. Haben sie umbenannt.« Dann wandte sie ihre Aufmerksamkeit einem jungen Burschen in Uniform zu.

Luise blieb nichts anderes übrig, als ihr zu glauben. Es dauerte nicht lange, bis ein Zug einfuhr, doch an einen Sitzplatz war in der überfüllten Bahn nicht zu denken. Dicht drängten sich die Passagiere in dem Abteil. Trotz der geöffneten Fenster war die Luft stickig. So viele Menschen auf einen Fleck hatte Luise noch nie gesehen. Krampfhaft hielt sie ihren Koffer fest, die Tasche hatte sie eng an sich gedrückt. Dann endlich rief der Schaffner »Hermannstraße« durch den Waggon. Sie war da.

Als sie aus dem dämmrigen Bahnhofsgebäude in das gleißende Licht der Nachmittagssonne trat, hielt sie erst einmal inne. Die vielen mehrstöckigen Stadthäuser, dazu das dichte Gedränge und die Lautstärke schüchterten sie ein. Die Straßenbahn fuhr laut bimmelnd an ihr vorbei. Automobile, Kraftdroschken und Pferdefuhrwerke fuhren auf und ab. Dazwischen liefen Unmengen von Menschen herum. Vor dem Bahnhofsgebäude saßen zwei Kriegsversehrte und bettelten; unweit von ihr hatte sich eine lange Schlange vor einem Laden gebildet. Vermutlich gab es dort etwas zu essen. Ihre Oma hatte ihr davon erzählt, dass die Menschen in den großen Städten oftmals stundenlang für Lebensmittel wie Butter oder Brot anstehen mussten. Unter den Wartenden entdeckte Luise sogar Kinder, die sich die Wartezeit mit Klatschspielen vertrieben. Das hier war also Neukölln, wo sie die nächsten achtzehn Monate ihres Lebens verbringen würde.

Plötzlich wurde sie von hinten angerempelt. »Hoppla, Verzeihung!« Eine junge blonde Frau in einem dunkelblauen, teuren Ausgehkleid lächelte sie entschuldigend an. »Es tut mir leid. Ich wollte Sie nicht umrennen. So ein Trampel hat mich gestoßen.«

»Keine Ursache«, murmelte Luise. Selten hatte sie eine derart schöne Frau gesehen. Ihr Gesicht glich dem der Madonnenfigur in ihrer kleinen Dorfkirche.

»Vielleicht können Sie mir weiterhelfen«, unterbrach die Blondine ihre Gedanken. »Ich muss zum Mariendorfer Weg. Wissen Sie zufällig, wie ich dorthin komme?«

Luise sah die Frau verdutzt an.

»Wollen Sie zufällig zur Hebammenschule? Dann haben wir den gleichen Weg. Ich beginne dort meine Ausbildung zur Hebamme.«

»Welch ein Zufall, ich auch! Das ist ja schön, dass wir uns gleich hier kennenlernen. Mein Name ist Edith, Edith Stern. Und wie heißt du? Wir können doch bestimmt du sagen, oder?«

»Aber ja, gerne. Ich heiße Luise Mertens.«

Sie konnte es kaum glauben. Eine so wohlhabende Frau wollte eine Ausbildung machen? Normalerweise heirateten solche Frauen doch jung und bekamen schnell Kinder. Jedenfalls war das in Ostpreußen so.

Als hätte Edith ihre Gedanken erraten, sagte sie, während sie sich auf den Weg zur Straßenbahnhaltestelle machten: »Ich komme aus Potsdam. Mein Vater besitzt dort ein großes Kaufhaus. Er war gegen die Ausbildung zur Hebamme, aber meine Mutter unterstützt mich, sie findet es richtig, dass ich meinen eigenen Weg gehe. Ich habe mich deshalb mit meinem Vater gestritten. Aber inzwischen hat sich die Lage wieder beruhigt. Meine große Schwester Alexandra, ich nenne sie Alex, interessiert sich für das Geschäft. Sie und ihr Ehemann wollen es eines Tages übernehmen, wenn er, so Gott will, gesund und an einem Stück von der Front heimkehrt.« Edith sah sie erwartungsvoll an.

Luise erzählte mit knappen Worten, dass sie aus Ostpreußen komme, ihre Oma dort als Hebamme arbeite und sie in ihre Fußstapfen treten wolle.

»Oh, wie schön, dann habe ich ja bereits eine Fachfrau an meiner Seite«, freute sich Edith.

Die Straßenbahn kam, und sie stiegen ein. Luise überlegte während der Fahrt, ob sie Edith mögen solle. Sie war nett, keine Frage. Aber doch recht schwatzhaft und aufdringlich. War dies ein Fehler? Es konnte gewiss nicht schaden, Bekanntschaften zu schließen.

An der Haltestelle der Hebammenlehranstalt stiegen vier weitere Frauen mit ihnen aus. Der Gebäudekomplex, in dem die Schule untergebracht war, erstreckte sich über ein großes Grundstück und bestand aus mehreren Häusern.

»Das ist ja größer, als ich dachte«, sagte Edith. »Dann lass uns mal zusehen, dass wir reinkommen. Gleich am ersten Tag zu spät zu kommen, hinterlässt keinen guten Eindruck.«

Luise nickte.

Als sie durch das schmiedeeiserne Eingangstor trat, entdeckte Luise eine junge, leicht gedrungene Frau, die auf der anderen Straßenseite stand und einen verlorenen Eindruck machte. »Ich komme gleich nach. Nimmst du meinen Koffer schon mal mit?«, sagte sie und lief über die Straße. »Kann ich Ihnen helfen?«

»Ich weiß nicht recht.«

»Was wissen Sie nicht recht?«, fragte Luise verwundert.

»Na, ob ich wirklich reingehen soll. Am Ende bringt das Schreiben von der Fürsorgerin nichts, und sie schicken mich wieder weg.«

»Welches Schreiben?«

»Vom Büro des Vaterländischen Frauenvereins. Sie haben mich hergeschickt und gesagt, wenn ich das Schreiben abgebe, könne ich hier meine Ausbildung machen, auch wenn ich kein Geld habe. Aber was ist, wenn das nicht funktioniert und sie mich fortschicken? Und es ist doch auch ungerecht, oder? All die anderen Frauen müssen ja auch für ihre Ausbildung bezahlen.«

Luise wusste nicht, was sie antworten sollte.

Die Frau sprach weiter. »Ich wohne mit meiner Familie in einem der Hinterhäuser in einer Kellerwohnung, nicht weit von hier. Frau Brausitz vom Frauenverein hat sich beim Herrn Professor für mich eingesetzt. Ihr ist es wichtig, dass in der Schule auch Frauen aus den ärmeren Bezirken Neuköllns ausgebildet werden. Wir haben uns durch meine Arbeit in einer Kinderkrippe kennengelernt. Ich heiße übrigens Margot Bach. Und du?«

»Wieso denkst du, dass etwas mit deinem Empfehlungsschreiben nicht in Ordnung sein könnte?«, fragte Luise, nachdem sie sich vorgestellt hatte. »Das hört sich doch alles gut an.«

»Weiß nicht, ich kann es einfach nicht glauben. Mir ist noch nie etwas geschenkt worden«, sagte Margot und blickte auf das gefaltete Stück Papier in ihrer Hand, um das Luise sie ein wenig beneidete. »Außerdem ... Mama hat heute Morgen geweint«, sagte sie unvermittelt. »Papas Name hat auf der Liste gestanden.«

Luise wusste sofort, was gemeint war: die Gefallenenlisten, die an den Rathäusern aushingen. Wie schrecklich musste es sein, wenn man den Namen eines seiner Angehörigen darauf entdeckte? Wie elend musste sich Margot fühlen? Kein Wunder, dass sie zögerte und ängstlich war.

»Das tut mir sehr leid«, murmelte sie und berührte sanft ihren Arm.

»Er war in Frankreich, hat oft geschrieben und uns immer Küsse geschickt. Manchmal auch Fotos.« In Margots Augen traten Tränen; rasch wischte sie sie ab. »Jetzt steht Mama mit allem allein da, und sie geht ja auch noch in die Fabrik. Zu AEG nach Hennigsdorf, da stellen sie Munition her. Ich war so traurig und hilflos, und da bin ich einfach gegangen. Schließlich hatte ich doch das Schreiben. Aber jetzt ...« »Jetzt weißt du nicht, ob es nicht besser wäre, wieder zu ihr zu gehen«, vollendete Luise ihren Satz.

Margot nickte. Eine Weile standen sie schweigend nebeneinander. Dann holte Margot tief Luft. »Ich gehe wieder. Ich kann sie nicht einfach allein lassen. Danke, dass du mir zugehört hast. Und viel Glück bei der Ausbildung.«

Mit eiligen Schritten ging sie davon. Luise sah ihr nach. Sie sah zum Eingang der Hebammenschule und seufzte. So ging das nicht. Mit eiligen Schritten rannte sie hinter ihr her. Als sie an der Kreuzung zur Hermannstraße ankam, war von Margot nichts mehr zu sehen. Hilflos blickte sie sich um. Und was nun? Irgendwo hier musste sie abgeblieben sein.

»Wer bist du denn?«, fragte plötzlich ein kleines, rothaariges Mädchen neben ihr, das keine Schuhe trug.

»Mein Name ist Luise, und wer bist du?«

»Mathilde, kannst mich aber Matti nennen. Das machen alle so. Was machst'n hier?«

»Ich suche eine Freundin von mir. Ihr Name ist Margot Bach. Kennst du sie zufällig?«

»Klar doch.« Auffordernd sah die Kleine sie an.

Luise verstand. Auskünfte gab es hier nicht umsonst. Sie griff in ihre Tasche, holte einen Groschen heraus und reichte ihn dem Mädchen.

»Margot wohnt gleich dort vorn im vierten Hinterhof links unten.« Matti deutete die Straße runter, drehte sich um und lief davon.

Mit klopfendem Herzen ging Luise zu dem Hoftor, auf das die Kleine gedeutet hatte. Im Innenhof war eine Art Werkstatt untergebracht. Lautes Hämmern erfüllte den ganzen Hof. Zwischen den Hauswänden waren Wäscheleinen gespannt, auf denen weiße Laken hingen. Eine alte Frau stand an einem geöffneten Fenster und beäugte sie misstrauisch. Luise durchschritt den Hof und erreichte durch einen Durchgang den nächsten Hof, der dem ersten ähnelte, nur etwas kleiner und düsterer war. Hier wuschen zwei junge Frauen in abgerissener Kleidung in einem großen Bottich Wäsche. Sie hielten in ihrer Arbeit inne und sahen Luise neugierig an.

»Wo willst du denn hin?«, fragte die eine.

»Zu Margot Bach«, antwortete Luise, nun doch etwas eingeschüchtert. Auf was hatte sie sich nur eingelassen? Sie kannte sich doch mit dem Stadtleben gar nicht aus. Am Ende geschähe ihr noch etwas als Fremde in diesen finsteren Hinterhöfen.

»Die wohnt da hinten«, antwortete die andere. »Ist eben durch und hat geflennt. Ich hab gleich gesagt, dass das mit dem Hebammending nix ist. Aber sie wollte es mir ja nicht glauben, die feine Dame. Spielte sich auf, als sei sie was Besseres. Das hat sie nun davon. Weggeschickt haben sie sie. Was willst'n von ihr?« Sie sah Luise abschätzend von oben bis unten an.

»Nichts Besonderes«, erwiderte Luise.

»Deswegen läufst ihr auch nach, was?«, fragte die eine und wischte sich mit den feuchten Händen eine Haarsträhne aus der Stirn.

Luise wusste nicht, was sie antworten sollte. Sie entschied sich, mit einem knappen Gruß weiterzugehen. Die eine rief ihr noch etwas nach, doch ihre Worte gingen in dem lauten Lachen einer Kindergruppe unter, die im dritten Hof spielte. Die Häuserwände standen so eng, dass jetzt am späten Nachmittag kaum mehr Licht in den Hof fiel. Die Kinder beäugten Luise neugierig und fragten, wo sie herkam und was sie hier wollte. Luise schaffte es, sie irgendwann loszuwerden, und betrat den vierten Hof, der noch kleiner als der zweite und dritte war. Hinter einem Verschlag standen Mülltonnen, die scheußlich stanken. Rechts führte eine Treppe ins Haus. Luise erkundigte sich bei einem Mann nach Margot Bach. Er deutete mit einem Kopfnicken zur Kellerwohnung.

Luise stieg die wenigen Stufen nach unten. Ein muffiger Geruch schlug ihr entgegen, der ihr für einen Moment den Atem raubte. Dann klopfte sie an die schäbige Holztür, an der ein Namensschild mit dem Namen *Bach* hing. Es kam keine Antwort. Sie lauschte. Jemand weinte. Das musste Margot sein. Sie legte die Hand auf die Klinke und drückte sie nach unten. Knarrend öffnete sich die Tür und gab den Blick auf eine schmale Kammer frei, die anscheinend gleichzeitig als Küche sowie Wohn- und Schlafraum diente. Am Fenster stand ein kleiner Tisch, daneben eine Anrichte, in der Geschirr untergebracht war. Gleich neben dem Tisch stand der Herd mit Töpfen darauf, und ein Regal mit Gewürzdosen, Tellern und Bechern hing darüber. Gegenüber dem Herd stand ein Bett, eine einfache Pritsche, auf der Margot saß. Eine schmale, nur angelehnte Tür führte in einen Nebenraum. An den grauen Wänden hingen einige Fotos von Familienmitgliedern, die aus besseren Zeiten zu stammen schienen.

»Was machst du hier?«, fragte Margot.

»Ich wollte noch einmal mit dir reden. Bist du allein?« Luise setzte sich, ohne zu fragen, neben Margot und ließ ihren Blick durch den Raum schweifen. »Das ist also eine Kellerwohnung im vierten Hinterhof.«

»Ja, das ist es. In diesem Bett schlafe ich mit meiner Schwester Hilde. Sie ist nur ein Jahr jünger als ich, kümmert sich um unsere kleineren Geschwister und arbeitet stundenweise in der Neuen Welt in der Küche. Ihr Peter ist an der Front in Frankreich. Bisher lebt er noch. Das hoffen wir jedenfalls. Erst gestern kam ein Brief von ihm, der sogar ein Foto enthielt. Er ist Fotograf. Wenn er zurück ist, will er einen eigenen Laden aufmachen. Hilde und ich beten jeden Abend für ihn. Das haben wir auch für Papa getan. Genützt hat es nichts. Mama schläft mit den Kleinen im Nebenraum. Wenn sie mal bei uns ist, denn bis nach Hennigsdorf ist es ein Stück. Meistens übernachtet sie in der Fabrik. Nur am Sonntag kommt sie zu uns. Sie hoffte auf eine Anstellung bei den Britzer Farbenwerken, aber da war alles voll. Die Lotte Kohlhaber von gegenüber ist da letzte

Woche untergekommen. Mama will es auch noch mal versuchen. Wäre schön, wenn es klappen würde.«

»Das wäre es«, antwortete Luise, der zwar die Britzer Farbenwerke nichts sagten, aber wenn Margots Mama darauf hoffte, schien es besser als das weiter entfernte Hennigsdorf zu sein, von dem sie ebenfalls noch nie gehört hatte.

»Mama ist wieder los. Nach Hennigsdorf. Muss ja weitergehen. Wenn sie wegbleibt, wird ihr der Lohn für den Tag gestrichen, und nun kriegen wir nur noch eine mickrige Witwen- und Waisenrente.«

Luise nickte und fragte: »Und was wirst du jetzt machen?«

»Weiß nicht. Erst einmal wieder in die Krippe gehen und dann weitersehen.«

»Weil es dort eine warme Mahlzeit gibt.«

Margots Miene verfinsterte sich. »Was weißt du schon? Ich kenne dich nicht einmal. Läufst mir nach und meinst, mir was erzählen zu können.«

»Aber so ist das doch gar nicht, ich ...«

»Weshalb bist du denn sonst hier?«, unterbrach Margot sie wütend.

»Weiß nicht. Weil ich dumm bin. Bestimmt hat die Einführungsveranstaltung schon angefangen, und ich bekomme Ärger wegen meines Zuspätkommens. Am Ende verpasse ich sie ganz. Aber ich hatte das Gefühl, ich sollte dir nachlaufen. Und meine Oma sagt immer, dass das erste Gefühl meistens richtig ist.«

Margot lachte bitter. »Deine Oma.«

»Ja, meine Oma. Ich bin bei ihr aufgewachsen, denn meine Eltern sind gestorben, als ich vier war.«

»Das tut mir leid«, antwortete Margot.

»Ist nicht schlimm. Mir fehlt die Erinnerung an sie. Ich habe ja meine Oma. Und stell dir vor, sie ist auch Hebamme. Gemeinsam haben wir ganz viele Babys auf die Welt geholt.«

»Und was willst du dann hier, wenn du das schon kannst?«, fragte Margot.

»Oma meinte, es gehöre sich, es richtig zu lernen. So mit Ausbildung. Sie hat ihre ganzen Ersparnisse dafür geopfert, dass ich herkommen kann.«

Margot nickte. »Ich weiß schon, was du mir damit sagen willst. Ich kriege geschenkt, was euch andere Geld kostet. Alle werden so reagieren.«

»Es müssen ja nicht alle wissen, oder? Ich sage es niemanden, versprochen.«

»Bist du dir sicher?«, fragte Margot und sah Luise skeptisch an.

»Ja, das bin ich. Nach den achtzehn Monaten der Ausbildung wirst du als Hebamme viel mehr verdienen als in der Krippe und deine Familie damit besser unterstützen können. Eine warme Mahlzeit bekommst du in der Lehranstalt auch. Und jetzt ist alles gesagt. Ich geh dann mal. Wenn du magst, kannst du mitkommen.« Luise stand auf, verließ den Raum und durchquerte rasch das muffig riechende Treppenhaus.

Sie hatte den vorderen Hof noch nicht erreicht, da war Margot schon neben ihr und sagte: »Sollte ein abfälliges Wort von irgendwem fallen, dann bin ich wieder weg.«

A,-C